LES MESSAGÈRES

Slalom, un département d'Édi8
92 avenue de France, 75013 Paris
www.slalom-editions.fr
Correction : Virginie Lérot
Loi n° 49-956 du 16 juillet 1949 sur les publications destinées à la jeunesse, modifiée par la loi n° 2011-525 du 17 mai 2011.
ISBN : 978-2-37554-296-5
Achevé d'imprimer en juillet 2021 par NRI s.a.s. (2103281)
Dépôt légal : octobre 2021

Christophe Lambert

LES MESSAGÈRES

Relecture par Kanelle Valton
Diplômée de Sciences Po Paris
Spécialiste de l'histoire afro-américaine
et des questions raciales

Slalom

PREMIÈRE PARTIE

LA PROPOSITION

- 1 -

Le cheval de Nettie avait des sabots solides. C'était heureux, car les sentiers du Kentucky faisaient alterner descentes, montées, crevasses et canyons escarpés.

— Pas trop vite, ma belle, tout doux...

Les pierres délogées par les fers de la jument baptisée Bluebelle dégringolaient la pente. La monture soufflait, les naseaux dilatés, mais rassurée par sa cavalière, elle restait plutôt calme. Nettie avait le chic pour amadouer les chevaux. Elle aimait ces animaux, leur grâce naturelle, leur noblesse. À force de patience (et aussi de carottes généreusement distribuées), elle était parvenue à attendrir les plus ombrageux pensionnaires du cirque où elle avait travaillé pendant quelques mois. Contrairement à l'immense majorité des représentants de l'humanité, les bêtes ne connaissaient pas la duplicité, le double jeu. Elles se donnaient tout entières ou pas du tout. Comme Nettie.

La jeune femme (elle venait d'avoir vingt ans) savourait l'air doux et frais qui se faufilait entre les troncs, à l'ombre des frondaisons. Les sommets enneigés culminaient au loin, chatouillant les nuages de leur cime. On distinguait la chaîne des Appalaches par-dessus l'océan vert des forêts. Filtrés par les feuillages, les rayons du soleil dessinaient une mosaïque de lumière dentelée sur le tapis de fougères et d'aiguilles de pin. Nulle trace de sabots ou d'ornières laissées par les roues des chariots. À certains moments, Nettie se demandait si elle n'était pas le premier être humain à fouler le sol de cet endroit sauvage et beau.

Premier humain, sans doute pas (on trouvait des trappeurs, jadis, dans la région, et aussi des Indiens)... mais première femme noire, c'était tout à fait possible. Cette pensée la remplissait d'une immense fierté.

« Nettie l'exploratrice ! » songea-t-elle en pouffant toute seule.

Une personne de son âge, de son sexe et de sa couleur de peau, capable de vivre sa vie sans un mari sur le dos, ni même un père ou un patron pour lui dire quoi faire, c'était plutôt rare, dans les années 1930, aux États-Unis.

« Celui qui me domptera, il est pas encore né », se promit-elle.

Elle entendit un clapotis en atteignant le bas d'une pente raide.

Tout sourire, la jeune femme lança Bluebelle dans la direction du doux bruit. Sa gourde était aux trois quarts vide, et le ruisseau allait lui permettre de...

Le sourire de Nettie se dissipa.

Face contre terre, un corps reposait sur la berge à côté d'un beau cheval à la robe grise tachetée de blanc. L'animal essayait de chasser de la queue les insectes en train de tourner autour du... cadavre ?

Nettie ralentit sa monture, tous ses sens en alerte. Elle n'avait pas d'arme ; en tout cas, pas d'arme à feu. Elle jeta des regards alentour, fouillant les hauteurs plantées de fourrés. Son couteau de chasse ne lui serait pas d'un grand secours face à un tireur embusqué, mais elle porta quand même la main à la gaine suspendue à sa ceinture.

Elle mit pied à terre. Le sol était pierreux et traître pour les chevilles. Elle s'approcha d'abord du cheval gris et remarqua que les sacoches, sur ses flancs, semblaient bien remplies.

— Sage, mon beau.

Une caresse à l'animal, geste bienveillant qu'il parut apprécier.

Le corps, maintenant.

Quoique raide, il ne présentait aucune blessure apparente. Pas de traces de morsures dues à un prédateur. Pas d'impact de balle non plus.

« Donc, pas de tireur planqué ? »

Le décès était sans doute assez récent. Quelques heures, tout au plus.

Nettie retourna le cadavre avec son pied.

La surprise lui fit plisser le front.

« Une femme ? »

Oui, incontestablement, même si ses traits n'étaient pas faciles à discerner. Elle avait chuté tête la première sur de gros cailloux et son visage était abîmé. Nettie lui donnait, à vue de nez, quarante, ou peut-être cinquante ans. Des mèches grises dépassaient de son chapeau de cow-boy. Elle était vêtue à la manière des éclaireurs de l'armée, du temps du far west : grandes bottes, veste en daim avec des franges, pantalon de cuir tanné. Nettie s'accroupit et lui prit le pouls. Son cœur ne battait plus.

Que s'était-il passé ?

Son cheval s'était-il cabré à cause d'un ours ou d'un puma ? Mais dans ce cas, pourquoi n'avait-elle pas été dévorée ? Ou bien peut-être qu'elle s'était endormie sur sa monture, bercée par le cahot d'un trot léger, avant de basculer ? Ce genre d'accident arrivait aux cavaliers, même émérites, qui chevauchaient des journées entières sans s'arrêter. Nettie en savait quelque chose : elle avait déjà failli s'assoupir plusieurs fois...

« Comment tu as fait ton compte, Calamity Jane ? »

Elle n'aurait sans doute jamais de réponse à cette question.

Elle se pencha sur le corps, dont une main dure comme la pierre semblait serrer quelque chose. Nettie décrispa les doigts pour découvrir... un médaillon ! Plus précisément, une croix entourée d'un cercle.

« La croix celtique ? »

Si les souvenirs de Nettie ne la trompaient pas, c'était l'un des symboles de la religion presbytérienne.

— Je ne peux pas vous laisser comme ça, à la merci des charognards, m'dame.

Impossible d'enterrer la malheureuse près du ruisseau aux berges recouvertes de pierres. Elle la saisit au niveau des aisselles puis, grimaçant, ahanant, elle la tira en haut d'une butte. Après avoir soufflé deux minutes, elle retourna jusqu'à sa jument.

Il faisait chaud. Nettie transpirait, et son pénible labeur commençait à peine. Elle récupéra une pelle de l'armée dans ses affaires, cadeau de Jimmy Sommersby, le palefrenier du cirque Zimbalist. Peut-être que le vieux Sommersby avait creusé des tranchées avec cette pelle, en France, durant la Grande Guerre ? Quand il avait un coup dans le nez, le vieil hurluberlu aimait raconter ses soi-disant exploits militaires (comment il avait pris un nid de mitrailleuses allemand à lui tout seul, baïonnette au canon ; comment il avait renvoyé une grenade à l'ennemi, juste avant qu'elle n'explose...) mais, un soir, Gonzo le clown avait chanté une tout autre chanson à Nettie : d'après ses dires, le palefrenier n'était pas plus héros que lui chirurgien du cerveau. Sommersby avait passé tout le conflit à l'arrière, loin du front, à éplucher des patates ou laver du linge sale.

Nettie attaqua la riche et grasse terre du Kentucky à coups de pelle rageurs. Il lui fallut deux heures pour creuser le trou. Il n'était pas très profond, mais cela suffirait. Elle enroula le corps dans une couverture prise sur le cheval gris, le poussa dans le creux, puis le recouvrit de pelletées avant de tasser le tout du plat de son outil.

Avec un peu de chance, les animaux sauvages n'iraient pas trop fouiner.

Ce n'était pas la plus belle sépulture du monde, mais Nettie estimait en avoir déjà beaucoup fait. La sueur collait sa chemise à son dos. Des gouttes salées lui piquaient les yeux.

Elle choisit un caillou ni trop gros ni trop petit, pas vilain, avec ses bords ronds, bien polis. Elle le plaça à une extrémité de la tombe, du côté où se trouvait la tête de la défunte, puis elle posa le médaillon sur la pierre grise. Ensuite, elle joignit les mains et se recueillit quelques instants, plus par respect que par conviction intime.

— J'imagine qu'il faut dire un truc, remercier le bon Dieu et tout ça, mais je pense pas être la bonne personne pour ce genre de choses. Le bon Dieu, ça fait longtemps que j'y crois plus ; pas après ce qui m'est arrivé. Et puis il y a tous ces malheurs de par le monde qui surviennent chaque jour, et ça sert à rien de s'étendre là-dessus parce que parler, ça serait juste de la salive gâchée. De toute manière, le bon

Dieu, s'il existe, il n'écoute pas. Il reste sourd aux prières des mécréantes comme moi.

Elle se frotta le nez et toussa pour s'éclaircir la voix.

— En revanche, ce que je peux faire, c'est chanter. Oui, ça, je veux bien...

Elle ferma les yeux. L'instant d'après, sa voix s'éleva, plus claire et limpide que l'eau du ruisseau :

Amazing grace, how sweet the sound,
That saved a wretch like me!
I once was lost but now I'm found,
Was blind, but now, I see.

Les oiseaux s'étaient arrêtés de pépier et un silence surnaturel baignait les environs, à peine troublé par le clapotis.

It was grace that taught my heart to fear,
And grace, my fears relieved.
How precious did that grace appear
The hour I first believed.

Nettie toussa dans son poing.

— Bon, ça suffira pour aujourd'hui.

Elle jeta un dernier regard en direction de la tombe.

— J'imagine que vous étiez une personne bien, m'dame, sinon votre cheval, il aurait fichu le camp sans traîner. S'il est resté à côté de vous, c'est qu'il vous appréciait et ça veut dire que vous le traitiez correctement. Faut toujours bien traiter les animaux. Et les gens aussi. Amen.

Elle se signa, juste pour la forme, avant de descendre la butte. Une chose l'intriguait : que contenaient les deux sacoches pleines à craquer ? Des armes ? De la nourriture ? Elle ne refuserait pas non plus un peu d'argent, histoire de se récompenser de sa peine.

La déception fut grande :

— Ah ben ça alors, lâcha-t-elle, dépitée, une fois les rabats ouverts.

Des bouquins ! Des tas de bouquins ! Des gros, des petits, des moyens, des illustrés (par de belles gravures d'ailleurs), des romans, des manuels (jardinage, cuisine, métallurgie...) remplis de schémas techniques, des revues au papier de mauvaise qualité. Et puis il y avait des bibles. Beaucoup de bibles !

Nettie émit un ricanement amer. Tu parles d'un trésor ! Elle ne savait pas lire et ne connaissait que les quatre lettres qui composaient son prénom. C'était comme si un abstinent avait découvert une réserve de gnôle !

Elle referma les sacs. Ce soi-disant bon Dieu lui jouait un drôle de tour. Une fois de plus !

Elle caressa le cheval gris :

— Bon, ça te dirait de venir avec moi ?

L'animal secoua la tête de haut en bas plusieurs fois de suite.

— On va dire que c'est un oui !

Nettie remplit sa gourde au ruisseau. Son ventre gargouilla. Elle n'avait pas mangé un vrai repas depuis deux jours.

— Je dois trouver une ville pour me ravitailler, réfléchit-elle à voix haute.

Elle accrocha la bride du cheval gris au pommeau de sa selle et se remit en route.

– 2 –

Le révérend Benton Deaton avait deux grands amours dans la vie : Dieu et la lecture.

La Bible réunissait ces deux passions, bien sûr, mais le pasteur ne se limitait pas aux Écritures saintes. Il aimait les ouvrages historiques, en particulier les biographies. Et puis, il y avait la poésie. Enchantement des mots, des sonorités... Benton Deaton trouvait que les poèmes offraient au lecteur la possibilité d'élever son âme, au moins autant que par la prière ou les cantiques. Il ne se serait pas aventuré à dire une telle chose en présence de ses paroissiens les plus dévots, mais tel était pourtant son sentiment.

Sa troisième passion, certes un peu moins exaltante que les deux précédentes, était l'art du classement.

Le révérend Deaton rédigeait des fiches bristol qu'il rangeait ensuite dans des tiroirs, selon un ordonnancement bien précis, compréhensible de lui seul. Il ne les classait pas par genre, ni par ordre alphabétique ou par auteur, non... Il avait établi des catégories et sous-catégories aux titres évocateurs : « Pour ceux qui veulent s'instruire » (les manuels, les encyclopédies...), « Pour ceux qui veulent rêver » (Lewis Carroll, William Morris...), « Pour ceux qui aiment se faire peur » (Edgar Poe, Bram Stoker...). Certaines catégories pouvaient laisser dubitatif : « Pour ceux qui veulent percer les secrets de l'âme humaine » (une catégorie très variée, un peu fourre-tout, allant de Baudelaire à Zola, en passant par Nietzsche), « Pour ceux qui veulent comprendre nos amies les bêtes » (Jack London, Anna Sewell...). Quand un lecteur indécis venait demander conseil au révérend, ce dernier lui lançait invariablement : « Qu'est-ce que vous voulez ? » Une fois la réponse obtenue, il farfouillait dans ses fiches avant de sortir le titre qu'il estimait être le plus adapté aux souhaits de son interlocuteur.

La bibliothèque était située non loin de l'église, au centre du bourg, ce qui arrangeait bien le pasteur, car il passait autant de temps dans le premier bâtiment que dans le second (les mauvaises langues disaient même qu'on avait davantage de chances de le trouver au milieu des livres que derrière son autel). Mrs Bannerman, la bénévole qui s'occupait de gérer le stock de livres depuis le début du siècle, était morte de sa belle mort deux ans plus tôt. Faute de volontaires pour lui succéder, le révérend Deaton avait repris les choses en main, notamment en instaurant ce système de classement sans doute unique en son genre aux États-Unis.

Tant de savoirs à absorber... tant de connaissances ! L'homme d'Église était sûr qu'il n'aurait pas assez de toute une vie pour lire les milliers d'ouvrages qui l'intéressaient. Et puis, il fallait en faire profiter les autres, c'était ça le plus important ! Benton Deaton avait d'excellents rapports avec l'institutrice locale. Il venait régulièrement dans sa classe, les bras pleins de livres destinés aux plus jeunes : du Mark Twain, bien sûr, mais aussi des romans de James Fenimore Cooper ou de Walter Scott, sans oublier l'indémodable *Peter Pan*, de James Barrie.

Le révérend Deaton était debout sur un escabeau, au fin fond de la réserve, occupé à passer en revue les rangées de livres les moins accessibles, quand on frappa à la porte.

— Entrez !

Une petite bonne femme toute de noir vêtue pénétra dans le local. C'était Minnie Dandridge, sa gouvernante, sèche et nerveuse, coiffée d'un chignon gris. Elle éternua, plissa les yeux ; lesquels n'exprimaient pas la même chose que d'habitude en pareille circonstance (une sorte de réprobation larvée signifiant « Comment peut-on passer autant de temps dans un endroit aussi poussiéreux et sombre ? »). Aujourd'hui, c'était plutôt une vive inquiétude qu'on lisait dans son regard.

— Mon révérend ?

— Oui, Minnie ? Que se passe-t-il ?

— Mon révérend, vous devriez voir ça !

— Voir quoi ? C'est si urgent ?

— Oui, je crois.

— Bien, bien, j'arrive...

Le pasteur descendit de son escabeau et suivit sa domestique, visiblement agitée, sur le trottoir de la rue principale de Wooton.

Le soleil déclinant se rapprochait des montagnes. Les chiens, qui supportaient mal les longues journées d'été, se réfugiaient à l'ombre grandissante des maisons ou sous des carcasses de véhicules désossés. Métal rouillé. Huile sur le sol. Pneus usés, entassés en monticules.

Il faisait très chaud, en cette fin du mois d'août. Trop chaud. Le col de leur chemise amolli par une journée de transpiration, les habitants de Wooton se déplaçaient d'un pas pesant, comme la plupart des gens du Sud. Ils traînaient devant les magasins, les vitrines. Ils prenaient leur temps, car ils n'avaient nulle part où aller, pas plus qu'ils n'avaient d'argent à dépenser. C'était la crise, la grande dépression, ici comme partout ailleurs dans le pays.

Les maisons possédaient presque toutes un lopin de terre, un carré de jardin ou un potager ceint de clôtures. Les villageois cultivaient les haricots, les petits pois, les carottes... Les commerces n'étaient pas très nombreux : on comptait l'épicerie, le débit de boissons, la pompe à essence, le marchand de journaux... Et puis il y avait l'église, fierté du révérend Deaton, qu'on appelait aussi la « salle d'assemblée ». Massif, sobre et doté de deux étages, ce bâtiment ressemblait plus à une grange repeinte à neuf qu'à un lieu saint.

— Voyez, là, cette femme, dit Mrs Dandridge.

Elle montrait du doigt une cavalière en train de remonter tranquillement la grand-rue (pas si grande que ça, en vérité), à cheval sur une magnifique jument baie.

— Oui ? Et alors ? demanda le pasteur à sa gouvernante.

— Là, derrière elle...

L'homme d'Église chaussa ses petites bésicles qui lui grossissaient les yeux comme une loupe.

— Oh...

Il venait d'apercevoir le cheval à la robe grise avançant à la suite de l'inconnue.

— C'est Tommy, lâcha Mrs Dandridge, des trémolos dans la voix. On devrait prévenir les autorités, vous ne pensez pas, mon révérend ?

— Attendez, Minnie, attendez... On en apprend souvent davantage par la douceur que par la force ou l'intimidation.

— Vous croyez ?

— Oui, oui, laissez-moi faire.

Le révérend traversa la chaussée en agitant la main :

— Miss... Miss !

La cavalière fit stopper sa monture.

— Je me présente : Benton Deaton, je suis pasteur. (Il désigna d'un geste vif le grand bâtiment dressé sur sa droite.) Voici mon église.

— Moi, c'est Nettie, répondit l'inconnue. Nettie... Walker.

— Enchanté !

Nettie dévisagea son interlocuteur durant quelques secondes. Il n'avait guère plus de soixante ans. C'était le genre d'homme qui a longtemps l'air d'un petit garçon, puis assez tôt celui d'un vieillard, comme si la phase « adulte » constituait une étape superflue. Avec ses manières avenantes, ses joues rouges et son sourire affable (bien qu'un peu forcé), il avait tout du Bon Samaritain... mais il en fallait davantage pour désamorcer la méfiance naturelle de la nouvelle venue.

— 'chantée, marmonna-t-elle.

Ce fut au tour du pasteur de détailler celle qui lui faisait face : des chaussures usées, un pantalon de coutil bleu, une chemise de grosse toile, une veste au cuir râpé, et enfin, sur le crâne, une casquette cabossée. Bref, la tenue et l'allure de quelqu'un qui est sur les routes depuis un bout de temps. Et puis, elle était noire.

— Vous arrivez d'où ? questionna-t-il.

— D'assez loin.

— Mais plus précisément ?

— De l'ouest... Je n'ai pas dormi dans un vrai lit depuis une éternité.

La jeune femme restait on ne peut plus évasive. Le révérend jugea bon de ne pas insister. Se décalant légèrement, il vint caresser l'encolure du cheval gris.

— Bonjour, Tommy, dit-il. Ça va, toi ?

Le buste de Nettie pivota sur ses hanches.

— Vous le connaissez ?

— Oui... et je connais surtout sa propriétaire.

— Oh, je vois.

Le pasteur avait arrêté de sourire.

— Où avez-vous trouvé cet animal ?

— À une demi-journée de cheval d'ici, dans la forêt.

— Qu'en est-il de sa cavalière ?

— Une dame avec une veste en daim et un chapeau de cow-boy ?

— Oui, c'est bien ça.

— Elle est morte, désolée.

Benton Deaton accusa le coup, comme si on venait de le frapper d'un direct en pleine poitrine. Un peu plus loin, une petite bonne femme au chignon gris éclata en sanglots. Bien que se tenant à prudente distance, elle n'avait rien perdu de la conversation.

— Comment est-ce arrivé ?

— Un accident, je pense. Une chute de cheval toute bête...

Très lentement, le révérend opina du chef plusieurs fois, perdu dans ses sombres pensées, puis il reprit :

— Le corps est toujours là-bas ?

— Je l'ai mis en terre.

— Oh... Merci.

Nettie hésita avant de lancer :

— Cette dame... c'était une amie à vous ?

— Oui, une très bonne amie. Elle s'appelait Frances.

Des curieux commençaient à sortir des maisons, intrigués par la scène. Une Noire, ici, à Wooton ? Les yeux des villageois exprimaient la méfiance. Certains semblaient même avoir peur et observaient Nettie comme on examine une dangereuse vipère. Les murmures allaient bon train. Que faisait cette étrangère avec le cheval de Frances McAdams ? Et puis, cela ne ressemblait guère à Minnie Dandridge de pleurer de la sorte ! Quelques femmes se portèrent à la rencontre de la domestique, rouge et congestionnée, qui trompetait dans un mouchoir.

— Minnie ?

— Que se passe-t-il ?

— Tout va bien ?

— C'est... Frances, articula la gouvernante entre deux sanglots. Elle est morte.

Des « Oh » et « Ah » horrifiés accueillirent la nouvelle.

Pendant que les femmes du bourg tentaient de réconforter Mrs Dandridge, un homme rond comme une barrique se détacha de l'attroupement et désigna Nettie de son gros doigt boudiné :

— T'es qui, toi ? aboya-t-il.

Le pasteur lui répondit par un signe qui signifiait clairement : « Laissez, je m'en occupe », puis il s'adressa à Nettie, sur le ton de la confidence :

— Ne craignez rien, miss, les gens d'ici ne sont pas méchants mais... ce qui sort de l'ordinaire les perturbe.

— Je vois. J'vais m'en aller, dans ce cas. Je veux pas créer d'histoires.

— Non, non, pas question de vous laisser partir comme ça. Accepteriez-vous de partager ma table, ce soir ? Si ce que vous dites est vrai, et, pour l'instant, je n'ai pas de raison d'en douter, notre communauté vous est redevable.

— C'est que... je voudrais pas...

— Allons, c'est la moindre des choses, après ce que vous avez fait pour Frances...

— N'importe qui aurait fait la même chose.

— Hum, ça, je n'en suis pas si sûr.

— Je... (Nettie marqua un temps d'hésitation.) Dans ce cas, d'accord.

— Bien, très bien.

Le pasteur appela un gamin qui jouait avec un cerceau du côté de l'église :

— Jonathan, viens un peu par ici !

Le gamin accourut. Il portait un pantalon trop grand pour lui, rapiécé aux genoux et retenu à la ceinture par de la grosse ficelle. Le révérend Deaton ébouriffa sa tignasse.

— Jonathan ici présent va conduire les chevaux à l'écurie. Nous en avons une fort belle, à Wooton. Votre jument sera très bien traitée, je peux vous l'assurer.

— Parfait, acquiesça Nettie.

Le révérend Deaton vérifia le contenu des sacoches pendant que la jeune femme mettait pied à terre.

— Tu rapporteras les livres à la réserve, Jonathan, tu veux bien ?

— Pas de problème, mon révérend.

— C'est quoi, tous ces vieux bouquins ? l'interrogea Nettie.

— Je vais vous expliquer, dit le pasteur en essuyant furtivement une larme qui perlait au coin de son œil.

- 3 -

Benton Deaton n'était pas le genre d'homme à glisser les pieds sous la table et à attendre qu'on le serve. Il aimait mettre la main à la pâte et débordait d'une énergie difficile à canaliser.

— Prenez un torchon, sinon vous allez vous brûler ! le gronda Mrs Dandridge.

Elle avait horreur de voir son patron lui tourner autour quand elle s'affairait en cuisine.

— À vos ordres, Minnie !

Deaton sortit le pain de viande du four, non sans avoir au préalable enroulé autour de sa main plusieurs couches de tissu. Il était soulagé d'entendre Mrs Dandridge râler. Cela voulait dire qu'elle avait commencé à digérer l'affreuse nouvelle. Il lui faudrait du temps pour s'en remettre, bien sûr (ils auraient tous besoin de temps !), mais c'était un premier pas.

— Hmm, ça sent bon, commenta le pasteur en reniflant le pain de viande.

— Évidemment que ça sent bon, rétorqua sa servante. C'est plein de bonnes choses à l'intérieur. Pourquoi ça ne sentirait pas bon ?

— Je cherchais juste à vous complimenter.

— Vous feriez mieux d'aller tenir compagnie à cette femme, là-bas, dans la salle à manger...

— Vous voulez parler de notre invitée ?

— Oui, c'est ça, notre... invitée.

Elle avait prononcé le dernier mot d'un air vaguement dédaigneux. Le révérend Deaton fronça les sourcils.

« Oh, c'est donc ça ? » pensa-t-il.

Penchée sur le vaisselier, Mrs Dandridge rassemblait assiettes et couverts avec une fébrilité traduisant une évidente contrariété. L'homme d'Église prit un air patient.

— Vous avez quelque chose à me dire, Minnie ?

La domestique se retourna d'un bloc.

— Cette fille, dit-elle. Eh bien, elle ne me plaît pas.

— Et pourquoi donc ?

— Allons, vous ne devinez pas ?

— Parce qu'elle est noire, c'est ça ?

— Ne me faites pas dire ce que je n'ai pas dit, mon révérend. Je n'aime pas son genre, c'est tout. Elle a les cheveux courts.

— Et crépus.

— Arrêtez ça ! C'est son allure générale qui me déplaît. Elle a une allure de... de vagabond ! Et si jamais elle avait tué notre Frances, hein, vous y avez songé ? Si jamais elle l'avait attaquée pour la détrousser ?

— Pour lui voler des livres et des vieux magazines ? Des bibles ?

— Peut-être qu'elle ne savait pas que...

Réalisant qu'elle avait parlé un peu fort, la domestique poursuivit un ton plus bas :

— Peut-être qu'elle ne se doutait pas du contenu de ces sacs ? Vous faites entrer cette inconnue dans votre maison, sans aucune garantie de...

Le révérend l'interrompit d'un geste à la fois doux et autoritaire.

— Je ne crois pas être mauvais juge en matière d'hommes et de femmes. Sonder les âmes, c'est mon métier, après tout.

— Oui, mais...

— Et cette jeune personne m'a paru sincère. Je vous demande de me faire confiance, Minnie.

La gouvernante soupira :

— Si vous le dites...

Puis elle donna la pile d'assiettes et de couverts à son patron.

— Allez donc rejoindre votre précieuse invitée. Comme ça, au moins, je ne vous aurai plus dans les pattes et je pourrai terminer de préparer le dîner tranquillement !

Un feu brûlait dans la cheminée. Assise, les mains sagement posées sur la table, Nettie regardait autour d'elle avec un mélange égal de curiosité et de timidité, comme si elle n'avait pas le droit de fixer quelque chose trop longtemps. Il y en avait à voir, des choses, dans cette salle à manger bien rangée et décorée avec goût : le beau service à thé, derrière les vitres du vaisselier, les jolis napperons sur les tables basses et les dossiers des fauteuils à oreilles, ou encore les nombreuses broderies encadrées au mur. Ces délicates petites touches étaient certainement l'œuvre de la fameuse Mrs Dandridge (Nettie imaginait mal le pasteur en train de broder). Pourtant, « délicate » n'était pas le premier adjectif qui venait à l'esprit quand on songeait à cette femme. Comment la définir, d'ailleurs ?

« Froide ? Sèche ? Pète-sec ? »

Rien que des qualificatifs peu flatteurs. La domestique n'avait pas fait mystère de son irritation lorsque le pasteur avait annoncé qu'il offrait le gîte et le couvert à une cavalière sortie de nulle part. L'hostilité suintait par tous les pores de sa peau ! Si elle avait été un chat, nul doute que ses poils se seraient hérissés. Elle aurait même sûrement craché à la figure de l'intruse, histoire de bien marquer son territoire.

Imaginant Mrs Dandridge en train de feuler et de sortir les griffes, Nettie pouffa dans son poing.

— Qu'est-ce qui vous fait rire ? demanda le révérend.

Il revenait de la cuisine les bras bien chargés.

— Je... Rien, répondit la jeune femme, prise au dépourvu. Une pensée idiote.

Benton Deaton posa les assiettes, les couverts, avec des gestes pleins de douceur.

— Je peux vous aider ?

— Non, non, restez assise. Le pain de viande arrive.

Le révérend prit place en face de son invitée. Cette dernière paraissait dans ses petits souliers. Elle ressemblait à un enfant craintif et pauvre qui découvre l'intérieur d'une maison bourgeoise à l'occasion d'un goûter d'anniversaire.

— Parlez-moi un peu de vous, miss, jeta le maître des lieux en guise de préambule.

Nettie haussa les épaules.

— Il n'y a pas grand-chose à dire. Je suis rien qu'une fille... ordinaire.

— Une jeune personne de sexe féminin, toute seule, dans la montagne, ce n'est pas banal, si je puis me permettre.

Nettie soupira. C'était le moment de faire preuve d'imagination, comme lorsqu'elle improvisait des histoires pour les enfants, jadis, le soir, chez Mr et Mrs Beauregard, ses anciens employeurs.

— Je... travaillais dans ce cirque, commença-t-elle. Mais... mais avec la crise et tout ça, les gens n'ont plus d'argent pour aller au spectacle. Alors, le patron, ben... il a mis la clé sous la porte. Il nous a licenciés.

Premier mensonge.

— Vous faisiez quoi, dans ce cirque ? Un numéro ?

— Je m'occupais des animaux. Surtout des chevaux... Le patron, il m'a donné le droit de partir avec Bluebelle, ma jument préférée. « C'est comme une indemnité de licenciement », qu'il m'a dit.

Deuxième mensonge, débité d'une manière tout aussi convaincante que le premier.

Benton Deaton hocha la tête tout en dévissant le bouchon d'une carafe remplie de vin.

— Et avant le cirque ? questionna-t-il.

— Avant ? Euh... rien... enfin, rien dont je peux me souvenir, en tout cas... Les forains m'ont recueillie quand j'avais quatre ou cinq ans. Il paraît qu'ils m'ont trouvée au bord d'une route. J'étais toute seule, abandonnée...

Nettie déglutit. Elle n'aimait pas mentir aux gens, mais elle n'avait pas le choix.

— Hum, hum, marmonna l'homme d'Église en lui tendant la carafe. Vous en voulez ?

Le vin avait une jolie robe vermillon. Nettie leva cependant la main en signe de refus. Elle avait l'impression de passer un examen et préférait garder les idées claires.

Le pasteur se tourna vers la cuisine :

— Minnie, vous nous apporterez de l'eau également, voulez-vous ?

— Je n'ai pas quatre bras ! grogna en retour une voix grincheuse.

Deaton sourit et se pencha par-dessus la table pour murmurer à Nettie :

— Elle se donne beaucoup de mal pour le cacher, mais elle a un cœur d'or.

— J'en doute pas une seconde, répliqua la jeune femme, même si elle n'était guère convaincue.

Mrs Dandridge apparut quelques instants plus tard, un plateau rectangulaire dans les mains. Le pain de viande encore fumant reposait sur un plat en argent. Plusieurs tranches avaient déjà été découpées. Il y avait également une saucière de laquelle dépassait le manche d'une grande cuillère.

— Mangez tant que c'est chaud, dit la domestique.

Elle servit d'abord leur invitée, puis le pasteur, qui la remercia.

Nettie avait très faim. Elle salivait littéralement.

— Ça a l'air délicieux, dit-elle avec sincérité.

Mrs Dandridge nappa de sauce les tranches qu'elle avait servies.

— Les tomates viennent de mon potager, précisa-t-elle, non sans fierté.

Nettie n'avait qu'une envie : se jeter sur son assiette... mais la politesse la plus élémentaire lui commandait d'attendre. Le pasteur énonça le bénédicité, remerciant Dieu d'avoir guidé les pas de leur invitée jusqu'à Wooton et fait pousser les légumes de Minnie Dandridge. Puis il attaqua le repas sans autre forme de procès et la jeune femme, enfin, put l'imiter.

– 4 –

Nettie n'arrivait pas à y croire. Elle était dans un lit, un vrai lit avec des draps parfumés. Le contact du tissu (un peu rêche car très propre), l'odeur (ça embaumait la sève des pins forestiers), et puis la sensation d'avoir le ventre rempli par une nourriture délicieuse... quel bonheur ! Quel bien être ! Elle avait l'impression de revivre !

Minnie Dandridge était un véritable cordon-bleu, on ne pouvait pas lui enlever ça. Et le révérend Deaton avait fait preuve de beaucoup de gentillesse et de bonne humeur durant tout le dîner. Il était plutôt drôle, pour un pasteur. Nettie avait le souvenir de prêtres qui, du haut de leur chaire, se livraient à des sermons monotones, quand ils ne postillonnaient pas des avertissements à l'encontre d'éventuels pêcheurs prêts à céder aux pires tentations. C'était étonnant de voir un homme de Dieu si prompt à rire et à raconter des plaisanteries (à tel point que sa domestique lui jetait parfois des regards outrés).

Mais le plus étonnant, c'était la proposition que le pasteur avait lancée à son invitée, une fois le repas terminé. Nettie pouvait revoir la scène rien qu'en fermant les yeux :

— Minnie, je vais déguster mon brandy dehors, s'était exclamé Benton Deaton en direction de la cuisine, après avoir englouti une dernière part de tarte aux pommes.

Puis, se tournant vers Nettie, il avait ajouté :

— Accordez-moi le plaisir de votre compagnie encore quelques instants.

. .

La nuit était froide mais pas glaciale. Un mince croissant de lune montait dans le ciel d'un bleu profond. Assis sur une balancelle suspendue à l'auvent, le pasteur avait invité Nettie à prendre place à côté de lui. Ils se balancèrent doucement. Les chaînettes grinçaient à chaque mouvement, signe que le métal aurait eu besoin d'être huilé.

Le révérend Deaton remuait l'alcool épais remplissant le fond de son verre. Nettie ne disait rien. Elle regardait le potager de Minnie Dandridge, éclairé par la lumière opaline de la lune : des rangées de légumes bien ordonnées, comme des militaires à la parade. Brisant tout à coup le silence qui s'était installé entre eux, l'homme d'Église demanda :

— Avez-vous entendu parler des bibliothèques itinérantes du Kentucky, miss Nettie ?

— Itinérantes ? répéta la jeune femme. Ça veut dire quoi ?

— Ça veut dire... « qui bougent » !

Nettie secoua la tête.

— La pauvre Frances était une...

Le pasteur marqua une pause. Il cherchait le mot juste.

— Ambassadrice. (Il hocha la tête plusieurs fois, apparemment satisfait). Oui, c'est ça, une de nos ambassadrices. Une des meilleures, je dois dire.

— Je ne comprends pas.

Nettie se sentait un peu perdue. Sauf erreur de sa part, d'habitude, c'étaient plutôt les lecteurs qui se déplaçaient...

Deaton vida son verre, puis, prenant une profonde inspiration, il énonça :

— Ce service existe depuis maintenant deux ans. Il a été créé à l'initiative du président Roosevelt et de son épouse. Mrs Roosevelt a fait beaucoup pour lutter contre l'illettrisme, vous savez ?

Une nouvelle fois, Nettie secoua la tête. Elle s'était raidie de manière imperceptible quand son hôte avait prononcé le mot « illettrisme ». Le révérend ne sembla pas relever sa crispation et poursuivit :

— Le président pense que l'instruction et le savoir sont des valeurs particulièrement importantes en temps de crise.

La crise, ça, Nettie connaissait : la précarité, le manque d'argent, la galère pour trouver des petits boulots… Les États-Unis traversaient une mauvaise passe depuis le krach boursier de 1929. De nombreuses entreprises avaient fait faillite. Qu'ils soient commerçants, artisans ou fermiers, des millions de gens se voyaient expulsés de chez eux par les banques auprès desquelles ils s'étaient endettés. Jetées à la rue du jour au lendemain, des familles entières partaient sur les routes dans l'espoir de trouver du travail en Californie. Malheureusement, ces rêves étaient souvent déçus. La misère frappait aussi durement la côte ouest que le reste du pays.

En 1933, Franklin Delano Roosevelt avait lancé un audacieux plan de redressement économique, le *New Deal*, mais les choses avançaient lentement. Trois ans après sa mise en chantier, les citoyens américains peinaient toujours à voir quelque amélioration dans leur quotidien. Le chemin menant à la prospérité recouvrée s'annonçait long et plein d'ornières.

— Il y a deux ans, continua Deaton, la Works Progress Administration a alloué des fonds aux associations désireuses de promouvoir la diffusion de la culture. La WPA paie les salaires, mais nos stocks de livres proviennent de donations ou de bibliothèques ayant fermé leurs portes durant la crise.

— Vous distribuez des bouquins, c'est ça ?

— Oui, et je vous prie de croire qu'il y a une grande demande parmi les communautés et les familles isolées par le relief montagneux. Tous ces gens ont une immense soif de se divertir, mais ils ont aussi envie d'apprendre, d'ouvrir leur esprit au reste du monde.

Les livres et les vieux journaux dans les sacoches du cheval gris... Nettie commençait à comprendre.

— Nous avons été les premiers à nous lancer dans cette aventure, ici, à Wooton, en 1934. Nous avons connu un tel succès que d'autres n'ont pas tardé à suivre notre exemple. Tant et si bien que, maintenant, on compte huit bibliothèques approvisionnant près de cinquante mille lecteurs disséminés dans tout le Kentucky. Chaque établissement comporte en moyenne un employé fixe, qui gère le stock, et quatre ou cinq itinérants, qui se partagent les tournées. C'est un métier dangereux – vous avez pu le constater vous-même... – mais quelle récompense de voir les yeux des enfants qui attendent avec impatience la suite des aventures de leurs héros préférés ! Quelle joie de savoir que des vies ont été sauvées grâce à la consultation d'un simple dictionnaire médical !

Nettie esquissa une moue, pareille à celle d'un nourrisson qui découvre un aliment auquel il n'est pas habitué. Dans son esprit, les livres, c'était pour les gens des villes, habillés chic et éduqués. Ou pour les demoiselles désœuvrées qui aimaient se pâmer en dévorant des histoires à l'eau de rose.

« Miss Célestine était comme ça », se dit-elle en évoquant des images de son passé.

Une jeune fille vêtue d'une robe en popeline, assise sur une balancelle beaucoup plus luxueuse que celle du révérend Deaton. À côté d'elle, une autre demoiselle, qui tient un livre ouvert et fait la lecture à sa camarade. Les deux amies gloussent en abordant un passage un peu osé (l'héroïne laisse l'élu de son cœur lui déposer un chaste baiser dans le cou !). Nettie apporte une orangeade. Personne ne la regarde ; personne ne la remercie. Elle est invisible, ou plutôt, elle est un meuble.

« On ne remercie pas un meuble, n'est-ce pas ? »

Nettie chassa de son esprit ces images comme on chasse un insecte.

— Et ce métier de bibliothécaire migrant, là...

— Itinérant, corrigea Deaton avec son bon sourire.

— Ouais, c'est ce que je voulais dire... Ben, ce métier, il est donc... ouvert aux femmes ?

— Ouvert aux femmes ? Ha, ha, ha, vous plaisantez ? Quatre-vingt-dix pour cent de nos membres sont des femmes ! Dans un premier temps, j'avais surnommé celles de mon équipe « les apôtresses », car je considère la culture comme une seconde religion... mais ça ne sonnait pas très bien. Alors l'une d'elles (je crois qu'il s'agit de Rachel) a suggéré « les messagères » !

— Les messagères ?

— Oui. Chaque livre est comme un message glissé dans une bouteille. L'écrivain espère toujours que son message rencontrera quelqu'un, un jour, quelque part.

— C'est joli, reconnut Nettie en se plongeant dans une intense réflexion.

Un silence méditatif s'installa entre eux, mais pas pour longtemps.

— Nos recrues travaillaient souvent dans des bibliothèques qui ont fermé suite à la crise, reprit Deaton. D'ailleurs, à l'origine, la majorité de ces établissements publics avaient été créés par des clubs ou des associations de bienfaisance féminins. Rejoindre nos rangs et partir à l'aventure dans les montagnes était, pour nombre de ces femmes, la seule manière de continuer leur activité.

Nettie posa la question qui lui chatouillait l'esprit depuis quelques minutes :

— Vous me proposez de devenir une de vos... messagères ?

— Exactement !

Devant l'air interdit de la jeune femme, Deaton s'expliqua :

— Vous êtes en bonne condition physique... Vous semblez apprécier les chevaux et n'avoir aucune difficulté à les monter... Je dirais même que vous présentez le profil idéal. Vous savez lire ?

Nettie parut désarçonnée mais se reprit très vite et répondit, presque agressive :

— Oui, bien sûr que je sais lire.

— Désolé, je ne voulais pas vous vexer. C'est juste que, si vous acceptez ce poste, vous risquez de rencontrer des enfants ou même des adultes illettrés qui vous demanderont de leur faire la lecture, alors...

— J'ai pas dit que j'acceptais.

— Je sais bien. Mais je pense que vous devriez sérieusement considérer ma proposition. Le salaire versé par la WPA s'élève à vingt-huit dollars par mois. Une belle somme par les temps qui courent.

Nettie ne pouvait pas dire le contraire. Elle hocha la tête doucement.

— Je... Faut que je réfléchisse.

— Oui, bien entendu. La nuit porte conseil, à ce qu'il paraît. Minnie vous a préparé la chambre d'amis. Nous en reparlerons demain, vous êtes d'accord ?

— Oui. Très bien.

Deaton se leva.

— Merci encore, pour Frances... C'était une femme bien. Je crois que vous l'auriez appréciée.

— Oui, sans doute.

Le pasteur se frottait les doigts, pareil à une personne gênée qui ne sait que faire de ses mains.

— Vous pensez que vous arriveriez à retrouver l'endroit où vous avez enterré notre amie ?

— Oui. C'était près d'un ruisseau, à quelques heures de cheval du village.

Deaton évaluait mentalement les distances.

— Vous veniez de l'est... La berge du ruisseau était caillouteuse ?

— Oh oui.

— Je crois que je vois. Néanmoins, je vous serais reconnaissant de nous emmener là-bas. Demain, par exemple ? Frances mérite une vraie tombe et une vraie cérémonie.

— Pas de problème, assura Nettie.

« J'espère qu'aucun animal n'aura déterré le corps entre-temps », ajouta-t-elle en son for intérieur.

— Quand je pense qu'il va falloir annoncer la mauvaise nouvelle à Rosie, soupira le pasteur. Je n'ose imaginer la scène...

— Rosie ?

— Rose Dawson. Une autre de nos cavalières émérites. Elle et Frances étaient très proches.

Le regard du révérend se perdit dans les ténèbres baignant le potager.

— Je vais marcher un peu, dit-il.

— À cette heure ? s'étonna la jeune femme.

— Oui, pour moi, c'est le moment le plus propice à la réflexion et à la rêverie, quand l'âme et la pensée sont tout entières tournées vers ces grandes choses mystérieuses que le Seigneur montre la nuit aux yeux restés ouverts.

— Si vous le dites...

— Reposez-vous bien, Nettie Walker.

Le pasteur s'éloigna mains dans le dos en sifflotant, avant de se dissoudre dans les ténèbres, comme s'il n'avait jamais existé.

Nettie repensait à la journée écoulée, bien au chaud dans son lit, alors que son esprit s'aventurait à la lisière du sommeil. Les souvenirs récents s'effilochaient en une suite d'images de plus en plus vacillantes : le cadavre étendu sur la berge, l'accueil méfiant des habitants de Wooton, la viande recouverte de sauce tomate et, enfin, la discussion au clair de lune, sous le porche... Benton Deaton semblait être un homme bon. Sa proposition avait éveillé quelque chose dans la poitrine de la jeune fille, un sentiment oublié depuis des lustres.

L'espoir.

C'était à la fois exaltant et effrayant.

« Et si je repartais à zéro, ici, dans le Kentucky ? »

Les rêves sont des bulles fragiles que l'aiguille de la réalité peut aisément faire éclater, aussi Nettie choisit-elle de ne plus penser à tout ça (du moins pour le moment) et de se réfugier dans un sommeil réparateur.

Elle songeait à sa jumenst Bluebelle (« A-t-elle été bien nourrie, et bouchonnée ? ») quand elle s'endormit pour de bon.

- 5 -

Des flashs. Des images issues du passé.

Armée de son plumeau, Nettie fait la poussière chez ses employeurs, les Beauregard. De la poussière, c'est fou comme il y en a dans la bibliothèque de cette belle demeure de style sudiste. Les livres et les étagères semblent l'attirer comme un aimant. Et les bibelots de Mrs Beauregard, n'en parlons pas. Nettie doit nettoyer les petites danseuses en porcelaine, les cygnes et les lapins en céramique un par un... Toutes ces belles choses font envie. Parfois, Nettie se dit que si l'une d'elles disparaissait, la patronne ne s'en rendrait même pas compte. Alors, c'est tentant...

Nouveau flash : le petit cheval en verre soufflé. Nettie a toujours été fascinée par ces animaux. Elle rêve d'avoir le sien, un jour, tout en sachant qu'une chose pareille a peu de chance d'arriver. Les domestiques n'ont pas plus de chevaux qu'ils ne possèdent de l'argenterie ou des vêtements de couturier. Ainsi va la vie. Elle est injuste, la vie. Sans pitié.

Alors une fois (Nettie ne sait pas ce qui lui a pris), elle ne repose pas le petit cheval. Elle le glisse dans ses jupons. Elle pourra le regarder et le caresser, tous les soirs, sous la couverture, comme un trésor précieux.

Encore un flash : le parquet qui grince et la voix qui ricane « Eh, mais qu'est-ce que je vois là ? ». Nettie se retourne. Mr James, le fils de Mr Beauregard, s'approche de sa démarche de félin. Il a vingt ans et c'est un beau garçon ; malheureusement, sa beauté est gâchée par la lueur mauvaise qui luit dans ses yeux étroits. Il a tout le temps l'air de préparer un coup tordu. « C'est pas joli, joli, ce que tu fais, ma petite », poursuit-il. Nettie ne dit rien mais n'en pense pas moins. C'est l'hôpital qui se fiche de la charité. Nettie sait que Mr James vole de l'argent dans les tiroirs de son père. Tout le monde le sait, parmi les domestiques. Le pire, c'est qu'il s'en tire à chaque fois. Quelques mois plus tôt, il a réussi à faire accuser à sa place Jaxifer, le majordome. Le pauvre a été renvoyé sans solde ni lettre de recommandation.

Nettie s'agita, grogna dans son sommeil, comme si elle voulait passer à autre chose. Et cela fontionna ! Sa mémoire sauta l'obstacle, pareille aux chevaux dressés du cirque Zimbalist. Elle fit un bond dans le temps...

Nouveau souvenir : une course folle, dans la rue. Des coups de sifflet stridents. La jeune femme détale, jupons relevés, tenus à deux mains, le cœur prêt à exploser. Derrière elle, des aboiements humains. La police ! Et toujours ces sifflets qui lui vrillent les tympans et se mélangent graduellement avec un autre son, plus doux, plus mélodieux...

Les trilles des oiseaux réveillèrent Nettie. Désorientée, elle balaya la pièce du regard. Son cœur continuait de battre vite et fort. Elle ne reconnaissait ni ces meubles, ni ce parquet bien ciré, ni ces boiseries.

Les souvenirs de la veille revinrent d'un coup et tout se remit en place.

« Je suis à Wooton, dans les montagnes. »

Les rayons dorés entraient dans la chambre, filtrés par la dentelle des rideaux. La jeune femme se sentait à la fois en sécurité et perdue. Elle se leva. L'univers oscillait doucement sous ses pieds, comme si elle s'était trouvée à bord d'un bateau. Des images dansaient encore dans son esprit, sorties de son rêve, ou plutôt de ce qui, sur la fin, avait pris la forme d'un cauchemar.

Vertige.

Nettie se mordit la lèvre inférieure et ferma les yeux.

Sa vie de fugitive avait débuté quatre ans plus tôt, le 8 juillet 1932. Depuis cette date fatidique, la jeune femme avait traversé trois États, la Caroline du Sud, la Caroline du Nord et le Tennessee, espérant ainsi mettre le plus de distance possible entre elle et son passé... mais ce dernier finissait toujours par la rattraper, et pas seulement la nuit, en flashs successifs !

Deux hommes la poursuivaient. Un Blanc et un Indien. L'inquiétant duo avait posé beaucoup de questions à beaucoup de monde, du côté de Leitchfield, l'avant-dernière ville où le cirque Zimbalist s'était arrêté. Si le petit Bob, le fils du maréchal-ferrant, n'avait pas pris le cheval de son paternel pour venir avertir Nettie que des types louches étaient sur ses traces, les deux affreux lui seraient sans doute tombés dessus le jour même... Comment ces hommes avaient-ils retrouvé sa trace ? Mystère. La jeune femme pensait pourtant avoir suffisamment brouillé les pistes. Jusqu'ici, sa stratégie consistait à ne jamais rester longtemps au même endroit, tactique qui lui avait, pour l'instant, plutôt réussi.

« Mais il faudra bien que je me pose quelque part un jour ou l'autre », songea-t-elle, la bouche soudain pâteuse.

Bouger sans cesse était épuisant, à la longue.

Alors, pourquoi pas Wooton ?

« Ouais, un bled perdu dans les montagnes, c'est un bon point de chute... »

La salle de bains se trouvait au premier étage, comme les chambres. Nettie s'y rendit pour se débarbouiller. Quand elle ouvrit la porte, elle trouva un pantalon de velours côtelé et une chemise propres, pliés avec soin et posés sur un tabouret, près du lavabo. Un petit mot accompagnait les vêtements. Nettie le parcourut en diagonale sans parvenir à le déchiffrer.

« C'est pour moi, ces fringues ? »

Sans aucun doute.

Son regard se posa sur la baignoire à l'émail immaculé, et elle s'imagina plongée dans une eau chaude, savonneuse, soufflant sur des monticules de mousse. Ne serait-ce pas merveilleux de pouvoir goûter à un tel luxe ?

Nettie secoua la tête : « Ne rêve pas, ma fille ! » et elle se contenta de faire sa toilette au lavabo. Elle ne voulait pas abuser de la générosité du pasteur.

Dix minutes plus tard, lavée et changée, Nettie se rendit dans la salle à manger. La table du petit-déjeuner était mise : pain, motte de beurre, confiture, cafetière exhalant une odeur délicieuse... La jeune femme sentait la faim lui chatouiller le creux de l'estomac quand la voix de Mrs Dandridge s'échappa de la cuisine :

— Vos œufs, vous les préférez au plat ou brouillés ?

C'était demandé avec rudesse.

— Euh... au plat, répondit Nettie.

La porte s'entrebâilla pour laisser apparaître le visage ridé de la gouvernante :

— Bien cuits ou baveux ?

— Plutôt... baveux.

— D'accord... Asseyez-vous et servez-vous du café, qu'est-ce que vous attendez ?

Nettie obéit. Elle se sentait aussi mal à l'aise que la veille ; pas à sa place, comme un bison sauvage dans un magasin de porcelaine. Elle caressa du pouce l'anse délicate d'une tasse. Les couverts brillaient. Tout était propre et joli.

Minnie Dandridge apporta une assiette d'œufs au bacon.

— Vous en faites une tête, lui dit-elle.

— C'est que... j'ai pas l'habitude de m'faire servir. Merci.

— Vous remercierez le révérend Deaton, c'est lui qui commande dans cette maison. Moi, je ne fais qu'obéir.

« Ça, je n'en suis pas si sûre », songea Nettie avec une pointe d'amusement, mais elle se garda bien de le dire à voix haute.

— Vous avez mis vos vêtements dans la panière à linge sale ? questionna la servante.

— Je... Non, je les ai ramenés dans ma chambre.

— Vous n'avez pas lu mon petit mot ?

Nettie déglutit.

— Si, si, mais... je ne voulais pas vous donner du travail supplémentaire.

La jeune femme sentait la honte l'envahir. Changer de sujet, vite.

— Le révérend n'est pas là ? s'enquit-elle.

— Il vous attend à l'écurie. Il prépare la tournée du jour, avec Rosie, qui est rentrée cette nuit.

— Oh, s'il m'attend, je vais me dépêcher de manger. Vous auriez dû me réveiller.

— Le révérend m'a dit de vous laisser dormir.

Minnie Dandridge posa un assortiment de condiments sous le nez de Nettie.

La jeune femme attrapa ce qui lui semblait être la salière avant de verser un peu de son contenu.

— Vous sucrez vos œufs, vous ? grogna Mrs Dandridge.

— Oups, non, je me suis trompée, pardon, répondit Nettie, les joues cuisantes.

— Pourtant, c'est marqué dessus... Bon, allez, ne traînez pas.

La domestique retourna dans la cuisine en soupirant et marmonnant, pendant que Nettie sentait des sueurs froides imbiber son dos.

L'écurie était bâtie tout en longueur, avec des compartiments individuels pour les animaux installés de chaque côté de l'allée centrale. L'endroit sentait le fourrage et la paille fraîche. Le crottin aussi, bien sûr. Jonathan, le gamin aperçu la veille, avait posé sa fourche de guingois contre une cloison. Il était pour l'instant occupé à vider un sac de granulés dans une auge.

— Bonjour, je cherche le révérend, lança Nettie.

— Il est au fond, avec les autres.

La jeune femme avait à peine commencé à remonter les rangées de box qu'un hennissement familier l'arrêta.

— Bluebelle ? fit-elle en tournant la tête vers la droite.

La jument hennit une nouvelle fois, heureuse de retrouver sa maîtresse. Cette dernière lui caressa le museau et offrit sans restriction la paume de sa main aux coups de langue affectueux.

— Alors, tu t'es laissée dorloter, toi aussi, ma jolie ?

Hennissement affirmatif.

— Je reviens, t'inquiète pas.

Après une dernière caresse, elle se remit en marche. On entendait de chaque côté de l'allée des mâchoires en action qui broyaient l'orge. Dans la pénombre, les chevaux faisaient l'effet de puissants mastodontes. Leurs yeux brillaient. Leurs sabots battaient le sol. Ils renâclaient, inquiets de voir débarquer une inconnue, réaction dont Nettie commençait à avoir l'habitude !

Plus elle avançait, plus des bruits de conversation se précisaient. L'endroit était mal éclairé, la lumière du jour ne parvenant à se faufiler que par les interstices entre les planches disjointes. Nettie distingua trois silhouettes et reconnut tout de suite celle du pasteur (la plus petite).

— Ah, voilà la jeune personne dont je vous ai parlé, fit Benton Deaton en l'apercevant.

Il agita le bras.

— Venez, venez...

Nettie s'approcha. Un homme en salopette, grand, la moustache et les cheveux du même jaune que la paille, lui sourit. À côté de lui se tenait une femme. Elle portait des vêtements similaires à ceux de Frances : la veste à franges, le chapeau à large bord... Ses traits auraient pu être harmonieux, sans ce nez cassé, légèrement de travers. Nettie remarqua aussi ses yeux cernés et rougis. Malgré la semi-pénombre, on ne pouvait pas rater ce « détail ».

— Je vous présente Nettie Walker, dit le pasteur. Nettie, voici Jack Brown, notre palefrenier, et Rose Dawson, une de mes messagères. Mais tout le monde l'appelle Rosie.

Sobres hochements de tête, de part et d'autre.

— Alors, vous allez vous joindre à nous, c'est ça ? lança Jack.

— Je… je ne sais pas encore, répondit Nettie. Je pèse le pour et le contre.

— C'est vous qui avez découvert le corps de Frances ? questionna Rose de manière abrupte.

— Oui. Hier matin.

— Conduisez-nous à elle, s'il vous plaît.

Il y avait de l'urgence dans la voix de la femme au nez cassé, en même temps qu'un vibrato difficile à dissimuler. Elle paraissait sur le point de craquer.

Benton Deaton risqua une remarque :

— Tu es certaine de ne pas vouloir te reposer un peu, Rosie ? Nous n'avons pas besoin de toi pour…

— Je veux y aller.

— Et… et ta tournée ?

— La tournée attendra.

Le révérend soupira :

— Bien. Très bien. Nettie ?

— Allons-y, trancha celle-ci.

- 6 -

La gifle d'eau froide réveilla le vieux Jimmy Sommersby en sursaut. Il ouvrit les yeux, inspirant l'air d'un coup, comme un noyé brusquement ramené à la vie. Il voyait flou. Son crâne l'élançait à chaque battement de cœur, symptôme d'une cuite carabinée. Il s'ébroua, renifla, cracha et, petit à petit, sa vision s'éclaircit. Il était assis dans l'herbe humide d'une clairière, adossé à quelque chose de dur. Une roue de chariot... mais ce n'était pas l'un des chariots du cirque Zimbalist ! En se tordant le cou, il ne pouvait distinguer qu'une bâche gris sale. Pas de couleurs bigarrées. Nulle promesse d'un « spectacle extraordinaire » écrite en lettres de feu.

Un inconnu se dressait devant le palefrenier. Un Indien taciturne, charpenté comme une armoire à glace. Gilet en cuir. Chapeau à plume. Et plus étonnant : une cravate sur sa chemise de bûcheron. Il tenait un seau vide entre les mains.

— C'est toi qui m'as balancé c'te flotte à la gueule ? éructa Sommersby.

L'Indien resta muet, laissant la parole à un autre personnage posté légèrement en retrait.

— Je vous présente mon camarade John Partridge, que j'ai pris l'habitude d'appeler Œil-de-Perdrix. C'est plus pittoresque, je trouve. Ne vous en prenez pas à ce brave homme : il ne fait qu'obéir à mes ordres.

Accroupi et de dos, ce second gaillard remuait les braises d'un feu de camp à l'aide d'un long bâton noueux. Tout ce que le vieillard en voyait, c'était un de ces longs manteaux beige que l'on appelait « cache-poussière », et un chapeau haut de forme. Quand l'inconnu se leva et lui fit enfin face, un éclair de lucidité traversa le cerveau douloureux du vieil homme.

— Vous êtes le gars de la taverne ! s'exclama-t-il. Celui qui m'a payé à boire dix fois de suite !

— Nathaniel Wentworth, pour vous servir, fit l'autre en s'inclinant.

Avec sa petite moustache et ses tournures de phrase distinguées, il avait un côté « british » en décalage avec ce coin sauvage.

— Et vous, vous êtes Jimmy Sommersby, le palefrenier du cirque Zimbalist, continua-t-il en s'approchant. Enfin, je dis palefrenier, mais vous ne vous occupez pas que des chevaux, si j'ai bien compris. Vous nettoyez également les cages des lions et la paille de ce gros éléphant, là... Comment s'appelle-t-il déjà ?

— Mr Snuggles.

— Oui, c'est ça, Mr Snuggles !

Il souriait, mais son regard dur démentait ce sourire. Sommersby sentit son estomac se tordre et le brûler. Le mauvais whisky ingéré la veille n'était pas le seul responsable de ces aigreurs. Il avait la trouille. Une peur bleue, incontrôlable. Il essaya de remuer. Impossible. Ses mains étaient attachées aux rayons de la roue, tout comme son buste. Il était condamné à rester comme ça, assis, les bras en V. Il frissonna. On lui avait enlevé sa chemise et ses godasses. Il pouvait encore remuer les jambes et ne s'en priva pas.

— Détachez-moi !

— Chaque chose en son temps, répondit Wentworth. J'ai d'abord quelques questions à vous poser.

Les souvenirs de Sommersby se raccrochaient un à un, comme des wagons, au vieux train de sa mémoire. L'homme au chapeau claque l'avait bien cuisiné, hier soir, accoudé au comptoir en zinc de *Chez Charlie* : « Alors comme ça, vous travaillez pour le cirque Zimbalist ? Vous soignez les animaux, c'est ça ? » Un verre de payé à chaque question, et ainsi de suite jusque tard dans la nuit. « C'est pas trop dur d'être toujours sur la route ? Vous êtes en tournée dans la région depuis longtemps ? »... Et puis, bizarrement (Sommersby ne se rappelait plus exactement de quelle manière), la conversation avait dévié sur... Nettie ! « Depuis combien de temps elle travaille avec vous, la petite ? Qu'est-ce que vous pouvez me dire sur elle ? » Là, Sommersby avait commencé à flairer le loup. Bien qu'émoussée par l'alcool, sa méfiance n'était pas complètement éteinte. Ce type au grand chapeau cachait quelque chose. Ses sourires et ses belles tournures de phrase étaient comme un vernis qu'il était sans doute préférable de ne pas trop gratter.

Quand le palefrenier avait voulu quitter la taverne, il s'était rendu compte qu'il avait beaucoup trop bu. Le décor tournait, semblable à un manège fou. Il avait envie de vomir. Il titubait. Serviable, l'inconnu s'était empressé de le rattraper avant qu'il ne trébuche.

— Attendez, je vais vous aider.

Il l'avait entraîné dehors, mais pas dans la rue principale. Sommersby se souvenait vaguement d'un couloir, d'une petite porte dérobée suivie d'une ruelle sombre...

Ensuite, la silhouette de l'Indien... qui lui avait mis un sac sur la tête !

Noir complet et puis plus rien !

— Détachez-moi !

— Ça, vous l'avez déjà dit, *compadre*...

Sommersby essaya à nouveau de se débattre, sans plus de succès que la première fois. Ses poignets étaient solidement entravés. Ses doigts étaient de plus en plus engourdis par le froid matinal et, surtout, il avait peur.

— Qu'est-ce que vous me voulez ?

— Parlez-moi encore de Nettie Walker. Soit dit en passant, Walker n'est pas son vrai nom. En vérité, elle se nomme Nettie Jones. J'ai ici son acte de naissance.

Wentworth sortit un papier tout froissé des plis de son manteau beige.

— Venue au monde le 26 janvier 1916 à Savannah, en Géorgie.

Le palefrenier avala sa salive.

— Vous êtes qui, à la fin ? Vous lui voulez quoi, à Nettie ?

Wentworth prit une profonde inspiration et secoua la tête plusieurs fois :

— Jimmy, Jimmy, allons... C'est moi qui suis censé poser les questions. Vous êtes... agaçant. Il est agaçant, hein, Œil-de-Perdrix ?

L'homme au chapeau claque avait pivoté d'un quart de tour, en attente d'une approbation, mais l'Indien demeurait impassible.

— Ce n'est pas parce que Œil-de-Perdrix ne dit rien qu'il n'en pense pas moins, reprit Wentworth en reportant son attention sur son prisonnier.

Il marqua une pause et soupira.

— Bon, je vous dis qui je suis, ce que je fais dans la vie et, en échange, vous collaborez, d'accord ?

Il ressemblait à un professeur confronté à un élève bas du front, un enseignant puisant dans ses réserves de patience pour ne pas céder à l'énervement.

— C'est un marché honnête, n'est-ce pas ? poursuivit-il sur le même ton faussement cordial.

— Je... je suppose, lâcha Sommersby.

Wentworth tapa dans ses mains.

— Parfait, nous progressons... Alors, voilà, je suis une sorte d'enquêteur indépendant.

— Un chasseur de primes ?

— Tss, tss, je préfère le terme « enquêteur indépendant ». J'ai été engagé par un homme très riche, Mr Percifal Beauregard, parce que votre chère amie Nettie a fait quelque chose de très mal, oui, je dirais même de très répréhensible. Elle a tué le fils de Mr Beauregard et, ensuite, elle a pris la fuite ! Quatre ans qu'elle échappe à un juste châtiment ! Vous y croyez, vous, à une chose pareille ?

Le cœur de Jimmy Sommersby s'accéléra. Il se doutait bien que Nettie avait des ennuis. Quand elle avait débarqué au cirque, un soir de mai 1935, elle ressemblait à un petit animal traqué. Mais... un assassinat ? Non, impossible !

— Vous mentez, cracha-t-il. La gamine ne ferait de mal à personne !

— Ah oui ? Allez dire ça au jeune homme qui repose six pieds sous terre ! Allez dire ça à sa famille !

— Vous mentez, s'obstina le prisonnier.

Wentworth écarta les mains.

— J'ai rempli ma part du marché, je vous ai dit qui j'étais, ainsi que la raison de ma présence dans ce bel État du Kentucky. Dans le fond, que vous me croyiez ou non m'importe peu. À vous de parler, maintenant...

— Mes amis du cirque vont s'inquiéter. Ils vont lancer des recherches. Ils vont...

La gifle prit Sommersby par surprise.

— Ne change pas de sujet ! aboya Wentworth en collant presque son nez contre celui du palefrenier.

Cette fois, il ne faisait plus aucun effort pour dissimuler son vrai visage.

— Je veux que tu me parles de Nettie Walker, ou Jones, appelle-la comme tu veux. Depuis quand a-t-elle quitté ta minable troupe de saltimbanques ? Est-elle à pied ? À cheval ? Quelle direction a-t-elle prise ? Elle t'a parlé de ses projets ?

Sommersby cracha à la figure du chasseur de primes.

L'homme au long manteau se figea, puis lentement, très lentement, il sortit de sa poche un mouchoir brodé à ses initiales et essuya la salive sur sa joue.

— Bien, dit-il enfin d'une voix blanche. Puisque tu le prends comme ça...

Il retourna vers le feu de camp et se baissa pour saisir un brandon dont le bout incandescent rougeoyait.

— Œil-de-Perdrix, tu vas tenir les jambes de Mr Sommersby. Je suis sûr que la mémoire va lui revenir...

- 7 -

Le corps de Frances McAdams n'avait pas bougé, et aucun animal ne s'y était intéressé durant la nuit.

Une fois le cadavre sorti de terre, Rosie insista pour l'identifier elle-même. Le révérend essaya de l'en dissuader mais elle se montra inflexible (un trait de caractère qui n'était pas pour déplaire à Nettie). La jeune femme si solide en apparence s'effondra cependant quand, les pans de la couverture écartés, elle découvrit le visage mutilé de son amie. C'était étrange de voir une personne de cette trempe éclater en sanglots comme une petite fille. Nettie détourna le regard, embarrassée.

Sur le chemin du retour, personne ne parla durant un bon moment. Du menu gibier détalait à l'approche du trio, signalant sa présence par des bruits de trottinement précipité. Des oiseaux de proie piaillaient au loin, maîtres de leur territoire. Les taons et les mouches bourdonnaient dans l'air tiède de la mi-journée. Nettie était à peine consciente de tout cela. Elle faisait avancer Bluebelle au pas, perdue dans ses pensées. Elle réfléchissait à la proposition du pasteur.

« Être payée pour faire du cheval, c'est quand même tentant ! »

Pour sûr, c'était mieux que se tuer le dos dans des champs ou bien laver les assiettes sales au fond d'un bouge.

« Des jobs pourris, j'en ai connu un paquet en quatre ans... »

La jeune femme gardait, par exemple, un mauvais souvenir de l'usine de tissage de Knoxville, dans le Tennessee.

« Et la blanchisserie de Pigeon Forge ! Alors là, c'était le bouquet ! »

Nettie s'occupait des draps venant de l'hôpital le plus proche. Ils étaient souvent couverts de sang (frais ou séché)... et de déjections. Une fois lavés, il fallait les étendre dehors, sur de grandes cordes.

Été comme hiver, Nettie sortait par la porte de derrière avec de lourds paniers. La pluie et le vent ne lui facilitaient pas la tâche, surtout par grand froid lorsque, dès le premier drap suspendu, ses doigts humides se réfrigéraient à la vitesse grand V.

Ces moments-là faisaient presque regretter Savannah à la jeune femme, ainsi que les années passées au service de la famille Beauregard.

Vue de la rue, la demeure de ses anciens employeurs pouvait paraître banale (un bâtiment de briques rouges à deux étages). Cependant, quand, après avoir poussé une belle grille en fer forgé, on franchissait le mur d'enceinte, l'impression initiale changeait du tout au tout, car on entrait alors dans un jardin de conte de fées. L'herbe verbe et les hautes haies fleuries étaient taillées avec soin. Les allées gravillonnées s'entrecroisaient selon un tracé exquis, tout en courbes et en volutes, ponctuées çà et là de statues en marbre importées d'Italie. Plusieurs fontaines produisaient une musique apaisante. Par les après-midi de forte chaleur, les Beauregard et leurs invités pouvaient se prélasser à l'ombre d'une galerie accolée à la façade occidentale de la maison. Assis sur des sièges en rotin, ces messieurs dames dégustaient le thé glacé et les petits gâteaux servis par Nettie ou d'autres domestiques. Ils parlaient de tout et de rien (surtout de rien) et riaient beaucoup. Tout ici respirait la promesse d'une vie facile, une invitation constante au repos.

Mr Beauregard travaillait dans le négoce de marchandises. De quels produits s'agissait-il ? Nettie n'aurait su le dire ; ça ne la regardait pas. Mr Beauregard n'était pas un mauvais patron et son épouse avait des attentions non négligeables à l'égard du petit personnel (elle leur offrait des étrennes durant les fêtes de fin d'année, par exemple). Le couple avait quatre enfants. Leurs deux plus jeunes rejetons, des jumeaux, étaient gentils. Nettie aimait jouer avec eux ou leur raconter des histoires. La grande fille, miss Célestine, était en revanche bêcheuse au possible et bien moins sympathique que les petits... Mais le vrai problème avait toujours été Mr James, le fils aîné. Si l'on en croyait les autres domestiques, plus anciens que Nettie dans la maisonnée, James Beauregard s'était montré colérique, capricieux et fourbe dès sa plus tendre enfance. « C'est une mauvaise graine, affirmait le majordome Jaxifer. Il n'en sortira jamais rien de bon ! » Le pauvre Jaxifer ne pensait pas si bien dire, lui qui allait se faire renvoyer avec perte et fracas suite aux accusations du jeune homme !

Nettie grimaça à mesure que l'image de l'héritier des Beauregard prenait forme dans son esprit. Son ventre se tordit. Une part d'elle-même se répétait : « J'ai tué un homme, j'ai tué un homme. » Un salaud, certes, mais ça n'enlevait rien à l'horreur de l'acte qu'elle avait commis.

« N'y pense pas. N'y pense plus... »

Elle devait se focaliser sur ce qu'il y avait de positif et de bon, en ce bas monde. Le révérend Deaton, par exemple. La jeune femme l'appréciait beaucoup, et elle commençait même à sentir, par moments, des bribes de générosité derrière la carapace revêche de Mrs Dandridge. Jack Brown avait l'air sympathique et compétent (il s'était bien occupé de Bluebelle). Quant à Rosie, elle semblait du genre coriace, dure à la tâche, et Nettie aimait ça.

Elle se pencha à l'oreille de sa monture.

— Qu'est-ce que tu en penses, toi ? Ça te plairait de rester dans le coin ?

Bluebelle expulsa sous forme de postillons une réponse indéniablement positive.

— D'accord, d'accord, c'est toi la patronne.

Nettie essaya d'évacuer ses mauvais souvenirs dans un soupir. Elle devait changer d'attitude, s'ouvrir aux autres et à l'avenir. Plus facile à dire qu'à faire quand on a connu le pire durant des années.

Benton Deaton, qui se trouvait quelques mètres derrière sa jeune protégée, accéléra au petit trop pour se porter à sa hauteur.

— Que se passe-t-il ? demanda-t-il. Vous semblez perturbée.

— Je crois que ma jument vient d'accepter votre offre, fit Nettie avec un sourire hésitant. Comme je n'ai pas l'habitude de la contrarier, je pense que je vais aller dans son sens.

Le visage du révérend s'éclaira aussitôt.

— Formidable ! C'est une très bonne nouvelle.

Et ils chevauchèrent ainsi, côte à côte, en silence et sans gêne aucune, comme deux amis qui se connaissent depuis longtemps.

- 8 -

Une fois le corps de Frances déposé chez le croque-mort, Rose Dawson accepta enfin d'aller se coucher. Elle n'avait presque pas dormi depuis quarante-huit heures.

— Je doute qu'elle trouve facilement le sommeil, marmonna Deaton après que la bibliothécaire les eut quittés. Mais elle pourra au moins tenter de se reposer. Venez, je vais vous expliquer le travail.

Le pasteur entraîna sa nouvelle recrue vers un bâtiment de plain-pied, tout en longueur, sur le trottoir d'en face. Quelques passants murmurèrent dans leur dos mais ni l'un ni l'autre n'y prêtèrent attention. Arrivé devant la porte, Deaton sortit un trousseau de clés tintinnabulantes de sa poche, puis il fit entrer Nettie.

— Ouah ! lâcha celle-ci en pénétrant dans le poussiéreux sanctuaire.

Des livres partout, du sol au plafond. Des rangées entières. De véritables canyons de livres. Ça sentait le renfermé, et aussi un peu le moisi.

— Vous n'avez pas peur de vous prendre tous ces bouquins sur la tête, un jour ? demanda la jeune femme.

— Finir enseveli sous une avalanche de papier imprimé ? rétorqua Deaton, faussement songeur. Ma foi, ça ne me déplairait pas. Il y a pire comme mort, non ?

Nettie ne répondit pas. Elle continuait à examiner les lieux avec minutie.

Quand ils n'étaient pas serrés sur les étagères, les livres s'entassaient dans des caisses. Il y avait aussi beaucoup de journaux posés en piles, classés par titre et attachés par paquets, avec de la ficelle.

Une souris (ou un rat ?) passa entre les jambes de Nettie, lui arrachant un cri de surprise.

— Allons, allons, ne me dites pas que nos petits pensionnaires vous effraient, plaisanta le révérend.

Il avait aménagé son coin bureau au cœur même du labyrinthe. C'était là qu'il faisait l'inventaire et rangeait ses précieuses fiches. Nettie remarqua différents modèles de loupes, des ciseaux, de la colle. Voyant son regard interdit et anticipant la question qui allait venir, Deaton expliqua :

— Je m'occupe du classement ET de l'entretien. Nos jeunes lecteurs ne sont pas toujours très soigneux. Alors je recolle les pages arrachées, je bricole, je rafistole...

Après l'avoir extirpée d'un tiroir, il déplia une carte détaillée de la région des Appalaches. Nettie reconnut sans peine le tracé des montagnes ; elle l'avait déjà vu dans des atlas du Kentucky.

— Vous commencerez dès demain, lança Deaton. Il faut battre le fer tant qu'il est chaud, n'est-ce pas ? (Comme sa jeune protégée ne répondait pas, il continua.) Nous sommes mardi, je vais donc vous détailler la tournée du mercredi ; celle que Frances assurait d'habitude. Chaque messagère a son itinéraire.

Il déboucha un encrier dans lequel il trempa sa plume.

— D'abord, vous irez rendre visite à la famille Buchannan. Des gens très bien. Leur ranch se situe là… (Il prit une loupe, se pencha, puis traça une croix et continua son exposé de la même voix égale, patiente et mesurée.) Vous prendrez par ici, le gué de l'Homme mort, ensuite vous remonterez sur cinq ou six miles, jusqu'à la clairière du Pendu, puis vous bifurquerez en direction du…

— Laissez-moi deviner… en direction du rocher du Suicidé ?

Le pasteur abaissa la loupe et regarda Nettie comme s'il la découvrait, puis il pouffa :

— Oh, mais je vois qu'on a de l'humour !

— Ouais, de l'humour noir, acquiesça la jeune femme avec un sourire pincé.

Deaton rit brièvement avant de reprendre ses explications. La deuxième étape de la tournée était un village minier, isolé entre deux cols. Nettie écoutait son nouveau patron avec attention et prenait des notes dans sa tête. À défaut de savoir lire, elle était capable de s'orienter dans la nature, avec ou sans boussole, grâce à la course du soleil ou à la mousse sur les troncs.

« Je devrais pouvoir m'en sortir », songea-t-elle, confiante. Trop, peut-être.

Les explications terminées, le révérend replia la carte en accordéon avant de la remettre à Nettie.

— C'est clair ? s'enquit-il.

— Très clair.

L'homme d'Église ouvrit alors un gros ouvrage relié de cuir qui ressemblait à un registre d'hôtel.

— Dans cette colonne, à gauche, sont notés les livres à récupérer. Et à droite, vous avez les livres à remettre en main propre à nos chers abonnés. Par exemple, concernant les Buchannan, ils doivent restituer le roman *Prince Noir : souvenirs d'un cheval* et vous devez leur apporter ces deux anciens numéros du *New York Journal* mentionnés ici.

— On lit le *New York Journal*, dans le Kentucky ?

— Les enfants Buchannan adorent la bande dessinée *Popeye*, qui paraît dans chaque numéro !

Nettie parcourut le tableau du regard et ne put réprimer une légère grimace. Les mots couvraient la page de leurs caractères énigmatiques (des centaines de mots !) et lui donnaient presque la nausée.

— Ça en fait, des bouquins, grogna-t-elle.

— Ne vous inquiétez pas, rétorqua Deaton. La gestion du stock, ça me concerne. Je vous prépare la liste à l'avance. Et je remplis vos sacoches pour chaque voyage.

Nettie hocha la tête, en partie soulagée.

— Est-ce que vous avez des questions ? demanda le pasteur.

— Non... Je crois que ça ira.

— Parfait ! Vous monterez votre jument, j'imagine ?

— Oui, Bluebelle et moi, on est inséparables.

— Je m'en doutais... Quand il y a beaucoup de livres à transporter, on vous donne une mule en plus du cheval, mais pour demain, ce ne sera pas nécessaire. Vous commencez par une petite tournée.

Nettie laissa échapper un rire acide :

— Petite tournée ? Il y a pas loin de quarante miles aller-retour, à cheval et dans la montagne !

— Une simple promenade de santé, s'amusa le révérend. Vous verrez quand vous aurez deux fois plus d'étapes au programme et qu'il neigera plusieurs jours d'affilée... Ce ne sera plus du tout la même chanson !

Un ange passa.

— Alors ? reprit Deaton. Toujours partante ?

— Toujours, acquiesça Nettie avec un sourire de défi.

— À la bonne heure, ha, ha, ha !

Le pasteur sortit une flasque d'un tiroir fermé à clé. Dévissant le bouchon de la petite gourde argentée, il lança sur le ton de la confidence :

— Nous allons fêter ça avec ma réserve personnelle.

- 9 -

Le lendemain matin, Nettie était réveillée avant même que Minnie Dandridge ne vienne toquer à sa porte. Elle avait mal dormi mais, pour une fois, aucun cauchemar n'était en cause : elle se sentait tout excitée à l'idée de tourner pour de bon (du moins l'espérait-elle) la page la plus sombre de son existence ! Le trac se mêlait à l'exaltation. Elle avait peur de mal faire, de se tromper dans les livres, de...

« On verra bien », se dit-elle en enfilant ses vêtements.

Elle se lava le visage et descendit pour prendre le petit-déjeuner en compagnie du pasteur. Ce dernier, plongé dans son journal, n'interrompait sa lecture que de temps en temps, pour siroter son café.

— Bonjour Nettie.

— Mon révérend.

— Alors, vous êtes en forme, j'espère ?

— Ouais, j'ai... j'ai l'impression que je pourrais dévorer le monde entier !

Deaton sourit. C'était étonnant de voir la jeune femme aussi enthousiaste.

— Dévorez déjà ça, grommela Mrs Dandridge en remplissant son assiette d'œufs au bacon.

— Merci.

En passant devant le pasteur, la domestique lança :

— Je suis censée cuisiner pour une personne, moi ! Combien de temps miss Walker va-t-elle rester chez nous ?

Deaton abaissa son journal et jeta un regard sévère à son employée.

— Nettie est à l'essai pour un mois. Quand elle sera officiellement engagée, je pense qu'elle pourra louer une chambre chez quelqu'un ou même s'installer dans l'une de ces petites maisons abandonnées, à la sortie de la ville.

— Vivre dans l'un de ces bouges ? s'offusqua Mrs Dandridge.

— Après un bon coup de balai et une couche de peinture fraîche, ces « bouges », comme vous dites, seraient tout à fait habitables.

— En attendant, j'peux vous laisser une partie de mon salaire, intervint Nettie, mal à l'aise. Ce serait normal.

Minnie Dandridge leva sa main libre (celle qui ne tenait pas la poêle à frire) en signe de refus :

— Je n'ai jamais voulu insinuer une chose pareille. C'est juste que... cette situation ne doit pas s'éterniser... Une jeune femme célibataire, dans la maison d'un homme de Dieu... Vous savez comment sont les gens, mon révérend : ils aiment cancaner !

— Eh bien, laissez-les gâcher leur salive et ne vous occupez pas d'eux, répondit Deaton en se replongeant dans sa lecture.

Minnie disparut dans son antre en bougonnant. On l'entendait entrechoquer casseroles et autres ustensiles de cuisine avec plus de vigueur que ce que le simple rangement de la vaisselle nécessite.

— J'y vais, dit Nettie, une fois son assiette terminée.

— J'ai regardé le ciel ce matin, annonça son hôte. Pas de nuages sur les montagnes, c'est bon signe.

— Je ne suis pas inquiète.

— Parfait, alors... Bonne chance, et à ce soir. J'ai hâte d'entendre le récit de votre première tournée.

— Bonne journée à vous, mon révérend.

La jeune femme allait sortir quand Minnie Dandridge lui remit quelque chose enrobé dans un torchon :

— Un sandwich rôti-salade, dit-elle d'un ton sec. Pour quand vous aurez faim.

Nettie en resta bouche bée.

— Bon, alors, vous le prenez ou quoi ? grogna la domestique.

— Mer... merci.

— Je fais ça pour tout le monde, hein ? N'allez pas vous imaginer des choses !

La vieille dragonne retourna à ses fourneaux, laissant Nettie seule au milieu du petit hall, le cœur serré d'émotion.

— Votre jument est prête, annonça Jack Brown dès qu'il vit la nouvelle recrue pénétrer dans l'écurie. On dirait qu'elle vous attend. Elle piaffe depuis près d'une heure.

— Et les livres ? s'enquit Nettie.

— Le révérend a déjà garni les sacoches. Et moi, j'ai rempli votre gourde !

— Merci beaucoup.

Elle n'en revenait pas. Décidément, tout le monde était aux petits soins pour elle ; une situation trop belle pour être vraie !

— Bonne chance, lança Brown en lui serrant la main.

Elle répondit au palefrenier par un sourire ému, puis elle remonta la rangée des box jusqu'à...

— Bluebelle !

Les retrouvailles avec son cheval furent aussi chaleureuses que la veille, mais...

— Eh, oh, pas touche !

Profitant de ces effusions, Bluebelle avait essayé de croquer le sandwich préparé par Minnie Dandridge.

— C'est pour moi, ça !

Nettie entra dans le box et vérifia de quelle manière sa monture était harnachée. Brown avait bien serré la sangle, mais les étriers paraissaient un peu trop bas, aussi les remonta-t-elle d'un cran. Une fois le mors placé dans la bouche de la jument, la cavalière monta en selle.

« Ça y est, cette fois », se dit-elle.

Elle était officiellement une bibliothécaire itinérante de la ville de Wooton, dans le Kentucky : l'une des cinq messagères du révérend Deaton !

« Ouais, décidément, "messagère", ça sonne mieux que son "apôtresse", ou même qu'ambassadrice ! »

Elle se pencha et caressa la puissante encolure de sa bête.

— Je compte sur toi, hein ? Tu ne vas pas me laisser tomber ?

La jument opina.

Nettie sortit du box, guidant Bluebelle vers l'autre bout de l'écurie. Les chevaux parqués dans leurs compartiments individuels la regardaient passer, tête dressée, les yeux pleins de curiosité, même quand ils étaient occupés à manger le contenu de leur sac de céréales. Jack Brown salua la cavalière en retirant son grand chapeau de paille.

— Que Dieu vous garde, Nettie Walker, dit-il, presque solennel.

Nettie lui adressa un hochement de tête assorti d'un sourire puis, brusquement envahie d'une joie sauvage, primitive, elle lança sa jument dans la grand-rue encore endormie en criant :

— Yiha !

DEUXIÈME PARTIE

UNE NOUVELLE VIE

- 1 -

Nathaniel Wentworth regarda le faucon solitaire qui planait dans l'immensité de l'azur. Le rapace était patient, qualité primordiale chez un chasseur. Bientôt, il apercevrait un petit gibier (marmotte, lapin, mulot...), il commencerait à décrire des cercles de moins en moins larges, de plus en plus précis, puis, avant même que l'innocente créature ait pu soupçonner quoi que ce soit, il plongerait en piqué, impitoyable !

Wentworth aimait les oiseaux de proie. Il s'identifiait à eux. Se retournant sur sa selle pour parler à son adjoint, il lança :

— As-tu vu ce prince des nuées, au-dessus de nous ? Quand il frappera, ce sera comme la foudre divine !

Fidèle à son habitude, Œil-de-Perdrix se tint coi. Il pouvait chevaucher toute une journée sans décrocher un mot. Wentworth, en revanche, parlait pour deux, car il aimait s'écouter, s'enivrer de sa propre voix.

— Cruelle loi de la nature, lâcha-t-il en pivotant pour regarder de nouveau droit devant lui. Les forts dévorent les faibles. Il en a toujours été ainsi, depuis la nuit des temps... Darwin l'a démontré de belle façon.

Évidemment, Nathaniel Wentworth se rangeait lui-même dans la catégorie des forts, des prédateurs. Orphelin (à l'époque, il s'appelait encore Nathaniel Doniphon), il avait grandi dans la rue, pareil à un personnage de Dickens… et il avait survécu ! Pourtant, il n'était pas ce qu'on pouvait appeler un dur à cuire ; il n'avait rien d'un colosse, contrairement à son actuel compagnon. Comme nécessité fait loi, il s'était efforcé de développer d'autres capacités que la force brute : l'intelligence, la ruse, l'art de la traîtrise… Dans un duel à mort, on frappe par surprise, vite et fort. Pour Wentworth, le fameux code de l'honneur des voyous, c'était de la blague, de la prose, un embellissement d'écrivaillons qui ne s'étaient jamais trouvés engagés, pour de vrai, dans une bagarre entre bandes rivales.

Treize années passées à écumer les bas-fonds de New York, dans les pires conditions imaginables. Et puis il y avait eu le miracle : la rencontre avec Mr Wentworth, son bienfaiteur. Tel Léonard de Vinci croisant le jeune Salaï, Simon Wentworth avait eu un coup de foudre pour cet adolescent malingre comme un chat sauvage mais d'une grande beauté. Il s'était empressé de l'adopter, lui avait donné un toit, une éducation, et l'avait emmené vivre dans sa propriété du sud de la Géorgie. C'était là, à l'ombre des pacaniers plantés dans le parc du manoir Wentworth, que le garçon avait dévoré des piles de livres traitant de sujets aussi variés que la chimie, la botanique, l'astronomie, la balistique… Peu ou pas de romans, Conan Doyle mis à part. La fiction, c'était pour les rêveurs romantiques. L'ancien délinquant avait besoin d'applications concrètes. Il avait pris des tonnes de notes dans des petits carnets et réalisé nombre d'expériences. Les batraciens vivant dans l'étang situé derrière le manoir furent ses premiers cobayes. Puis il était passé à la vitesse supérieure avec des ragondins.

Mais, ce qu'il préférait, et de loin, c'étaient les chats. Il avait capturé et tué des dizaines de félins errants avant de les disséquer, activité méthodique, génératrice à ses yeux d'un plaisir à nul autre pareil.

À l'âge de vingt ans, il s'était engagé dans la police. En plus de sa culture générale et de ses capacités de déduction affûtées, Nathaniel Wentworth possédait ce qu'il appelait, faute de mieux, « le don ».

Pour attraper une proie, il faut penser comme cette proie, voir avec ses yeux, ou du moins, essayer. Cela demande de la concentration. C'est une sorte d'équilibre mental très précaire, comme lorsqu'on cherche une fréquence radio noyée au milieu des parasites. Difficile, mais pas impossible. Wentworth se glissait dans la peau des assassins mieux que quiconque. Aucun ne lui échappait.

Le jeune homme aurait pu faire une belle carrière si certains de ses collègues ne s'étaient pas montrés scandalisés par ses penchants sadiques. Comme ce jour où on l'avait surpris en train de torturer un criminel avec un sécateur (« Tu préfères que je te coupe quel doigt, le pouce ou l'index ? ») alors même que le meurtrier avait déjà avoué ses méfaits. Un rapport avait été rédigé dans la foulée, et des sanctions prises. Démis de ses fonctions, l'enquêteur surdoué était devenu détective privé, comme son idole, Sherlock Holmes. Malheureusement, les génies du crime tendance Moriarti n'étaient pas monnaie courante. L'essentiel de son labeur consistait à retrouver des moins que rien criblés de dettes, des joueurs de poker professionnels ou des arnaqueurs à la petite semaine. De temps en temps, Wentworth partait sur les traces d'une femme volage qui avait quitté son riche mari pour s'enfuir avec un va-nu-pieds. Rien de bien excitant, du point de vue d'un « Mozart de la déduction ».

Et puis, il y avait eu l'affaire Beauregard.

Wentworth n'oublierait jamais ce jour où Percifal Beauregard l'avait convoqué dans sa propriété. L'aristocrate ressemblait à Mr Wentworth père : mêmes moustaches à la Mark Twain, mêmes épais favoris encadrant le visage comme une paire de parenthèses broussailleuses. Le maître des lieux n'y était pas allé par quatre chemins :

— J'ai beaucoup entendu parler de vous, jeune homme. En termes parfois, disons, contrastés, mais ce qui a surtout retenu mon attention, c'est votre réputation d'infaillible limier... Il paraît que vous êtes le meilleur dans votre domaine. Voilà pourquoi je me tourne aujourd'hui vers vous. Mon fils James a été tué, il y a deux ans, par une domestique de couleur, une jeune femme qui a pris la fuite et n'a jamais été retrouvée. La police a enquêté, bien sûr, mais Nettie – c'est ainsi qu'elle se nomme – s'est littéralement fondue dans la nature... Et ça, je ne peux l'accepter. Mon fils était un bon à rien, un sombre crétin, mais c'était quand même mon fils, vous comprenez ? Je veux qu'on retrouve celle qui l'a assassiné et je veux la voir se balancer au bout d'une corde. C'est une question de principe.

Beauregard avait proposé (sans succès) un cigare au détective, avant d'allumer le sien, un vrai barreau de chaise importé de Cuba, puis il avait exhalé un rond de fumée parfait en révélant :

— Les médecins m'ont diagnostiqué une grave maladie, je n'ai pas besoin d'en dire plus, n'est-ce pas ? Je ne sais pas combien de temps il me reste à vivre mais je sais néanmoins une chose : je ne rendrai pas mon dernier souffle avant que justice ne soit faite. Et par justice, j'entends évidemment justice divine. Je ne veux ni procès, ni échappatoire. Il est dit dans l'Ancien Testament « œil pour œil, dent pour dent ». La loi du talion. La seule valable... L'incurie de la police m'oblige à faire appel à vous. Ce que je cherche, c'est un vrai pitbull, un acharné ! Je vous ouvre des crédits illimités, aussi longtemps qu'il le faudra. Débrouillez-vous comme vous voulez, employez tous les moyens nécessaires, mais ramenez-moi Nettie Jones.

Un crime de sang. Une jeune fugitive qui avait tenu en échec les forces de l'ordre. Voilà qui était intéressant.

Wentworth avait aussitôt accepté l'affaire. Un challenge. Un vrai défi. D'autant plus que, deux ans après le drame, les traces laissées par la meurtrière étaient loin d'être fraîches.

Première étape : se renseigner auprès du personnel de maison. L'enquêteur avait interrogé tout le monde, des femmes de chambre aux cuisiniers en passant par l'actuelle nurse des enfants Beauregard. Il avait appris tout ce qu'il pouvait sur Nettie Jones et, curieusement, il se sentait certaines affinités avec cette jeune femme. Sur le papier, tous deux paraissaient bien entendu très différents, mais, quand on creusait, des similitudes se dessinaient. Nettie était orpheline, comme Wentworth, et elle avait grandi dans le caniveau, comme lui. Dans son cas à elle, les bas-fonds étaient ceux de Savannah, à savoir, le misérable quartier noir établi à la périphérie de la ville. Les gens de couleur vivaient là, dans des conditions sanitaires exécrables, entassés tels des lapins dans des clapiers. Nettie avait saisi sa chance le jour où un Blanc égaré l'avait entendue chanter en pleine rue, main tendue et vêtue de haillons. Tous les témoignages s'accordaient sur un point : elle avait une très belle voix. Et puis, elle était bien jolie... L'homme tenait un cabaret dans le centre-ville. Il avait aussitôt engagé l'adolescente de quatorze ans pour qu'elle se produise dans son établissement. Un Bon Samaritain, en quelque sorte. Encore un point commun avec Nathaniel et son père adoptif. Nettie remportait un franc succès, mais le conte de fées n'avait pas duré très longtemps. Une autre chanteuse de blues travaillant dans le même cabaret avait intrigué pour faire renvoyer cette petite nouvelle qui lui faisait de l'ombre. L'orpheline s'était retrouvée une fois de plus à la rue : retour à la case départ. Peu de temps après, elle avait croisé une amie d'enfance employée comme aide cuisinière chez les Beauregard. Une place de domestique se libérait. Nettie avait sauté sur l'occasion.

Savoir se débrouiller, tirer son épingle du jeu dans un monde hostile, voilà des qualités qui ne sont pas données à tout le monde. La jeune femme avait continué à utiliser cette remarquable capacité d'adaptation une fois sa vie de fugitive entamée.

Évidemment, dès le crime déclaré à la police, les membres des forces de l'ordre avaient passé au peigne fin le quartier noir. Mais ils s'y étaient mal pris (ou alors ils avaient frappé aux mauvaises portes). Et puis, les flics, on les voyait venir de loin. Ici, l'intimidation ne servait à rien, car toute la communauté se serrait les coudes. Selon Wentworth, il fallait ruser. Aussi le privé avait-il payé un Noir, un musicien qui croulait sous les dettes de jeu, pour poser les questions à sa place, l'air de rien. La ruse avait fonctionné. « Nettie a trouvé refuge chez une amie pendant des semaines, s'était empressé de rapporter l'espion. Elle se planquait au sous-sol, sous des grabats, pendant que les policiers interrogeaient sa copine. Quand elle a enfin obtenu des faux papiers payés avec ses dernières économies, elle s'est tirée ! »

Il n'y avait pas trente-six faussaires professionnels dans le secteur. Wentworth s'était adressé directement au plus réputé. Enfin, « adressé » n'est peut-être pas le bon terme, sauf si par là on entend « attacher quelqu'un et le travailler avec une tenaille ». Le faussaire avait parlé. Oh oui, il avait chanté même. Il ne savait pas où Nettie Jones était allée mais, grâce à ses services, elle s'appelait désormais Walker. Le pauvre homme était mort, et son atelier clandestin avait brûlé, avec le cadavre à l'intérieur. Un bête accident domestique, selon le rapport de police établi les jours suivants.

Dès le lendemain de « l'incident », Wentworth avait décidé d'engager un garde du corps. Avant de se retrouver ficelé comme un saucisson, le faussaire ne s'était pas laissé faire. Il avait même réussi à blesser son agresseur à l'épaule avec un couteau. Mieux valait être deux pour ce genre d'interrogatoire musclé. Le détective ne voulait pas revivre pareille mésaventure. Il avait lancé quelques hameçons, au détour des bars et des tavernes, jetant finalement son dévolu sur Œil-de-Perdrix, un charpentier au chômage prêt à accepter n'importe quel job pour nourrir sa femme et ses trois enfants.

À partir de là, la partie de chasse avait commencé pour de bon, et le chasseur avait fait appel à son don.

« Je suis seule, en fuite, avec des faux papiers, s'était dit Wentworth, yeux fermés, en visualisant Nettie. Je dois quitter cette ville. Il y a le port, oui, c'est une solution, prendre un bateau, mais... »

L'enquêteur s'était souvenu d'une confidence faite par une employée des Beauregard : Nettie ne savait pas nager.

« J'ai peur de l'eau... Toute cette étendue d'eau... Et si jamais le bateau coulait, ou chavirait, dans une tempête ? Non, je dois partir de Savannah par un autre moyen... Le train ? Il y a des contrôles, dans les gares, et peut-être que les guichetiers ont mon avis de recherche sous les yeux, quand ils vendent des billets ? Le bus, alors ? »

Oui, ça, c'était une possibilité, si toutefois il lui restait encore un peu d'argent.

« On dit que les Noirs sont mieux acceptés, dans le Nord... »

Quelles lignes de bus allaient en direction du nord ?

Deux grandes options : vers Atlanta, toujours en Géorgie, ou vers Charlotte, en Caroline du Sud.

« Il faut que je change de juridiction, ça, c'est sûr... Si je passe la frontière de l'État, peut-être que ne serai plus recherchée ? »

Wentworth avait donc remonté la ligne Savannah-Charlotte. Son flair lui disait qu'il était sur la bonne piste. Il faisait halte à chacun des arrêts, interrogeait les chauffeurs, les vendeurs de hot dogs, les tenanciers de gargote, les limonadiers... Il montrait le portrait de Nettie, dessiné d'après des témoignages. Il promettait une belle somme si jamais les langues se déliaient.

Chou blanc sur toute la ligne, c'était bien le cas de le dire.

Et puis, il était tombé sur ce jeune homme, Atticus, un cireur de chaussures installé juste devant le terminus, assis sur une cagette. Le garçon avait l'air un peu lent à la détente, mais gentil. Un éclair avait traversé son regard ahuri quand Wentworth lui avait collé le portrait sous le nez. « Non, m'sieur, s'était-il récrié avec trop d'empressement, j'connais pas cette femme, oh ça non alors ! » Mieux valait pour lui qu'il soit cireur de chaussures plutôt que comédien, parce que sa voix sonnait atrocement faux. Sur un ordre de Wentworth, Œil-de-Perdrix avait saisi Atticus par la peau du cou, comme un chaton, puis il l'avait entraîné au bord de la rivière Catawba, où il l'avait noyé. Comme un chaton. Mais, avant cette issue fatale, il y avait eu un de ces petits jeux de questions-réponses, rituel que Nathaniel Wentworth affectionnait tant.

Le garçon était tombé amoureux de Nettie ! Voyez-vous ça ! Il l'avait hébergée pendant quelque temps « en tout bien tout honneur » (« En voilà une qui a le chic pour mener les mecs par le bout du nez », s'était dit Wentworth). Puis il lui avait même trouvé un emploi, grâce à sa cousine qui travaillait à la blanchisserie de Pigeon Forge, dans le Tennessee. Les registres de la blanchisserie confirmaient qu'une Nettie Walker avait bien fait partie du personnel, jusqu'à la fermeture de l'entreprise, en mars 1934. La cousine d'Atticus n'était pas bavarde, au début, puis elle s'était soudainement souvenue de Nettie quand on avait menacé de lui arracher les dents une par une. Les mots sortaient de sa bouche comme l'eau d'une outre percée. Elle avait raconté que la fugitive était ensuite devenue ouvrière à l'usine de tissage de Knoxville.

« C'est bien, merci du renseignement », lui avait dit Wentworth, juste avant de lui briser le cou.

L'usine de tissage avait déposé le bilan à l'automne de la même année, et pour les même raisons que la blanchisserie : encore et toujours la crise économique.

À partir de là, il n'existait plus aucune trace administrative de Nettie Walker. Plus aucun témoignage. Rien !

Wentworth et son adjoint avaient écumé la région pendant un an (un an !) sans obtenir le moindre renseignement valable. C'était comme si le limier avait perdu son don. Il avait beau se concentrer, aucune intuition fulgurante ne le traversait. Il était sur le point d'envoyer un télégramme piteux à son increvable employeur (« Perdu trace du gibier Stop Reviens bredouille Stop ») quand il avait entendu, dans un bar, cette troupe de musiciens itinérants, des jazzmen, qui parlaient d'une Noire à la voix enchanteresse, une certaine Nettie. Apparemment, la diablesse travaillait maintenant dans un cirque. Les musiciens et les gens du voyage avaient campé ensemble à la frontière du Kentucky. Ils avaient passé une soirée mémorable à chanter et à boire à la lueur d'un grand feu de camp. Nettie avait fait forte impression, avec son timbre si particulier. Les jazzmen lui avaient même proposé de rejoindre leur formation mais elle avait décliné l'offre. Apparemment, elle se trouvait bien avec les forains. Elle aimait s'occuper des chevaux, disait-elle.

— Comment s'appelait ce cirque, déjà ?

— Le cirque Zimbalist, bien sûr.

— Bien sûr, avait fait Wentworth avec un grand sourire.

Et voilà que le chasseur se trouvait maintenant devant la grande chaîne des Appalaches, peut-être plus proche de sa proie qu'il ne l'avait jamais été.

« Je lui ai donné une jument, Bluebelle, et elle est partie vers la montagne, j'en sais pas plus », avait gémi Jimmy Sommersby, le vieux palefrenier, peu avant de succomber à ses blessures (l'odeur caramélisée de chair brûlée empestait toute la clairière).

C'était vague, mais c'était mieux que rien.

Le vieux débris avait fait preuve d'une résistance surprenante face à la douleur.

« C'est beau, l'amitié ! »

Les personnes qui avaient bien connu Nettie mettaient du temps à cracher le morceau.

« On dirait que cette petite négresse sait se faire apprécier de tous les gens qu'elle croise... »

Wentworth arrêta son cheval pour fouiller du regard la montagne dressée devant lui.

« Où te caches-tu, Nettie Walker-Jones ? »

Il ferma les paupières, concentré.

Un cri proche du bruit d'une crécelle lui indiqua que, là-haut, tout là-haut, le faucon solitaire venait de fondre sur sa proie.

- 2 -

Nettie chevauchait au pas. Quand elle levait la tête, elle voyait les feuilles auréolées d'une lumière bleu-vert, presque argentée. La forêt se composait surtout de pins, de chênes et de genévriers. Les arbres semblaient vivants. Ils bruissaient, en proie à une douce excitation. La jeune femme souriait. Elle faisait corps avec la nature. Le sang circulait dans ses veines, pareil à de la sève, et la brise caressait ses cheveux. La douce fragrance de la résine s'insinuait en elle, à chaque inspiration. Petit moment de bien-être magique. Douce félicité, à peine troublée, ponctuellement, par la clameur presque cocasse d'une colonie de geais.

Nettie fit une pause pour boire et regarder sa carte. Le début de l'itinéraire n'était pas compliqué. Le sentier la mènerait droit jusqu'à la propriété des Buchannan. La cavalière allait se remettre en route quand elle aperçut de minuscules baies pourpres dans les buissons. Elle en cueillit une et y planta ses dents. Le goût était bon, quoiqu'un peu piquant, aussi décida-t-elle d'en récolter une pleine poignée. Elle proposa quelques fruits des bois à Bluebelle, qui les refusa.

— T'es difficile, dit-elle en remontant sur sa selle.

Elle repartit, le cœur léger, picorant dans sa réserve de baies à intervalles réguliers.

« C'est ça le ranch Buchannan ? » se dit Nettie quand elle arriva enfin sur un terrain plat et dégagé.

Le bâtiment en question ressemblait plutôt à une modeste cabane. La pluie avait fait pourrir les bardeaux du toit, qui s'affaissaient par endroits. Des restes de piquets délimitaient la propriété. Deux ou trois vaches efflanquées allaient et venaient dans un pré, derrière la maison. Un garçon d'une dizaine d'années les surveillait du coin de l'œil, assis sur une souche. Il paraissait surtout occupé à tailler un gros bout de bois avec son canif. Il y avait beaucoup de copeaux à ses pieds mais la forme de cette petite sculpture restait encore imprécise. Peut-être un ours ?

— Euh... Bonjour, lança Nettie.

Le gamin se retourna et se dressa d'un bond, comme s'il venait de poser les fesses sur un cactus. Il avait un œil fâché avec l'autre. Les deux s'écarquillèrent, sa bouche s'ouvrit, puis il courut vers la cabane en criant :

— P'a ! M'an !

Nettie attendait, intimidée à l'avance par cette première prise de contact avec les habitants de la montagne.

— Y a une dame bizarre ! brailla le gamin depuis l'intérieur de la maison.

Un homme sortit sur la véranda. Il était maigre, à l'image de ses animaux. Un collier de barbe poivre et sel lui mangeait le bas du visage.

— Vous êtes sur une propriété privée, m'dame ! dit l'homme.

— Je sais, répondit Nettie. Je vous apporte des journaux. Je remplace Frances McAdams.

— Oh, je vois...

Le fermier s'approcha. Il avait des gestes précautionneux, comme si ses forces avaient été minées par la maladie ou une vieillesse précoce. Son fils le suivait de près, tout en regardant Nettie d'un air craintif. Une femme vêtue d'une robe et d'un tablier sale se plaça dans l'encadrement de la porte. Un autre gamin tout morveux, à face de lune, s'accrochait à ses jupons, un pied nu sur l'autre pied nu, les orteils frétillants.

— Mike Buchannan, dit l'homme en inclinant la tête.

— Nettie Walker, répondit Nettie.

— Miss McAdams est malade ?

— Non, elle...

Nettie hésita une seconde avant de soupirer :

— Elle est morte.

Le visage des adultes et celui des enfants s'assombrirent simultanément, comme s'ils venaient de vivre une sorte d'éclipse intérieure.

Le garçon affligé d'un strabisme paraissait le plus choqué. Il demanda à son père :

— Papa, elle est morte, Frances ? Je veux dire, vraiment morte ?

— J'en ai peur, répondit le fermier.

— C'était un accident, précisa Nettie. Elle est tombée de cheval. Enfin, je crois. Je n'en sais pas beaucoup plus.

L'enfant regarda la sculpture mal dégrossie qu'il tenait encore dans sa main.

— J'avais... fait ça... pour elle, bredouilla-t-il, les paupières papillotantes.

— C'est joli, commenta Nettie.

Le gamin jeta le bout de bois par terre et repartit vers la maison à toutes jambes.

Buchannan secoua la tête, fataliste.

— Pov' Frannie... Ces montagnes... Pff, elles ne pardonnent rien. Pas la plus p'tite minute d'inattention.

Nettie se pencha, puis ouvrit l'une de ses sacoches pour en sortir les deux exemplaires du *New York Journal*.

— Vous aviez commandé ça, je crois ? dit-elle.

— Ouais.

Buchannan prit les journaux.

— Et vous aviez aussi un livre à rendre, si je dis pas de bêtises ? continua Nettie.

— Ouais, l'histoire de ce cheval tout noir, là... C'était très bien, mais triste. Qu'est-ce qu'il a comme malheurs, ce bestiau. Les gosses ont pleuré plusieurs fois. C'est ma femme qui nous a fait la lecture. Ma femme, elle a de l'éducation. Elle est allée à l'école, vous savez ?

— Je... je n'en doute pas.

Le fermier se tourna vers la maison et beugla :

— Mike ! Va chercher le bouquin !

Le petit morveux jusqu'alors cramponné à sa mère sursauta et disparut dans la cabane.

Buchannan secoua la tête.

— Saletés de montagnes, répétait-il. Saleté de pays. On se demande pourquoi on s'entête à vivre ici, parfois. La terre est ingrate. Il y a des bêtes sauvages partout...

— Alors qu'est-ce qui vous retient ? demanda Nettie.

— Cette maison que vous voyez là, elle était à mon père, et avant encore, elle était au père de mon père. C'est chez nous, vous comprenez ? C'est comme ça... Pauvre Frances, j'arrive pas à y croire !

L'homme expulsa un long soupir accablé avant de lancer, plus léger :

— Vous êtes nouvelle, donc ?

— C'est ça, confirma Nettie.

— C'est le pasteur qui vous a engagée ?

— Oui.

— Brave homme. Dieu le bénisse... Et d'où que vous venez ? Du Sud ?

— Je ne viens pas d'un endroit précis. Je bouge beaucoup.

Le deuxième enfant revint sur ces entrefaites avec l'exemplaire de *Prince Noir : souvenirs d'un cheval*. Des pages se détachèrent et tombèrent dans l'herbe. La reliure partait en lambeaux.

— C'est pas nous qu'on l'a abîmé ! se défendit le gosse.

— J'vous crois, répliqua Nettie.

Ces gens semblaient avoir leur fierté et elle ne voulait pas les vexer.

— Le révérend a de la colle dans sa réserve, ajouta-t-elle. Il le réparera.

Le père lui remit le livre abîmé qu'elle rangea avec le reste de sa cargaison.

Le petit Mike demanda :

— La prochaine fois, vous pourrez nous apporter des aventures de Tarzan ?

— Lesquelles ?

— N'importe. Maman nous les a déjà toutes lues mais c'est pas grave, on adore.

— Tarzan, d'accord.

— Vous notez pas ? Frances, elle notait tout sur son carnet.

— Pas besoin, j'ai une très bonne mémoire. Je vous laisse. Je dois continuer ma route.

Le fermier hocha la tête.

— Bonne chance à vous, m'dame.

Nettie songea : « Tout le monde me souhaite bonne chance, ça va finir par me porter la poisse... »

En milieu de journée, la cavalière aborda une pente abrupte et peu boisée. Elle n'avait plus le couvert des arbres pour la protéger et le soleil tapait dur sur sa casquette cabossée, qu'elle avait remise dès qu'elle était sortie de la forêt. La sueur suintait de son cuir chevelu, trempait son front et lui piquait les yeux. Elle commençait à ressentir la faim, en même temps qu'un sérieux mal de ventre. Son estomac faisait des bruits bizarres et l'élançait. Parvenue en haut de la côte, elle but un coup, espérant calmer de cette manière ses douleurs, mais les aigreurs persistaient.

— Me sens pas bien, dit-elle, toute pâle.

Bluebelle ne broncha pas, apparemment indifférente à la confidence.

— Pas bien du tout.

Nettie sauta au sol et se précipita derrière un buisson pour se soulager. Quelques secondes passèrent. La jeune femme gémit. Quand elle ressortit de sa cachette, elle avançait d'une démarche titubante et se tenait le ventre.

— Tu parles d'une poisse, maugréa-t-elle.

Bluebelle lui adressa un hennissement interrogatif.

— Ouais, ça va un peu mieux... Pas la grande forme mais je crois que je peux continuer.

Elle glissa une botte dans l'étrier et se hissa d'un bloc en poussant un râle.

— Allez, ma belle, on repart.

Cette première journée allait être longue. Très longue.

Après une demi-heure passée à serpenter le long de la berge d'un cours d'eau paisible, elle arriva à un gué marquant le croisement entre deux sentiers. Il y avait des panneaux indicateurs, cloués de travers sur deux poteaux, mais les lettres peintes en noir étaient à moitié effacées. De toute façon, la majorité de l'alphabet ne représentait qu'un langage crypté, nébuleux, aux yeux de la jeune femme.

« Il a bien parlé d'un gué, le pasteur, non ? Le gué de l'Homme mort, ou quelque chose du même genre... »

Nettie déplia sa carte. Les noms des lieux-dits et des sentiers étaient écrits en minuscules, alors que les quelques lettres encore déchiffrables sur les panneaux avaient été peintes en majuscules. Difficile de connecter les deux. Nettie suivit du doigt le tracé bleu du cours d'eau. Sur la carte, il remontait vers le nord. Elle leva les yeux, mains en visière, pour évaluer la course du soleil. Oui, ça semblait cohérent.

« Donc, je dois prendre à gauche et traverser le gué... »

Un léger coup de talon, et Bluebelle se remit en branle.

- 3 -

Nettie chevaucha longtemps sous un ciel d'étain avant d'accepter l'évidence : elle était perdue.

Elle avait beau examiner sa carte dans tous les sens, comparer les symboles imprimés sur le papier avec les montagnes et les forêts qui l'entouraient, elle ne voyait aucun point de repère auquel se fier.

Le vent se réveillant, le frémissement des feuillages avait doublé d'intensité pour devenir presque menaçant et, cerise sur le gâteau, le tonnerre s'était mis à gronder sourdement.

« À tous les coups, je vais me prendre la flotte ! »

Évidemment, ça n'avait pas raté : le jour s'était effacé pour laisser place à une lumière glauque sous un couvercle gris anthracite, et les nuages gorgés d'eau avaient déversé leurs entrailles dans une tourmente digne d'une tempête en haute mer.

Nettie faisait désormais avancer sa monture au hasard. Les arbres se résumaient à des traits de fusain hachurés de pluie. De temps en temps, un éclair illuminait la forêt d'une lueur cataclysmique. Ces flashs rappelaient à Nettie ceux utilisés par les photographes, avec leurs grosses ampoules qui paraissaient exploser dès que le courant électrique enflammait un filament. Une fois, un homme équipé de l'un de ces appareils monté sur trépied avait immortalisé la famille Beauregard réunie au grand complet. Nettie assistait à la scène (mais elle n'était pas sur le cliché, bien sûr) et le *whoush* de la déflagration l'avait fait crier, de peur autant que de surprise !

La foudre déchira les cieux en une succession d'instantanés éblouissants. C'était comme si Dieu en personne prenait la montagne en photo.

« Sauf que Dieu, il existe pas ! pensa rageusement la cavalière égarée. Et le pasteur qui me prédisait une belle journée... Bravo ! »

Ses crampes d'estomac ne s'étaient pas calmées, au contraire. Elle avait dû s'arrêter plusieurs fois durant l'après-midi. Elle pressait à présent une main sur son ventre pendant que, de l'autre, elle tenait les rênes de Bluebelle. La jument progressait vaille que vaille, sans se laisser impressionner par l'orage.

— Courage, ma belle, lui dit sa maîtresse en grimaçant.

Paroles inutiles. Le fracas de l'orage était si violent que la jeune femme aurait pu crier sans entendre sa propre voix.

Elle avait mal. Des larmes de dépit se mêlaient à la pluie ruisselant sur son visage.

Puis, petit à petit, elle distingua de la lumière, une sorte de phare dans la nuit.

— Merci, mon Dieu, laissa-t-elle échapper, insoucieuse de contredire ses récentes pensées.

Elle fit accélérer sa monture et arriva rapidement devant un chalet de montagne agrémenté d'un porche. La lumière orangée était visible par l'unique fenêtre découpée sur les flancs de la bâtisse. Une porte s'ouvrit en couinant, qui laissa apparaître un homme armé d'un fusil. Il levait une lampe-tempête au-dessus de sa tête.

— Qui va là ? cracha-t-il.

— Je suis perdue, m'sieur, lança Nettie d'une voix implorante. Si vous pouviez me laisser entrer pour me sécher, je... je vous en serais tellement reconnaissante.

L'homme était petit et râblé. Il avait les jambes arquées. La flamme dansante de la lampe éclairait son visage creusé de profondes rides. Son crâne déplumé et ses yeux enfoncés dans des orbites creuses lui donnaient un faux air de tête de mort.

— Vous êtes qui ? reprit-il.

— Nettie Walker.

— Nettie quoi ?

— Walker !

— Z'êtes une femme ou un homme ?

— Une femme évidemment !

— Alors pourquoi que vous êtes habillée en homme ?

— Ce... c'est une longue histoire... Monsieur, j'ai froid, je suis épuisée et...

— Vous faites quoi, toute seule dans la montagne, à une heure pareille ?

— Si vous me laissez entrer, je répondrai à toutes vos questions, promis !

Le vieillard émit une espèce de grognement de mauvaise humeur, cracha par terre, puis il jeta :

— Allez, c'est bon, attachez vot'cheval sous le porche.

— Oh merci, merci, m'sieur !

Nettie mit pied à terre et fit comme son hôte lui avait dit. Elle débarrassa Bluebelle de sa selle et des sacoches, mais elle était trop épuisée pour brosser l'animal. En guise de repas, elle lui donna une carotte prise dans la gibecière qu'elle portait toujours en bandoulière.

— Alors, vous venez ou quoi ? s'impatienta le vieux depuis l'intérieur de sa cabane.

— Oui, oui, j'arrive !

Le maître des lieux semblait avoir un caractère bien trempé. Nettie devait à tout prix éviter de le contrarier.

Elle entra dans une pièce unique, avec en son centre une table basse et des tabourets. Sur le côté, on trouvait une banquette qui devait aussi servir de lit.

— Mettez votre veste là, dit le vieux en montrant une rangée de portemanteaux en bois de cerf. Sinon, vous allez mouiller tout partout !

Les murs en rondins étaient entièrement tapissés de coupures de journaux, sans doute pour éviter les courants d'air.

« Original, comme moyen d'isolation », songea la jeune femme.

Il faisait bon. La chaleur provenait d'un poêle pouvant également servir de fourneau. Une odeur de pain cuit, de haricots et de sauce chili flottait dans l'air. L'estomac de Nettie se tordit et elle se plia en deux, mains sur le ventre.

— Vous avez des toilettes ? questionna-t-elle, les traits crispés.

— Le cabanon, dehors.

— Je... je... merci !

Quand elle revint dans le chalet, cinq minutes plus tard, elle trouva le vieux assis dans un fauteuil à bascule, en train de fumer une cigarette roulée.

— J'ai jamais vu une Noire aussi blanche, dit-il en guise d'accueil. Enfin, j'me comprends... Z'êtes pâle comme la mort, m'dame.

— Je suis malade.

Nettie prit place sur un tabouret. Elle se sentait légèrement mieux mais ce n'était pas encore la grande forme.

— Z'avez mangé des baies, hein, c'est ça ?

Nettie opina du chef.

— Ha, ha, ha, j'en étais sûr ! Non mais, quelle idée ! Je parie que les feuilles disséminées autour des fruits avaient cinq lobes, pas vrai ?

— Je sais pas, j'ai pas compté.

— M'est avis que vos baies, c'était de la vigne de Virginie, ma p'tite ! Vous vous êtes pas méfiée ?

— Je suis nouvelle dans la région.

— Oh, ça, je l'aurais deviné.

Le vieux se leva pour marcher jusqu'au poêle sur lequel mijotait le contenu d'une petite marmite.

— J'vous propose pas mes haricots au chili, hein ? questionna-t-il avec une lueur de malice un peu cruelle dans le regard.

— Merci mais je vais éviter, répondit Nettie.

— Quand on est dans votre état, faut boire. C'est ça le plus important. Sinon, on se déshydrate et là, ça peut devenir sérieux !

— Oui, vous avez raison.

Le vieil homme parut se radoucir et lui apporta un verre d'eau, qui lui fit l'effet d'une source fraîche et revigorante.

— Au fait, je m'appelle Angus McQuarrel, se présenta-t-il, une fois rassis.

Il plongea une cuillère en bois dans l'assiette de haricots fumante posée sur ses cuisses avant de s'en goinfrer, se maculant le menton de sauce rouge épicée.

— Alors ? demanda-t-il. Vous voulez toujours pas me dire ce que vous venez fiche dans nos montagnes ?

— Je distribue des livres.

— Ah d'accord... Vous êtes l'une de ces femmes du pasteur, là ?

— Oui, c'est ça, le révérend Deaton.

— Donc, c'est des livres, dans vos sacoches ?

— Oui.

Angus hocha la tête tout en sauçant son assiette avec un morceau de pain.

— J'comprends mieux, à présent...

— Et vous, monsieur McQuarrel...

— Pouvez m'appeler Angus !

— D'accord. Et vous, Angus, vous faites quoi, tout seul, dans les bois ? Vous êtes quoi ? Un trappeur ?

— Trappeur ? Ha, ha ! Non, pas du tout. Je cherche de l'or, m'dame !

Nettie plissa le front.

— Ah bon ? Il y a des filons dans la région ?

— Il y avait. En théorie, tout a déjà été exploité au siècle dernier, mais moi, j'suis sûr que cette foutue montagne, elle a pas encore livré tous ses secrets... ni tous ses trésors !

Angus raconta que, vingt ans plus tôt, un orpailleur d'origine prussienne nommé Otto von Luckner lui avait vendu sa concession pour une bouchée de pain à la suite d'une partie de poker bien arrosée. Le Prussien avait perdu gros. Céder son terrain était la seule manière d'éponger ses dettes.

— Et c'est comme ça que je me suis retrouvé propriétaire de cette cabane du jour au lendemain ! conclut le vieillard.

— Vous voulez dire que vous cherchez des pépites depuis vingt ans ? s'étonna Nettie.

— Ouais, vingt années de dur labeur, passées à creuser, trier, tamiser... Je sais qu'ils se moquent tous de moi, plus bas, dans la vallée. Mais j'm'en fous... Un jour, je redescendrai les poches pleines d'or et y seront bien obligés de boucler leur claque-merde, tous ces charlots !

— Mais... de quoi vous vivez ?

— Chasse, pêche... Je me débrouille, quoi.

Il se leva et déplia son canapé, dont les ressorts grinçaient bruyamment.

— Vous pouvez dormir là-dessus, dit-il.

— Hein ? Mais... et vous ?

Il montra son fauteuil à bascule :

— Une couverture, et je serai très bien. Ce rocking-chair est très confortable.

— Je ne peux pas accepter, je...

— Allons, ne discutez pas. Vous piquez du nez, ça se voit. Il y a un plaid dans mon armoire, là, si vous avez froid.

— Merci. Merci beaucoup, m'sieur, balbutia Nettie, émue.

— Vous pouvez m'appeler Angus, je vous l'ai déjà dit, bon sang !

La générosité du vieux bonhomme rappelait à Nettie celle de Minnie Dandridge. Elle secoua la tête en retenant un sourire amusé : c'était à croire que les gens de la région aimaient cacher leurs bons sentiments derrière un solide bouclier de mauvaise humeur !

- 4 -

La délicieuse odeur du café en train de chauffer tira Nettie des bras de Morphée. Ça, et aussi les bruits d'une maisonnée en train de s'éveiller. Angus McQuarrel s'affairait dans le modeste logis, allant et venant sans se soucier de son invitée. Il sifflotait, gai comme un pinson, ou en tout cas de bien meilleure humeur que la veille. À un moment, il se versa dans la bouche le contenu d'un flacon, pencha la tête en arrière et se mit à faire des glouglous tout en modulant des notes qui se voulaient mélodieuses.

Nettie se redressa, bâilla, s'étira, puis demanda :

— Vous faites quoi, là ?

Son hôte ouvrit l'unique fenêtre sans cesser de fredonner et il cracha dehors son bain de bouche.

— Je gargarise Gershwin ! *Rhapsody in Blue*, ça vous dit queq'chose ?

— Euh, non.

— Bien dormi ?

— Oui, merci.

Les ressorts usés du canapé-lit avaient étrillé les côtes de la jeune femme, mais critiquer le confort des lieux aurait été déplacé.

— Et vot'ventre ?

Nettie se toucha l'estomac. Elle n'avait plus mal du tout.

— On dirait que ça va mieux.

— Bien. Servez-vous du café, sur le poêle, là. Il y a aussi du pain et du miel. C'est mon miel, hein ? Le meilleur de la région.

— Je n'en doute pas.

Nettie avait recouvré l'appétit et mangea comme deux. Pendant ce temps, Angus était sorti pour couper du bois. On entendait les coups secs, répétés, de la hache s'abattant sur le billot. Le bruit de la bûche qui se fend était accompagné à chaque fois d'un *han !* triomphal.

La bibliothécaire se servit du café, qu'elle dégusta à petites gorgées en détaillant d'un œil neuf l'intérieur de la cabane. La lumière du soleil éclairait les lieux sous un jour plus chaleureux. Un mobile de facture indienne, sans doute l'un de ces fameux attrape-rêves, était suspendu au plafond. Le fait est que Nettie n'avait pas eu droit à ses mauvais rêves habituels durant la nuit... Il y avait quelques étagères fixées ici ou là. Elles étaient garnies de livres plus ou moins usés, de toutes les tailles et toutes les épaisseurs.

La jeune femme passa en revue la singulière tapisserie murale formée par les unes de journaux et de magazines. Elle ne pouvait lire les gros titres, mais rien ne l'empêchait de regarder les images. On voyait sur l'une d'elles un paquebot en train de couler, poupe dressée vers le ciel étoilé.

« *Le Titanic* ? »

La porte s'ouvrit brusquement, poussée du pied. Angus revenait, les bras chargés de bûches qu'il posa à côté de son poêle.

Nettie passait un doigt sur la reliure de l'un des nombreux ouvrages rangés en hauteur.

— Vous aimez lire ? questionna-t-elle. Je pourrai vous apporter des revues ou des romans, si ça vous dit.

— J'aimais lire, nuance. J'ai arrêté depuis des années.

— Pourquoi ?

— Ma vue baisse, m'dame. Peux plus déchiffrer les petits caractères !

— Oh... Et vous acheter des lunettes, vous y avez pensé ?

— Ça coûte trop cher ! Pas les moyens.

Nettie hocha la tête. Elle ne savait pas quelle heure il était (il n'y avait ni horloge, ni réveille-matin chez le chercheur d'or) mais il lui fallait, presque à regret, prendre congé de cet hôte finalement fort sympathique.

— Vous connaissez la mine de Bad Creek ? lança-t-elle. C'était mon étape suivante, en théorie...

— Z'êtes du mauvais côté. Mais si vous continuez par le chemin que je vais vous indiquer, vous tomberez dessus, fatalement.

Une fois dehors, Nettie dut plisser les yeux pour s'habituer au radieux soleil qui avait remplacé les nuages violacés de la veille. Là encore, le décor prenait une tout autre allure, une fois éclairé par la lumière du jour. Des boutons d'or émaillaient de jaune le vert tendre de l'herbe. On apercevait, derrière le cabanon d'aisance, une rampe de lavage, sorte de toboggan en bois formant un canal artificiel dans lequel s'écoulaient des alluvions. La pompe avait un manche en col de cygne et des petites fleurs sculptées sur son métal.

— Vous chevauchez vers l'ouest pendant deux miles, expliqua Angus, et ensuite vous allez tomber sur l'arbre du Foudroyé...

Nettie lâcha un petit rire.

— Il n'y a pas un endroit qui ne porte pas un nom sinistre, dans votre région ?

— Ah c'est sûr qu'on vit dans un coin sauvage, m'dame, y a pas à dire... La nature, elle est pas tendre avec les hommes. Et puis, ces derniers, c'est pas des enfants de chœur non plus. Faut être un peu cinglé pour vivre ici, j'en sais quelque chose. D'ailleurs, faites attention à qui vous parlez. On croise des gens louches, parfois.

— Ah bon ?

— Des taulards évadés, qui viennent se mettre au vert. Des trafiquants de gnôle qui cachent leur alambic au fond des bois...

— Et les Indiens ?

— Oh, il n'y en a presque plus. Les pauvres se sont clochardisés dans les villes de la vallée... Bref, pour en revenir à l'arbre du Foudroyé, vous le dépassez en bifurquant légèrement sur votre gauche, et là vous allez tomber sur le sentier forestier qui monte jusqu'à Bad Creek. Impossible de se tromper.

Nettie hocha la tête.

— Merci pour vos conseils et merci encore pour la nuit de repos.

— De rien, m'dame.

— Vous pouvez m'appeler Nettie.

— Alors, de rien, Nettie. Repassez quand vous voulez.

— Je reviendrai. En attendant, bonne chance dans vos recherches...

— Ha, ha ! Mon deuxième prénom, c'est têtu !

Ils se serrèrent la main, d'une poignée ferme et énergique, puis Nettie monta en selle.

L'arbre du Foudroyé était difficile à manquer : un tronc massif, fendu en deux par le milieu, noirci tel un chicot de la pire espèce.

Derrière, comme prévu, un chemin bordé de buissons ainsi que de blocs de pierre éboulés s'étalait sur toute la longueur d'une pente à l'inclinaison assez douce.

Nettie entama l'ascension sous un ciel clément, d'un bleu presque électrique. Elle avait le sentiment irrationnel que sa chance avait tourné et que, aujourd'hui, rien de négatif ne pourrait lui arriver. Le parfum de l'herbe changée en paille par un soleil trop vif avait laissé place à une odeur de terre détrempée. Les fleurs poussaient entre les ornières du sentier et s'immisçaient également parmi les fissures des rochers : pieds-d'alouette pourpres, tiges vertes dentelées d'or... Les pins gris culminaient, hauts et droits.

Brusquement, Bluebelle manifesta des signes de nervosité et fit un écart en bronchant.

— Quoi ? Qu'est-ce que tu as senti ? demanda Nettie.

Des jappements plaintifs venaient de la droite. Intriguée, la cavalière descendit de cheval et suivit prudemment les bruits. Elle découvrit un trou, derrière des buissons. C'était une sorte de puits naturel sans doute creusé par l'écoulement des eaux. Nettie se pencha et retint une exclamation d'étonnement. Un loup de belle taille se trouvait dans la fosse à demi remplie. Son poil gris et soyeux était maculé de terre. Il avait foré avec ses pattes une corniche en spirale, directement dans la paroi, pour échapper à la montée des eaux. C'était là une preuve d'intelligence autant que de courage.

— Incroyable, siffla Nettie, touchée par tant de volonté.

Mais la fatigue semblait avoir eu raison de l'opiniâtreté du bel animal. Il gisait, allongé de tout son long sur sa corniche, à mi-chemin entre le bord du trou et le fond marécageux. Combien de fois avait-il glissé avant de se hisser à nouveau ?

La truffe humide et les yeux implorants du prédateur balayèrent les doutes de Nettie.

— Attends, je vais t'aider, pépère.

Elle revint sur ses pas, prit son couteau de chasse et ramassa des branches tombées sur le bord du chemin. Une fois élaguées et mises côte à côte, ces branches formèrent une fragile passerelle entre la corniche et la surface.

— À toi de jouer, l'ami, lança Nettie.

L'animal hésita avant de s'engager, mais cette planche de salut était trop tentante pour qu'il la boude.

— Oui, c'est ça, viens...

Le petit pont improvisé tint bon et, en quelques secondes, le prédateur recouvra la liberté.

Prudente, Nettie avait reculé et gardait son couteau à la main. Le loup la fixait d'un regard brillant, difficile à interpréter. Il était solidement campé sur ses pattes et aurait pu sembler prêt à attaquer. Au lieu de quoi, il se déplaça en trottinant jusqu'à la jeune femme, puis il lui lécha la main d'un rapide coup de langue. Sans doute sa manière à lui de dire merci !

— De rien, faut s'entraider, plaisanta Nettie.

Le loup la renifla. Elle avait envie de le caresser mais n'osait pas, de peur de rompre ce fragile équilibre.

Tout à coup, comme s'il avait entendu quelque chose, l'animal fit volte-face et détala pour se fondre dans les fourrés protecteurs.

Nettie se retourna. Venue la rejoindre, Bluebelle avait chassé le prédateur.

— Je me suis fait un nouveau copain, déclara crânement la jeune femme, ce qui lui valut un hennissement outré.

La cavalière adressa un clin d'œil à sa jument.

— Allons, sois pas jalouse, tu sais bien que c'est toi ma préférée.

- 5 -

Les abords de Bad Creek évoquaient ces camps de réfugiés qui fleurissaient sur les routes depuis quelques années : logis proches de l'abri en planches, garnis de tapis moisis ou de boue séchée, toitures faites de tôle ondulée... Nettie avait du mal à croire que les habitants de ce taudis gagnaient un quelconque salaire.

Un pont de bois enjambait une rivière aux flots rougis par la terre argileuse. Le niveau de la chaussée était situé bien en dessous des maisons, parfois reliées entre elles par des caillebotis surélevés. Il n'y avait pas de trottoir. Le sol présentait une succession de buttes et de creux, de rigoles et de mares couleur rouille. Suite aux récentes pluies, l'ersatz de rue avait pris l'apparence d'un bourbier répugnant. Des porcs se baladaient en liberté parmi les mauvaises herbes. Animaux sauvages ou bien domestiqués ? Mystère.

Un alignement de hangars et d'entrepôts délabrés menait jusqu'à l'entrée d'un tunnel, bouche sombre renforcée par de solides étais en bois. Des wagonnets montés sur rails entraient et sortaient de la mine dans un incessant ballet. Des hommes, petites silhouettes en bleu de travail, tiraient des chevaux ou déversaient du minerai pour former des monticules pyramidaux. Ils avaient le visage et les mains noircis par le charbon et, sur la tête, de simples casques, sans doute pas très utiles en cas de gros éboulement. Des bruits de machines, de moteurs asthmatiques, résonnaient *dans* la montagne. On aurait dit une respiration sourde. L'air sentait le métal, l'huile rance et la sueur.

Tout à coup, un corniaud se mit en travers du chemin et aboya sur Nettie. L'animal était nettement moins sympathique que le loup rencontré plus tôt dans la journée.

— Dégage. Allez !

Un projectile frôla la joue de la cavalière.

— Eh !

Un deuxième la toucha juste derrière l'oreille. C'était un morceau de charbon.

— Ça va pas la tête ? s'emporta-t-elle en fouillant les environs du regard.

Une silhouette fila entre deux maisons. Il s'agissait d'un gamin haut comme trois pommes, sorte de Gavroche sans chaussures et coiffé d'une casquette semblable à celle de la jeune femme.

— Toi, là-bas !

Le gamin réapparut sur un tas de charbon, prêt à en découdre. Le clébard s'était posté devant lui, grognant et jappant de plus belle.

— Si mon chien vous aime pas, j'vous aime pas non plus ! postillonna le sale gosse.

Le môme décampa, suivi du chien.

— C'est pas une façon d'accueillir les gens ! cria la cavalière.

Des visages sales se collaient à des carreaux non moins crasseux pour observer cette singulière nouvelle venue. Les têtes en question semblaient presque détachées de leur corps, ballons de chair flottant dans la pénombre.

Nettie leva les yeux pour s'adresser à l'essaim de visages hostiles. En tant que Noire vivant dans les États du Sud, elle avait l'habitude de faire profil bas, mais cette goutte d'eau là venait de faire déborder le vase.

— Quoi ? Qu'est-ce que vous avez à m'reluquer comme ça ?

Pas de réponse.

Un groupe d'enfants s'amusait dans une mare d'eau croupie. D'autres fouillaient parmi les immondices, comme les cochons, dans l'espoir de déterrer quelque trophée.

Un garçon de douze ou treize ans marqua un temps d'arrêt quand il aperçut la femme juchée sur son cheval, puis il s'approcha en s'essuyant le nez dans sa manche. Il avait un physique d'albinos, avec ses cheveux, ses cils et ses sourcils d'un blanc laiteux. La cornée de ses yeux était rose.

— Vous êtes qui, m'dame ? demanda-t-il, sans agressivité. Z'êtes pas un démon, hein ?

— Pourquoi tu dis ça ?

Il se toucha le visage, l'air fasciné et un peu inquiet.

— Votre peau. Elle est... bizarre.

Nettie soupira intérieurement.

— Je suis la nouvelle bibliothécaire.

Le jeune garçon sursauta.

— Pourquoi nouvelle ? Elle est où, Frannie ?

Nettie fit de son mieux pour trouver les bons mots, pour ne pas être trop directe, trop brutale, mais toutes ses précautions tombèrent à l'eau quand elle en vint à annoncer sans plus tourner autour du pot la triste fin de Frances McAdams.

Le visage de l'enfant se décomposa. Il se tourna vers ses camarades, visiblement choqué, et cria :

— Eh, les gars, Frannie est morte !

Aussitôt, les fouilles et les jeux cessèrent. C'était comme si le groupe venait d'être sonné, aplati par un coup de massue géante. Les yeux s'emplirent de larmes qui dessinaient des sillons clairs quand elles coulaient sur les joues brunies. Les gamins se regroupèrent autour de Nettie pour la presser de questions. La cavalière y répondait du mieux qu'elle pouvait, pivotant la tête à droite, à gauche, dominant de son cheval la petite assemblée.

— Qui va nous lire des histoires, maintenant ? gémit une fillette coiffée et attifée comme un épouvantail.

— C'est vous qu'allez nous faire la lecture, m'dame ? demanda l'albinos.

— Je... non... Moi, j'apporte les livres, c'est tout.

— Alors qui va nous lire des histoires ? s'entêta la petite fille.

— Je sais pas.

Nettie s'adressa plus précisément au premier garçon :

— Vous avez pas une institutrice ou un instituteur ? D'ailleurs, vous devriez pas être à l'école, à l'heure qu'il est ?

— On n'a pas école.

— Comment ça ?

— La compagnie avait promis qu'elle en ouvrirait une, puis elle a dit que ça coûterait trop cher, qu'elle pouvait pas maintenir les salaires et payer en plus une école, des professeurs, tout ça... Mais les salaires ont quand même baissé, de toute façon.

— Et le gouvernement ? C'est pas à lui d'assurer votre éducation ?

— Y a un envoyé du gouvernement qui devait venir l'année dernière mais il est pas venu.

La petite fille intervint :

— Peut-être qu'il s'est perdu ?

— Peut-être qu'il a été dévoré par un ours ? ricana un autre gamin.

L'hypothèse déclencha une espèce d'enthousiasme moqueur parmi les enfants.

— Comme mon grand-père ! s'écria un tout petit garçon d'à peine six ans, aux membres grêles. Lui aussi a été dévoré par un ours, et un gros encore !

Cette évocation paraissait l'exciter et l'amuser en même temps.

« Je suis tombée chez des dingues ou quoi ? » se demanda Nettie.

Les enfants se livraient à un débat agité (dévoré ? pas dévoré ?) quand une sirène retentit dans un long mugissement plaintif. Bluebelle broncha, raclant la boue de ses sabots, et les gosses s'écartèrent, un peu effrayés.

— Qu'est-ce qui se passe ? s'enquit Nettie.

— Pause-déjeuner, répondit le jeune albinos.

Les hommes sortaient de la mine en file indienne. Installée un peu plus loin, une sorte de cantine ambulante servait les repas en plein air. Des tables, des bancs et des tabourets avaient été disposés sous des bâches tendues entre de grands piquets.

Nettie descendit de cheval et montra les rênes de Bluebelle à l'adolescent.

— Comment tu t'appelles ?

— Yaneck.

— Je peux te confier ma jument, Yaneck ?

— Ouais, je... je crois.

— Très bien.

La jeune femme se déplaça légèrement pour poser le plat de sa main sur une sacoche.

— Les livres réservés par la communauté sont là-dedans. Ils sont tous pour vous. Sauf celui avec le cheval noir sur la couverture.

— D'accord.

— Vous en aviez à rendre, je crois ?

— Ouais...

Yaneck se tourna vers la petite fille mal fagotée et le mioche dont le grand-père avait été soi-disant boulotté par un plantigrade :

— Tania, Piotr, allez chercher les bouquins.

Les gamins décampèrent sans attendre, fiers de se voir confier une tâche d'importance.

— Vous avez des prénoms étrangers, nota Nettie. Vos familles viennent d'où ?

— Surtout de Russie et de Pologne, mais y a aussi des Bulgares et des Roumains parmi nous, répondit Yaneck.

Nettie opina et abandonna le groupe pour marcher jusqu'à la cantine à ciel ouvert. Des femmes aux allures de matrones raclaient le fond d'une des marmites avec de grandes louches. On distinguait quelques morceaux de viande et des navets en train de flotter dans une espèce de potage. Une fois leur quart en fer-blanc rempli, les mineurs fatigués et affamés allaient s'asseoir à l'ombre des grandes bâches.

— Il y a un chef, ici ? lança Nettie à la cantonade.

Toutes les faces charbonneuses pivotèrent vers elle en même temps. Elle vit des yeux se réduire à l'état de fentes et entendit distinctement des grognements. Un homme cracha un glaviot sombre par terre.

— Tirez-vous, m'dame, dit un mineur qui n'avait pas encore entamé son déjeuner.

— Ah ouais ? rétorqua Nettie. Pourquoi, s'il vous plaît ?

Elle serrait les poings, nerveuse.

L'une des femmes qui servait la soupe s'approcha et lui glissa à l'oreille :

— Le prenez pas mal, mais on veut pas de gens comme vous ici.

— Des gens comme moi ?

— Des nègres, quoi.

Le mot terrible était lâché.

— On veut pas d'histoires, continua la matrone. On est des gens honnêtes...

— Mais... qu'est-ce que je vous ai fait ?

— Vous, rien. Mais on est au courant de toutes ces histoires qui circulent, dans la vallée. Les nègres qui se révoltent dans les plantations et font du grabuge, ceux qui brûlent la maison de leurs maîtres...

La jeune femme n'arrivait pas à y croire. De pareils propos étaient d'un autre âge.

— Vous savez que l'esclavage a été aboli depuis un bout de temps, quand même ? lança-t-elle sur un ton combatif. Les « maîtres », comme vous dites, ça n'existe plus.

— Vous nous prenez pour quoi ? Des ignorants ?

C'était au tour de la cantinière d'avoir l'air choquée.

— J'ai pas dit ça, essaya de se rattraper Nettie. Mais je...

— Laissez-nous tranquilles, m'dame, jeta un homme assis non loin de là.

Il avait des yeux bleu clair et des traits taillés à la serpe, à peine discernables sous la couche de charbon. Se levant, il ajouta :

— Notre communauté a eu son compte de malheurs, ces derniers temps, reprit-il. On est en deuil. On veut qu'on nous fiche la paix, c'est tout, vous comprenez ?

— Je cherchais juste à... faire connaissance, se défendit Nettie. Je travaille pour le révérend Deaton. Je remplace Frances Mc...

— Barrez-vous, j'vous dis ! aboya le mineur qui avait craché par terre. On connaît les gens comme vous. On sait de quoi ils sont capables. Le m'sieur qui vend des livres du culte, il nous a tout raconté.

De quoi parlait-il ? De qui parlait-il ? Pas de Deaton quand même ?

« Inutile d'insister », se dit Nettie.

Elle pouvait s'attirer des ennuis. Et des sérieux encore ! Elle secoua la tête avant de jeter :

— Comme vous voudrez. Bon appétit.

Elle fit demi-tour et s'éloigna. Elle pouvait sentir les dizaines de regards qui transperçaient son dos, sa nuque. Revenue à son cheval, elle s'aperçut que les gamins s'étaient de nouveau dispersés. Yaneck était tout seul et tenait Bluebelle par la bride. Il caressait la jument, qui se laissait faire, docile. Elle semblait même apprécier ça.

— Merci, lâcha Nettie en reprenant les rênes.

— Les livres qu'on avait à vous rendre sont dans les sacoches, annonça le garçon.

— Et ceux que vous aviez commandés la dernière fois ?

— Tania et Piotr les ont pris... Mais si on n'a personne pour nous les lire, ça servira pas à grand-chose.

— Les adultes peuvent pas s'en charger ?

— Chez moi, ma mère est morte, et mon père, il a pas le temps... avec tout ce travail, à la mine... Vous êtes sûre que vous voulez pas nous lire rien qu'une histoire, m'dame ?

Nettie soupira :

— Je te l'ai déjà dit, p'tit. Moi, je suis payée pour faire la livraison, point final...

Elle n'avait qu'une envie : quitter cet endroit sinistre. Le gamin se tortillait d'un pied sur l'autre, comme s'il n'osait pas demander quelque chose.

— Qu'est-ce qu'il y a ? soupira Nettie.

— Dans vot'sacoche, m'dame. J'ai vu le sandwich rôti-salade...

Celui préparé par Minnie Dandridge !

Après son petit problème digestif de la veille, la jeune femme avait presque oublié cet en-cas.

— Il a l'air drôlement bon, ajouta Yaneck.

Nettie le lui donna de bon cœur.

— Tu le partages avec tes amis, hein ? Tu gardes pas tout pour toi ?

— Oh oui, m'dame, sûr ! Merci !

L'adolescent ouvrait des yeux émerveillés, comme si on venait de lui offrir un inestimable présent.

— Au revoir, lança Nettie, une fois à cheval.

— Au revoir, m'dame. Merci encore et à bientôt.

« Ouais, ça, n'y compte pas trop, mon gars ! » songea Nettie avec amertume.

Elle se sentait à la fois triste et furieuse. L'accueil de la communauté l'avait blessée au plus profond de son être.

Alors qu'elle s'éloignait au pas, elle entendit derrière elle la voix enjouée de Yaneck :

— Ah, les copains, ça, vous allez jamais le croire !

Nettie prit le chemin du retour, un arrière-goût amer dans la bouche.

Quand elle repassa devant le panneau annonçant l'entrée de la bourgade, elle remarqua que quelqu'un l'observait depuis une hauteur. C'était le mioche qui lui avait jeté du charbon à la figure. Mains sur les hanches, jambes écartées, son corniaud couché à ses pieds, il avait à présent un air triomphant.

— Va-t'en, sale méchante ! cria-t-il. Et reviens plus !

Ses cris haineux résonnèrent longtemps dans la tête de Nettie, bien après qu'elle eut entamé sa descente vers l'arbre foudroyé.

- 6 -

Nettie aperçut les toits de Wooton au moment où le soleil se couchait dans un flamboiement de couleurs, et cette vision lui mit du baume au cœur. On aurait dit que l'horizon s'embrasait littéralement. Le clocher de l'église se découpait sur fond de nuages jaune orangé.

Nettie s'étira sur sa selle. Son dos lui faisait un mal de chien et ses fesses étaient réduites en marmelade.

S'ajoutant à la fatigue physique, le souvenir de son passage à Bad Creek continuait de la perturber. Elle avait beau essayer de ne plus y penser, elle y revenait toujours, remâchant la rencontre avec les mineurs, les échanges houleux, le charbon reçu derrière l'oreille... C'était comme ces croûtes que l'on gratte au lieu de les laisser cicatriser.

Enfin parvenue en ville, elle aperçut le corbillard des pompes funèbres stationné devant les grilles du cimetière. Des hommes et des femmes vêtus de noir sortaient de l'enceinte par petits groupes. Voilettes sombres, visages tristes, mouchoirs... La cérémonie était finie.

« Tant mieux ! »

Nettie n'avait jamais aimé les bondieuseries : communions, baptêmes, mariages... Alors les enterrements, n'en parlons pas !

— Miss Nettie ? s'exclama le révérend Deaton. Grands dieux, où étiez-vous passée ?

— Je… je me suis perdue. Il n'a pas fait aussi beau que vous l'aviez prévu. Une vraie tempête.

— Nous nous faisions un sang d'encre, n'est-ce pas, Minnie ?

La domestique hocha la tête d'un air hautain. Elle soutenait Rose Dawson, qui marchait d'un pas de somnambule, le visage dissimulé derrière un double voile de crêpe.

— Vous avez raté l'enterrement de Frances, déclara avec froideur Mrs Dandridge.

— Désolée, répondit Nettie.

— C'était une belle cérémonie. Une très belle cérémonie. Le révérend a fait un magnifique discours.

— Et Minnie a préparé un bon buffet, compléta l'homme de Dieu. Tout le monde est convié à la maison. Nous allons honorer la mémoire de Frances autour d'un dernier verre… Venez donc vous restaurer, chère Nettie. Vous devez avoir une faim de loup !

La cavalière repensa à l'animal qu'elle avait rencontré en début de matinée et sourit.

— Oui, je mangerais bien un morceau, confirma-t-elle. Je passe à l'écurie et je vous rejoins.

— À la bonne heure !

Minnie Dandridge avait fait les choses en grand : tartes salées et sucrées, jattes de mousse au chocolat, jus de fruits, thé glacé… Les gens se pressaient autour du buffet, des petites assiettes à la main, mais sans se bousculer, car l'ambiance restait douce, feutrée, pour tout dire, proche du recueillement. On picorait tout en discutant à voix basse dans une lumière tamisée. Le nom de Frances flottait sur toutes les lèvres pendant que Minnie allait d'un invité à l'autre pour s'assurer que personne ne manquait de rien. Hôte dévoué et prévenant, Benton Deaton assistait sa gouvernante. Il avait un petit mot ou une attention pour chacun. Il connaissait tout le monde depuis de nombreuses années.

Nettie se tenait un peu à l'écart, en spectatrice. Elle avait déjà repris de la tourte aux épinards mais le pasteur insista pour qu'elle se resserve.

— Vous voulez me gaver ou quoi ? plaisanta-t-elle.

— Vous avez besoin de forces, mon enfant !

Le révérend lui présenta les autres membres de son équipe : ses fameuses messagères. Il y avait tout d'abord Fiona, une fille boulotte, timide, un peu plus âgée que Nettie mais paraissant plus jeune, presque adolescente. La deuxième bibliothécaire itinérante s'appelait Hillary. Elle avait le physique type de l'institutrice : visage fin, petites lunettes, avec un air doux et bienveillant. La dernière, Rachel, était une brune nerveuse, aux gestes brusques et à la voix grave. Elle parlait vite, usant d'un vocabulaire coloré que Nettie ne comprenait pas toujours.

Rapidement, les jeunes femmes demandèrent à la « petite nouvelle » comment s'était déroulée sa première journée.

— Pas facile, répondit Nettie, peu désireuse de s'appesantir sur le sujet.

— Vous allez trouver votre rythme, ne vous inquiétez pas, dit Hillary.

— Vous avez rencontré des animaux sauvages ? questionna Fiona.

Nettie eut envie de répliquer : « Ouais, les mineurs ». Au lieu de quoi, elle se contenta de lâcher :

— Un loup. Mais il s'est enfui très vite.

— Moi, une fois, j'ai croisé un grizzly ! s'exclama la volubile Rachel. Donc, y avait moi et cet ours, et voilà qu'il se met à grincer des ratiches comme s'il voulait me sauter sur le râble !

— Qu'est-ce que tu as fait ? questionna Hillary.

— J'ai déguerpi pardi, j'ai sauvé ma couenne... sauf qu'après j'ai dû laver mon falzar !

Les bibliothécaires rigolèrent et Nettie les imita, même si elle n'avait pas tout saisi.

Puis les rires s'éteignirent un par un et le groupe se tut.

Un peu impressionnée, Nettie regardait ces femmes si différentes et pourtant si semblables. Elle devinait que chacune évoquait mentalement de vieux souvenirs liés à l'amie qu'elles venaient de perdre. Frances McAdams avait elle aussi été confrontée, en son temps, à des ours, des loups, et sans doute à bien d'autres animaux. Frances McAdams avait elle aussi vécu de multiples aventures dans les montagnes... avant de connaître une fin brutale.

— Elle aimerait nous voir rire, je crois, dit Hillary, et tout le monde comprit à qui elle faisait allusion.

— À Frances, lança Rachel en levant son verre.

— À Frances, répondirent les autres.

Et elles burent comme un seul homme, ou plutôt, une seule femme.

Brisant le silence, Nettie demanda à la cantonade :

— Vous auriez des conseils à me donner ?

— La vigne de Virginie est à éviter, répondit Hillary sans hésiter.

— Ça, je sais, j'ai déjà testé...

— Une autre chose à éviter, c'est de s'essuyer les fesses avec les premières feuilles venues, enchaîna Rachel. Le bord des chemins est rempli de sumac vénéneux ! Mon derrière s'en souvient encore !

Les jeunes femmes éclatèrent de rire à nouveau. Nettie les accompagna cette fois de bon cœur.

— Et méfiez-vous des moustiques ! continua Rachel.

— Et des guêpes ! renchérit Fiona. Faut faire attention aux guêpes...

— Les guêpes, c'est rien, sauf si on est allergique, reprit la petite brune rigolote. Comme la fois où le vieux Brewster a gonflé comme un ballon... Les moustiques, c'est plus vicelard ! À se demander de quoi se nourrissent ces bestioles quand elles n'ont pas une bibliothécaire à se mettre sous la dent.

— Les moustiques n'ont pas de dents mais une trompe, corrigea Hillary d'une voix docte.

— Le mieux, pour les piqûres, c'est la boue, intervint Fiona. Faut se faire des cataplasmes.

Rose Dawson se tenait assise sur une chaise à l'écart, dans un angle de la pièce. Elle regardait sans la voir la petite assiette remplie de victuailles que Mrs Dandridge avait posée sur ses genoux. Le pasteur s'accroupit auprès d'elle. Il lui tenait un bras en lui murmurant à l'oreille des paroles qui se voulaient réconfortantes. La messagère en deuil hochait la tête, maussade. Elle n'avait pas plus envie de parler qu'elle n'avait envie de manger. Deaton n'insista pas.

— Je vais fumer sur la véranda, dit-il à Nettie. Vous venez avec moi ?

La jeune femme accepta.

Il faisait bon, comme le soir où le révérend et son invitée avaient discuté tranquillement sur la balancelle. Deaton alluma le fourneau de sa pipe avant de demander :

— Alors, racontez-moi...

Nettie soupira, parla des Buchannan, de la tempête (c'était, dans sa version, à cause des intempéries qu'elle s'était perdue) et elle termina son récit par la réception houleuse à la mine de Bad Creek.

— C'est quoi, leur problème, à ces péquenots ? cracha Nettie, encore furieuse. Même la plupart des gamins sont infects dans cette communauté !

— Laissez-moi deviner ! Ils ont parlé d'un homme qui vend des livres du culte, n'est-ce pas ?

— Oui.

— Oh, je vois. Encore le vieux Moses !

— Qui ça ?

— Un prédicateur méthodiste un peu fou qui arpente les montagnes à dos de mule. Il colporte les pires histoires sur les gens de couleur. Il est interdit de séjour à Wooton mais je ne peux pas l'empêcher d'aller et venir dans la région.

— Les habitants de Bad Creek ont l'air de croire dur comme fer à son boniment.

Deaton secoua la tête en même temps que son allumette, puis il jeta la tige éteinte dans l'herbe du jardin.

— Je ne veux pas leur chercher d'excuses, mais... ces gens ont vécu un deuil terrible, il y a un mois et demi. Ils sont encore sous le choc. Dans ces cas-là, on ne sait plus vers qui se tourner. Désarroi bien compréhensible, selon moi.

— Vous en avez dit trop ou pas assez, commenta Nettie.

— Il y a eu un accident à la mine. La montagne n'aime pas qu'on la chatouille et parfois elle se met en colère. On appelle ça un coup de grisou.

— C'est quoi ?

— Une explosion. Trente personnes ont péri ; sans parler des nombreux blessés, des amputés... Ces gamins que vous trouvez infects... une bonne partie d'entre eux sont orphelins depuis lors.

Nettie laissa les mots infuser en elle.

« La montagne n'aime pas qu'on la chatouille... »

Son regard glissa sur la masse noire formée par les cimes. Pour l'heure, la montagne semblait d'un calme... olympien.

La jeune femme tourna son visage vers Deaton.

— Comment vous pouvez croire en Dieu quand il se passe des choses comme ça... Je veux dire : la mort de Frances, l'explosion à la mine... C'est terriblement injuste, non ?

— Que croyez-vous que je ressente face à la fatalité ? Face à un accident stupide, à la mort prématurée d'un enfant ? Je me sens démuni, comme tout le monde. Je crois en Dieu et je l'aime, mais je ne me prive pas de lui adresser des reproches, de lui crier mes révoltes.

— Il y a un sens à tout ça ?

— Sans doute, mais d'où nous sommes, insectes dérisoires qui s'agitent sur le globe terrestre, nous ne pouvons le saisir.

Ils restèrent un moment sans rien dire, respirant l'air vespéral auquel se mélangeait l'odeur du tabac, une fragrance à la fois piquante et parfumée, pas désagréable.

— Vous n'avez jamais cru en Dieu ? questionna le pasteur.

— Oh si... Quand j'étais enfant, je priais, oui. Je priais avec une ferveur que vous ne pouvez même pas imaginer, mon révérend.

La jeune femme marqua une pause avant de reprendre :

— Puis j'ai regardé autour de moi et j'ai vu ces horreurs, cette noirceur dans le cœur des hommes. Comment Dieu peut-il laisser faire les viols, les lynchages, les guerres ?

— Parce que Dieu laisse l'homme libre de ses choix, justement. On ne peut le tenir responsable de toutes les mauvaises actions commises en ce bas monde. Il nous montre une voie. À nous de la suivre, ou pas.

Nettie se renfrogna.

— En tout cas, ne comptez pas sur moi pour remonter à Bad Creek.

— Soyez persévérante. Les mineurs apprendront à vous connaître, à vous apprécier.

— Ils n'aiment pas les personnes comme moi.

La jeune femme et le pasteur se retournèrent. La gouvernante venait de les rejoindre sous le porche.

— Nos invités s'en vont, annonça Minnie Dandridge, qui avait mis un châle sur ses épaules. Ils vous attendent pour vous dire au revoir, mon révérend.

Quand il fut rentré, Nettie se retrouva seule avec l'austère vieille dame, qui ressemblait un peu à une chouette, avec sa paire de lunettes rondes. Le hasard étant taquin, une chouette hulula justement à cet instant, tapie dans les ténèbres. Nettie, une main devant la bouche, masqua un sourire.

— Je vous amuse ? questionna la domestique sur un ton grinçant.

— Euh, non, pas du tout.

Sans se laisser troubler, Mrs Dandridge continua, glaciale :

— Vous pourriez vous lever une heure plus tôt, le matin ?

— Pourquoi ?

— Parce que je vous le demande.

La vieille chouette toisait Nettie. C'était comme si elle venait de donner un soufflet à la « petite nouvelle ».

— D'accord, dit celle-ci. Je descendrai à cinq heures pour le petit-déjeuner, ça vous va ?

— Parfait. Je vous attendrai. Bonne nuit, conclut la gouvernante en faisant volte-face.

Nettie resta seule et pensive. Discrets, les bruits de la nuit lui tenaient compagnie.

– 7 –

Nettie avait les yeux gonflés de sommeil et le dos perclus de courbatures. Elle fit rapidement sa toilette, puis descendit au rez-de-chaussée à cinq heures, comme convenu.

Un livre l'attendait, sur la table du petit-déjeuner.

Elle l'examina, perplexe. Il s'agissait d'un ouvrage pour enfants. Un abécédaire, avec de petits dessins en couleurs sur chaque page.

La jeune femme sentit un mauvais frisson lui parcourir la colonne vertébrale.

Était-elle... démasquée ?

— Asseyez-vous, dit Mrs Dandridge en entrant dans la pièce.

Elle fit glisser le contenu de la poêle (des œufs baveux et du bacon croustillant, comme d'habitude) sur l'assiette déjà posée sur la table.

— Plus vite vous aurez terminé votre petit-déjeuner, plus vite nous pourrons commencer les leçons, reprit-elle.

— Les leçons ? Quelles leçons ?

— Lecture et écriture, bien entendu. M'est avis que vous en avez bien besoin.

Le premier réflexe de Nettie fut de nier :

— Je ne vois pas de quoi vous parlez.

— Allons, ne me prenez pas pour une idiote, s'il vous plaît, riposta la domestique. Vous avez peut-être réussi à mener en bateau notre cher révérend – le brave homme donnerait au premier venu le bon Dieu sans confession ! – mais moi, il en faut davantage pour m'abuser.

— Depuis le début, vous m'cherchez ! Pourquoi ? J'en veux pas, d'vot'bouquin !

La jeune femme jeta le livre avec mépris. Elle affichait une moue arrogante.

— Vous préférez vous perdre dans la nature une seconde fois ? contre-attaqua Mrs Dandridge. Pas évident de s'orienter quand on ne sait pas lire les panneaux, n'est-ce pas ?

Cette fois, le coup avait porté. Mutique, Nettie baissa les yeux sur son assiette. Les œufs et le bacon sentaient bon mais elle n'avait plus d'appétit.

— Ce sera notre secret, ne vous inquiétez pas, continua la servante d'une voix adoucie. Personne n'en saura rien.

Nettie restait claquemurée dans son silence. Elle se sentait percée à jour, presque nue. Son cœur battait. Elle avait honte, elle avait peur... plus peur que lorsqu'elle avait croisé le loup, par exemple. Sa vie n'était pourtant pas menacée, mais ce danger-là était pire, d'une certaine manière, plus humiliant, plus insidieux. Elle avait l'impression que sa personnalité, son âme entière, allaient être remises en question.

Bien décidée à faire céder les défenses de son adversaire, Minnie enfonça le clou :

— Expliquez-moi donc comment vous allez remplir les colonnes « livres rendus » et « livres à rendre » du carnet de commandes ?

— Je connais certaines lettres, grommela Nettie sans oser affronter le regard inquisiteur.

— Combien ?

— Suffisamment.

— Vous mentez. Combien ?

— Toutes les lettres de mon prénom.

Nettie s'attendait à une remarque cinglante, une raillerie, au lieu de quoi Minnie déclara :

— C'est bien. Ainsi, nous ne partirons pas de zéro... Passez me voir au retour de chaque tournée. Je remplirai les colonnes du cahier, en attendant que vous puissiez vous débrouiller toute seule.

Déconcertée, la libraire releva le menton.

— Pourquoi vous feriez ça ?

— Parce que tel est mon bon plaisir.

— Je... je ne vous comprends pas.

— J'ai été maîtresse d'école, dans le temps, avoua la domestique après un court silence.

— Vraiment ?

— Oui... Pendant des années. Puis j'ai déménagé, suivi mon mari, paix à son âme, fondé une famille... Les aléas de la vie, quoi ! Allez, mangez donc, ça va refroidir, et n'oubliez pas que nous avons du pain sur la planche.

Nettie hésitait, en proie à un intense combat intérieur.

— C'est trop de travail, marmonna-t-elle. Et je suis trop vieille pour apprendre.

— Il n'y a pas d'âge pour apprendre.

— Je... je ne pourrai pas me lever aussi tôt tous les matins. Je vais m'effondrer de fatigue.

— Si vous avez la volonté, vous y arriverez.

— Je... je ne suis pas sûre d'être assez intelligente.

Minnie Dandridge posa les deux mains sur ses hanches. Elle paraissait authentiquement en colère.

— Allons, cessez ces enfantillages ! Vous êtes intelligente, très intelligente ! Même un aveugle verrait ça ! Alors, terminez cette fichue assiette, qu'on puisse se mettre au travail.

Le ton tranchant de l'ancienne institutrice avait de quoi décourager toute protestation. Nettie mangea en moins de cinq minutes, et la première leçon commença.

Deux heures plus tard, la bibliothécaire débutante cheminait sur un sentier forestier, un léger sourire aux lèvres.

« J'ai appris dix lettres aujourd'hui ! Avec les quatre que je savais déjà, ça veut dire que je connais plus de la moitié de l'alphabet ! »

Dix nouvelles lettres à son répertoire ! Pour la jeune femme, ce savoir tout frais, tout neuf, constituait un premier pas décisif, comme lorsqu'un petit enfant se met à marcher, à la fois maladroit et grisé par l'infini des possibilités qui s'ouvrent à lui.

Nettie aurait bien continué sur sa lancée, mais le révérend Deaton était descendu, guilleret et sifflotant, à six heures pile, et il avait fallu cacher l'abécédaire en toute hâte.

Mrs Dandridge avait lancé un regard complice à son élève, un regard qui voulait dire : « Nous reprendrons demain. »

« Quelle femme étrange, songea Nettie. Un coup, elle me déteste ; un coup, j'ai l'impression qu'elle va me prendre dans ses bras ! »

Une phrase du pasteur lui revint soudain en mémoire : « Minnie se donne beaucoup de mal pour le cacher, mais elle a un cœur d'or. »

Ce matin encore, la cuisinière avait préparé un sandwich pour Nettie (pain blanc, porc, moutarde, cornichons) et quand cette dernière avait voulu la remercier, elle s'était contentée de grogner :

— C'est bon, c'est bon, pas la peine d'en faire toute une histoire.

« C'est comme si elle refusait d'être prise en flagrant délit de générosité ! »

Parvenue à une bifurcation, Nettie s'arrêta. Le pasteur lui avait exposé le programme de la journée juste avant son départ : elle devait monter jusqu'à un grand plateau où plusieurs familles de fermiers (surtout des éleveurs) étaient établies. Nettie ne pouvait pas encore lire les panneaux plantés devant elle, aussi fit-elle appel à sa jugeote. Une branche du chemin allait en montant ; l'autre descendait en direction de la vallée. C'était sans nul doute dans la première direction qu'elle devait continuer.

— Allez Bluebelle, dit-elle en donnant un petit coup de talon à sa jument.

Le sentier ascendant était bordé d'un côté par des chênes nains et, de l'autre, par une jungle de genévriers. Nettie repensa à l'anecdote du sumac racontée par Rachel et pouffa. Elle imaginait la petite brune énergique en train de se relever, littéralement le feu aux fesses. Un sourire serein demeura sur ses lèvres. Elle espérait revoir ses collègues prochainement, car elle les trouvait toutes très sympathiques.

Pour la première fois de sa vie, elle avait l'impression de faire partie d'un groupe, voire... d'une famille !

— Une famille ! répéta-t-elle à voix haute, rêveuse.

Elle avait maintenant quatre sœurs, un oncle bienveillant et même une grand-tante acariâtre !

La pente s'accentuait. Les lourdes secousses du cheval remuaient les os et endolorissaient le postérieur de la cavalière, qui traversa bientôt une clairière cernée de pins rabougris avant de s'engager de nouveau sur un chemin aussi sinueux qu'une sente de cerf. Loin au-dessus de la ligne des arbres, le pic nu et déchiqueté d'une falaise s'élevait dans l'azur.

Marquant un temps d'arrêt pour mettre une main en visière, Nettie plissa les yeux.

Oui, là-haut, à flanc de falaise, petit point noir en équilibre précaire, pareil à un bouquetin, il y avait un animal, qui ressemblait à un loup. Immobile, il paraissait l'observer.

« Se pourrait-il que... ? »

Elle secoua la tête. Le hasard serait un peu trop gros.

« Et s'il ne s'agissait pas d'un hasard ? »

D'un seul coup, le loup gris (car c'était bien lui !) se faufila dans un creux de la roche, et ce fut comme s'il n'avait jamais existé.

- 8 -

L'écho de la détonation se répercuta dans les montagnes, pareil à un cri de colère qui refuse de mourir.

Brusquement tirée de ses rêveries, Nettie fit ralentir Bluebelle.

Une heure s'était écoulée depuis qu'elle avait aperçu le loup. Elle repensa aux avertissements lancés par Angus, le vieux chercheur d'or, et plus précisément à ce qu'il avait dit au sujet des bandits en fuite et autres trafiquants d'alcool...

Un bruit de galop grossissait.

Trop tard pour se jeter dans les fourrés. Nettie se raidit, prête à voir arriver n'importe qui au détour du sentier, et regrettant tout à coup de ne posséder ni pistolet ni fusil.

L'homme qui apparut cinq secondes plus tard avait beau monter un cheval joliment harnaché, il n'avait rien d'un cow-boy. Il ressemblait plutôt à un comptable, avec son petit costume gris, son nœud papillon et son chapeau melon. Nettie remarqua au passage que le chapeau en question était percé d'un joli trou.

— Vous allez chez les Martin ? aboya le cavalier, affolé.

— Euh, oui, répondit la jeune femme.

C'était la première de ses trois étapes de la journée.

— Feriez mieux de faire demi-tour ! reprit l'homme. Sont givrés !

Et il continua son chemin au même rythme, sans s'arrêter, comme si le diable en personne était lancé à ses trousses.

Nettie hésita. Elle n'avait guère envie de servir de cible à des excités de la gâchette... mais elle avait également un travail à accomplir.

— Allons-y, ma belle, mais pas trop vite, hein ?

La jument se mit en route au pas et, dès le tournant suivant, l'animal et sa cavalière atteignirent un promontoire qui dominait une vaste étendue plate, chose rare en ces terres accidentées. Une ferme occupait le centre du plateau. Elle offrait un spectacle un peu désolant, guère différent de celui découvert au ranch Buchannan. La petite maison de bois brut était écrasée d'un côté. Dressé un peu plus loin, l'abri des cabinets paraissait en meilleur état. L'appentis où l'on entreposait les outils avait l'air lui aussi correctement entretenu. Trois personnes discutaient devant un soc de charrue planté dans le sol : un homme, une femme et un adolescent. L'homme tenait un fusil de chasse entre les mains. La discussion semblait très agitée, aussi, dans un premier temps, personne ne remarqua Nettie. Une poignée de poulets couchés dans la poussière se prélassaient sur le carré de terre ensoleillé qui faisait office de basse-cour. Des entailles assez profondes indiquaient que des dizaines (des centaines ?) de volatiles avaient été décapités sur le billot posé tout près de là. Des bidons vides destinés à recueillir l'eau de pluie étaient installés aux quatre coins d'un grand potager enclos derrière un muret. Nettie jeta un œil par-dessus le petit mur et vit des légumes bien alignés, comme chez le pasteur. Les pois, les laitues et les fèves étaient faciles à reconnaître.

— Excusez-moi, dit la nouvelle venue, attirant du même coup l'attention des Martin sur elle.

Par réflexe, le père avait de nouveau épaulé son fusil. Il avait le geste sûr, mécanique, de celui qui a déjà servi sous le drapeau de son pays et possède encore de solides automatismes.

Nettie leva les mains et jeta :

— Eh, oh, du calme ! Moi, j'apporte des livres, c'est tout, hein !

— C'est pas la banque qui vous envoie ? éructa l'homme.

Il était vêtu d'un bleu de travail usé. Sa bouche pincée se tordait d'amertume et ses petits yeux brillaient, rageurs.

— C'est pas la banque, assura la cavalière.

— Z'êtes sûre ?

Le garçon tira la manche de son père :

— P'a, t'as déjà vu les banques employer des Noirs ?

Le gamin, qui avait onze ou douze ans, paraissait vif et intelligent. Ses pommettes étaient fortes et ses joues creusées.

Le chef de famille grogna :

— Ouais, c'est pas faux...

Nettie se présenta puis répondit à l'inévitable flot de questions concernant Frances. L'enfant et la femme parurent très affectés par la nouvelle de sa mort. L'homme aussi, bien qu'il fît des efforts évidents pour ne pas le montrer.

— Désolé pour l'accueil, m'dame, dit-il, mais on est sur les nerfs avec ces bougres de salopards de la banque.

— Strother, ton langage ! le tança son épouse.

Elle portait un tablier taché et une robe grise qui lui descendait aux chevilles. Son teint était gris, comme la robe. On aurait dit une petite souris.

— Je m'appelle Ellie et voici notre fils, Joshua, fit-elle, une note de fierté dans la voix.

— Tout le monde m'appelle Josh, précisa le garçon.

— Josh adore lire, ajouta sa maman. Et pas seulement des bandes dessinées pour enfants. Des gros livres aussi !

— Oui, mais j'aime bien *Terry et les pirates*, quand même !

Le père émit un soupir de dépit :

— Dès qu'il a une minute de libre on le trouve avec un bouquin ou un journal sur les genoux : aux toilettes, sur la balancelle ou derrière la maison... Peut pas s'en empêcher ! Même qu'il lit en cachette, la nuit, alors qu'il croit qu'on dort ! Et le lendemain, il est trop fatigué pour travailler la terre ! Ah, tu parles d'une saleté d'occupation... J'aurais préféré que Mrs McAdams, paix à son âme, elle se casse une patte plutôt que de venir nous voir, le jour où elle a apporté ces maudits romans et ces fichus illustrés pour la première fois !

— Mais papa, j'aime ça, riposta le gamin. Ça me permet de... voyager. De voir des endroits que je visiterai jamais ! (Il leva les yeux sur Nettie, qui était toujours à cheval.) Ce que j'préfère, c'est l'aventure ! Z'avez lu *Michel Strogoff*, m'dame ?

Nettie fit non de la tête.

— Ah, c'est épatant, reprit le jeune Josh. C'est écrit par ce Français, là, Verne. Quand le Cosaque brûle les yeux du héros avec la lame de son sabre chauffée à blanc, on croit vraiment qu'il est devenu aveugle, j'vous assure !

— J'en doute pas, répondit Nettie, souriante. Tu avais commandé deux livres, cette fois, c'est ça ? Des romans de Walter Scott ?

Elle essayait de se souvenir de la liste du jour, avec tous ces titres et ces auteurs empilés dans des colonnes.

— Ouais, confirma Josh. J'ai réservé deux histoires de chevalerie : *Ivanhoé* et *Quentin Durward* ! Et puis le *New York Daily News*, pour *Terry et les pirates* !

Le père secoua la tête.

— Perte de temps, marmonna-t-il, les dents serrées.

— Tout est dans la sacoche de droite, annonça Nettie. Je te laisse te servir, p'tit.

Le gosse ne se fit pas prier. Une fois les livres et le quotidien récupérés, il se mit à courir vers l'habitation mal en point.

— On manque à tous nos devoirs, dit la mère de famille. Peut-être que vous désirez vous reposer un peu et faire boire votre jument, madame.

— Appelez-moi, Nettie... Ouais, pour Bluebelle, c'est pas de refus. Elle est assoiffée.

Un abreuvoir était posé sur une dalle en béton, à côté d'une pompe à eau grignotée par les mauvaises herbes et les plantes grimpantes. La cavalière descendit de cheval et laissa sa monture se désaltérer, pendant que le couple l'observait en silence.

— Qu'est-ce qui se passe, avec la banque ? demanda Nettie, consciente d'aborder un sujet sensible.

— Veulent nous chasser de chez nous, répondit Strother Martin. C'est quoi, le terme exact, Ellie ?

— Exproprier, lâcha sa femme à contrecœur.

— Ouais, voilà, *extorpiller* ! Parce qu'on n'arrive pas à rembourser nos dettes, avec les intérêts et tout ça. C'est les chiffres et les comptables qui décident tout de nos jours, pas vrai ?

— Faut croire, répondit prudemment Nettie en remplissant sa gourde à la pompe.

— Sauf qu'on n'est pas les seuls dans la mouise, reprit le chef de famille. Tous les fermiers de la région sont endettés ! Alors, ils vont faire quoi, ces gros malins de la banque ? Chasser tout le monde ? Non, pas possible ! N'auront pas l'cœur de faire ça...

— Une banque, ça n'a pas de cœur, enchaîna son épouse d'une voix blanche. C'est pas humain, une banque. Si leurs damnés chiffres leur disent de nous mettre dehors, ils le feront.

— Qu'ils viennent ! répliqua l'homme en montrant la maison branlante située derrière lui. Cette cabane est pas bien jolie, mais c'est moi qui l'ai construite de mes propres mains, planche par planche, pierre par pierre, et personne ne m'en chassera, ça, je vous le garantis !

Il s'énervait. Il postillonnait. Il avait les larmes aux yeux. Nettie s'en voulut d'avoir jeté de l'huile sur le feu avec ses questions.

Le fermier brandit son fusil :

— Avec cette arme, j'ai combattu les Allemands en France, en 1917. Ouais, même que le général Patton nous commandait... J'aimerais pas utiliser ce fusil contre des compatriotes, mais si jamais ces rapaces reviennent, j'hésiterai pas à viser en dessous du chapeau, cette fois !

Ellie caressa le dos de son époux.

— Tu ne le feras pas, dit-elle. Ne prétends pas le contraire. Tu es peut-être une tête de mule mais tu n'es pas idiot. Tu sais que si tu blesses, ou pire encore, si tu tues l'un de ces hommes en costume, tu finiras au bout d'une corde, et alors moi et Josh on se retrouvera seuls. Tu ne veux pas ça, n'est-ce pas ?

L'homme baissa le menton. Il avait pris un coup de vieux en un instant. Toute l'injustice du monde pesait sur lui, l'écrasant littéralement.

— J'aimerais tuer ces satanés chiffres, lâcha-t-il.

Nettie ne savait pas quoi dire. Elle remontait à cheval au moment où la porte de la maison branlante s'ouvrit brutalement. Josh courut vers elle. Il devait tenir à deux mains un livre très épais, presque aussi gros qu'un dictionnaire.

— *Moby Dick* ! clama-t-il en le remettant à Nettie. Vous l'avez lu, celui-là ?

La jeune femme secoua la tête.

— C'est l'histoire d'un capitaine qui a perdu sa jambe, mangée par une baleine, et il poursuit l'animal à travers les mers pour le tuer et se venger. Et vous savez quoi ? La baleine, elle est blanche ! À la fin, elle...

— Josh, ne raconte pas la fin à la dame, le coupa sa mère.

— Ah ouais, pardon... J'ai pas tout compris, y a des passages écrits avec des mots compliqués.

Nettie feuilletait le livre tout en écoutant Josh. Des gravures ponctuaient la lecture à intervalles réguliers. Sur l'une d'elles, on voyait un cétacé aux mâchoires puissantes éventrer le fond d'un canot et déséquilibrer ses occupants.

— Tu as aimé ? demanda Nettie.

— Oh oui, beaucoup, assura le gosse. Quand on referme les pages, on peut presque sentir le vent du large et l'air salé.

— Tu en parles bien, dit la cavalière en rangeant le roman dans sa sacoche de gauche, celle dévolue aux titres « à rendre ». Tu veux autre chose, pour la prochaine fois ?

Josh hocha la tête :

— Oui, la suite de *Terry et les pirates* bien sûr ! Et puis, il y a ce livre, là, *Robinson Crusoé*, qui a l'air terrible. C'est l'histoire d'un naufragé sur une île déserte...

— Si on l'a en réserve, je te l'apporterai.

— Il y est, pas de souci. Frances avait commencé à me raconter l'histoire et elle était persuadée que ça me plairait !

Le père grogna :

— C'est pas *Crusoé* et *Mon p'tit Dick* qui vont aider les carottes et les navets à pousser !

— *Moby Dick*, p'a ! le reprit l'enfant avec beaucoup de sérieux, ce qui fit sourire Nettie.

— Je dois y aller, m'sieurs dame. J'ai encore deux fermes à visiter. Je vous souhaite bonne chance pour vos ennuis de finances. Et toi, Josh, je te souhaite une bonne lecture. Tu me diras ce que tu as pensé de tes histoires de chevaliers ?

— Alors ça, comptez sur moi !

Les adultes saluèrent poliment Nettie, qui repartit vers le promontoire par lequel elle était arrivée.

Strother Martin tapa dans ses mains et gratifia son fils d'une taloche affectueuse.

— Au travail, p'tit génie !

– 9 –

Angus McQuarrel sifflotait *Porgy and Bess*, la célèbre mélodie composée par George Gershwin.

Une journée de plus était passée ; et toujours aucune pépite en vue.

Avec le temps, le vieil homme était devenu philosophe.

« Bah, tant pis, au fond... Je vis au grand air, dans un endroit que j'aime. C'est déjà pas si mal ! »

Peut-être qu'il ne ferait jamais fortune ? Peut-être que les poivrots de la vallée avaient raison de se moquer de lui et de le traiter de fou ?

Il se consolait avec la nature qui l'environnait, magnifique, souveraine. Avec le whisky aussi et, de temps en temps, une bonne sauce chili généreusement étalée sur ses plats préférés.

D'ailleurs, l'heure du déjeuner approchait.

Il était penché sur sa rampe de lavage, le dos cassé, les jambes douloureuses à force d'être fléchies, quand il entendit le bruit des sabots.

Arrêtant de siffler aussitôt, il se retourna.

Des chevaux venaient au pas. Ils étaient deux, et des cavaliers silencieux les montaient.

Angus rangea sa batée, un instrument en forme de chapeau chinois qui permettait de trier l'or du sable. Les orpailleurs le secouaient et, si la chance leur souriait, ils voyaient apparaître le fruit de leurs efforts, le « ciel étoilé » :

les paillettes scintillantes reposant au fond de l'entonnoir. Jusqu'ici, dame Chance n'avait guère souri à Angus.

— Bien le bonjour, étrangers, lâcha-t-il à l'adresse des inconnus.

Le premier des deux cavaliers, une sorte de dandy avec des faux airs de joueur de cartes professionnel, lui rendit son salut en soulevant brièvement son chapeau claque. L'Indien costaud qui progressait une demi-douzaine de mètres en retrait resta sans réaction. Angus grimaça. Aucun des deux énergumènes ne lui inspirait confiance. Une aura de malfaisance flottait au-dessus d'eux, comme un nuage d'orage. Angus regretta d'avoir laissé son fusil dans la cabane. L'air de rien, il se déporta en direction de la hache plantée dans une souche, à cinq ou six mètres de lui.

— Salut l'ami, lança l'homme aux moustaches finement lustrées. Je me présente : Nathaniel Wentworth. Et derrière moi, vous voyez mon assistant, John Partridge. Œil-de-Perdrix, pour les intimes... Œil-de-Perdrix, dis bonjour au monsieur.

L'Indien se contenta d'un hochement de tête. Ses deux grosses mains, épaisses comme la tête d'un nourrisson, étaient posées sur le pommeau de sa selle.

— Qu'est-ce qui vous amène si loin de la civilisation, messieurs ? demanda le vieillard.

Les deux chevaux s'immobilisèrent face à lui, alignés de front. Le cavalier qui prétendait s'appeler Wentworth enleva de nouveau son couvre-chef, cette fois pour s'éponger le visage avec un mouchoir brodé de fine dentelle.

— Quelle chaleur, dit-il. Parfois, l'arrière-saison, c'est encore plus suffocant que le plein été, pas vrai ?

— Ouais, approuva Angus. Et ça veut dire que l'hiver sera polaire. C'est comme ça, ici, au sud des Appalaches.

— Vous vivez dans le coin depuis longtemps, l'ancien ?

— Un bon paquet d'années, ouais...

Wentworth indiqua la rampe de lavage d'un coup de menton.

— Vous n'avez pas encore fait fortune ? s'enquit-il, narquois.

— Pas le moins du monde, répondit Angus. Mais j'aime la région. Filon ou pas filon.

Wentworth prit à témoin son adjoint :

— C'est un dur métier que celui d'orpailleur. On a beau faire des relevés géologiques, carotter le sol, on n'est en fin de compte jamais sûr de rien. Même chose pour le pétrole. Pile ou face. (Il reporta son attention sur Angus.) Je vous tire mon chapeau, monsieur. Un homme qui persévère, ça force l'admiration.

— Merci.

Tout en parlant, le vieillard continuait de se déplacer en crabe, centimètre après centimètre. Il regardait du coin de l'œil le manche dressé de sa hache. Encore deux mètres et il pourrait l'attraper.

— Restez où vous êtes, conseilla Wentworth. Ce n'est pas le moment de couper du bois, n'est-ce pas ?

Angus s'immobilisa, soupira et mit les mains dans les poches de sa salopette.

— Dites-moi donc ce que vous voulez, les gars. On gagnera du temps.

Il jouait au rude gaillard qui ne se laisse pas impressionner mais, au fond, il n'en menait pas large.

— Un homme direct, franc du collier, qui va droit au but... j'aime ça ! s'exclama Wentworth.

— Si c'est du fric que vous cherchez, vous tombez mal. Fouillez ma cabane, si ça vous amuse. Mes économies sont dans la boîte à cigares. Douze dollars et vingt-trois cents.

Le dandy prit un air attristé.

— Le monsieur nous prend pour de vulgaires brigands, tu entends ça, Œil-de-Perdrix ?

— J'voulais pas vous vexer mais, enfin, mettez-vous à ma place...

— Je plaisante, fit Wentworth avec un sourire mielleux. Je comprends votre méfiance, l'ami... Mais rassurez-vous, nous ne désirons aucunement vous prendre de l'argent. Au contraire, nous pourrions même vous en faire gagner.

Angus froissa son front déjà strié de rides.

— Vous m'intriguez, là.

L'homme au chapeau haut de forme fouilla dans ses poches pour brandir, une fois déplié, le portrait de Nettie dessiné à la plume.

La bouche d'Angus s'ouvrit, comme s'il manquait d'air, mais aucun son n'en sortit. Sa surprise n'était pas passée inaperçue. Heureux de son petit effet, le sagace Wentworth s'exclama :

— Oh, oh ! Il semblerait que nous ayons mis dans le mille, mon cher Œil-de-Perdrix. Vois comme le regard de notre hôte s'est illuminé. Vois comme il a tressailli. Vous avez rencontré cette femme, n'est-ce pas, monsieur l'orpailleur ?

— C'est possible, reconnut Angus. Qu'est-ce que vous lui voulez ?

— Nous recherchons cette criminelle en fuite pour l'envoyer directement à la potence.

— Comment ça ? Sans jugement ? Qu'est-ce qu'elle a fait ?

— Pour certaines personnes, il n'y a pas besoin de jugement. Elle a tué un jeune homme de bonne famille. Un Blanc.

Deuxième mimique de surprise pour Angus. Décidément, il avait du mal à masquer ses émotions. Faisant un effort sur lui-même, il essaya de prendre un air neutre, dégagé, pour demander :

— Elle voulait le détrousser, ce jeune homme ?

— On ne sait pas. Il n'y a pas eu de témoins.

— C'était peut-être... de la légitime défense ?

Angus connaissait à peine Nettie, mais... un crime crapuleux, ça ne lui ressemblait pas. Il ne parvenait pas à imaginer la petite bibliothécaire en train de tuer quelqu'un de sang-froid.

Wentworth haussa les épaules.

— Moi, tout ce que je vois, c'est que ce garçon est mort et que sa meurtrière est en fuite.

Angus grimaça, guère convaincu. La « meurtrière » n'avait pas l'air méchante ou fourbe pour un sou. On ne pouvait pas en dire autant de ces deux cavaliers. Le dandy était sans doute le plus dangereux des deux, le genre de type retors qui a un flingue modèle réduit dans sa manche, monté sur un mécanisme escamotable. Le genre aussi qui vous poignarde dans le dos, au cœur de la nuit, au fond d'une ruelle sombre.

— Nous devons rattraper cette femme coûte que coûte, reprit Wentworth. Où irait-on si on laissait un tel délit impuni ? Cela pourrait donner des idées à d'autres nègres... et ça, il faut l'éviter à tout prix, n'est-ce pas ?

— Sûr, fit Angus.

Il avait décidé de jouer la comédie. Il réfléchit, se frotta le nez, et déclara :

— J'ai croisé la négresse avant-hier. Elle était perdue. Complètement paumée. Elle disait qu'elle voulait franchir la frontière.

— Pour aller où ? En Virginie ?

— Ouais. J'ai trouvé ça louche. Elle avait pas la conscience tranquille, ça se voyait ; mais j'pouvais pas deviner qu'elle avait commis un acte aussi horrible...

— Vous lui avez indiqué son chemin ?

Angus haussa les épaules.

— Ben ouais, quoi. Pour dix dollars. Elle m'a payé et je lui ai dit de passer par le col du nord, au-dessus de l'arbre du Foudroyé. J'vous indiquerai, si vous voulez, mais à l'heure qu'il est, la p'tite face de suie doit redescendre l'autre versant de la montagne...

Wentworth se mordit la lèvre inférieure.

— Il est loin ce col ?

— À une demi-journée de cheval.

Le dandy hocha la tête, rangea le portrait et tira une bourse de la fonte de sa selle.

— Pour te payer ton whisky, papi, dit-il en jetant une pièce au vieillard, qui l'attrapa au vol.

— Merci, mon prince.

Angus soupesa le prix de sa présumée trahison.

— Vous savez, dit-il, je vous aurais raconté la même chose gratuitement. Faut aider la justice, hein ? Et puis, de toute manière, j'ai jamais pu saquer les basanés... (Un regard pour l'Indien.) Sans vouloir t'offenser, grand chef.

Les mâchoires d'Œil-de-Perdrix se durcirent mais il ne laissa échapper aucun son.

— Merci de votre collaboration, l'ancien, déclara Wentworth. Évidemment, j'espère pour vous que vous nous avez dit la vérité. J'ai une très bonne mémoire, et je suis notoirement... rancunier. Je n'aimerais pas avoir à repasser par ici pour régler quelque contentieux que ce soit.

— Ça n'arrivera pas, m'sieur, répondit crânement Angus. Je suis persuadé que vous allez vite remettre la main sur la fuyarde, et que vous allez lui apprendre les bonnes manières, pas vrai ?

— Nous allons faire de notre mieux, ça, je vous le promets. Salutations.

Les cavaliers tournèrent bride.

Angus attendit qu'ils s'éloignent pour de bon, puis il rentra dans sa cabane. Là, son vieux cœur battant plus vite que de raison, il se servit une double ration de whisky. Le denier de Judas pesait lourd dans sa main. Il le jeta avec dédain sur son canapé-lit.

Dans quel pétrin la jeune Nettie était-elle allée se fourrer ?

- 10 -

Nettie s'était engagée sur le chemin du retour. Elle chevauchait en silence, absorbée par le flot continu de ses pensées. Des oiseaux s'envolaient à son approche, mais elle demeurait indifférente à leurs cris moqueurs.

La journée qui s'achevait avait été bonne ; rien à voir avec les contretemps calamiteux et les prises de contact difficiles de la première tournée !

Elle avait rencontré Mrs Averill, une veuve qui vivait seule dans une cabane depuis la mort de son trappeur de mari. Mrs Averill était cependant très joyeuse, très amusante.

« Je parie qu'elle s'entendrait bien avec Angus. Tiens, faudra que je les fasse se rencontrer, ces deux-là ! »

Lectrice insatiable, la vieille dame raffolait des histoires sentimentales.

— Je suis une indécrottable romantique, que voulez-vous ? avait-elle dit à Nettie en lui servant un café bien fort.

Cette agréable pause terminée, Nettie avait fait halte dans une scierie. La communauté des bûcherons s'était montrée nettement plus sympathique que celle des mineurs. Personne ne l'avait bombardée de projectiles. Et puis, pas de réflexions sur sa couleur de peau. Bref, l'accueil des autochtones s'améliorait.

Il y avait cependant une chose qui ne variait pas : la réaction des gens quand ils apprenaient la mort de Frances.

À peine avait-elle prononcé les mots fatidiques que la même avalanche de questions et de lamentations s'ensuivait :

— Oh, mon Dieu !

— Comment est-ce arrivé ?

— La cérémonie a déjà eu lieu ?

— J'aurais tant aimé y assister...

— Elle va nous manquer cruellement.

Le révérend avait prévenu Nettie : prendre la succession de la défunte ne serait pas chose aisée.

La cavalière pensait à tout cela en menant Bluebelle au pas, tandis que le soleil s'accrochait à la ligne d'horizon. Bientôt, il se coucherait, et le voile des ténèbres envelopperait entièrement le versant occidental des Appalaches.

Le jour tombant, l'air avait fraîchi. Sous les arbres, la lumière était verte et tamisée. Bluebelle suivait adroitement les tortillons du sentier.

— On forme une bonne équipe, hein, toutes les deux ? lui dit sa cavalière.

— Vous parlez à votre cheval ? lança une voix dans son dos.

Nettie sursauta. Montée sur un beau mustang, Rose Dawson l'avait rattrapée sans faire de bruit, presque aussi furtive qu'un Indien. Pourtant, elle arrivait au trot !

— Rosie ! Vous m'avez fichu la trouille.

— Désolée.

— Pour répondre à votre question : oui, je parle à mon cheval. Souvent, même ! Ça vous semble bizarre ?

— Oh que non. Je vais vous confier un secret : on fait toutes ça !

Les deux femmes s'esclaffèrent. C'était la première fois que Nettie voyait le visage de Rose s'animer un peu et, en cet instant précis, elle la trouva magnifique. La bibliothécaire expérimentée fit ralentir sa monture pour chevaucher à hauteur de la « petite nouvelle ».

— Comment ça se passe, de votre côté ? questionna-t-elle. Vous encaissez la fatigue ?

— Moulue, mais ça va... J'ai l'impression d'avoir le dos tout rouillé et je ne vous parle même pas de l'arrière-train.

— Vous vous habituerez. Le métier vous plaît ?

— Oui. J'ai l'impression d'être... Je ne sais pas... Utile ?

Le mot sonnait de manière étrange aux oreilles de Nettie. En le prononçant, elle sentit la chair de poule éclore sur sa nuque et ses avant-bras.

— C'est la première fois que ça m'arrive, ajouta-t-elle, émue.

— Je comprends ça. Vous faisiez quoi, avant ?

— Plein de choses. Domestique, ouvrière... Des choses utiles également. Mais, là... Je ne sais pas comment l'exprimer. Pour moi, c'est différent.

Rose hocha la tête.

— C'est une belle profession que la nôtre, dit-elle, une noble profession... Apporter la culture, le savoir, à tous ces gens. Je n'échangerais ça pour rien au monde.

— On n'apporte pas que le savoir, hein ? Le rêve aussi, ça compte.

— Oui, vous avez raison. Peut-être même que ça compte encore plus de nos jours, avec cette crise et tout ça...

Le chemin longeait à présent le bord d'une falaise, aussi les deux femmes s'arrêtèrent pour contempler le paysage qui s'étendait sous les sabots de leurs chevaux.

— Voilà encore une chose que je n'échangerais pour rien au monde, lâcha Rose, pensive.

Les cavalières avaient une vue parfaitement dégagée vers l'ouest. De petites lumières s'allumaient dans la vallée à mesure que le tapis de ténèbres se déroulait.

— Là-bas, dans les villes, les gens reviennent de leur usine ou leur bureau et rentrent chez eux, dit Rose. Ils passent d'une boîte à une autre. Ils vivent enfermés. Nous, on se sent libres, n'est-ce pas ?

— Oui, confirma Nettie, le visage offert à la brise venue du couchant.

Rose farfouilla longuement dans ses poches avant de pousser un juron.

— Qu'y a-t-il ?

— J'ai oublié mes cigarillos !

— Vous fumez le cigare ?

— Des petits, seulement. Les gros m'écœurent.

Devant la figure ahurie de la jeune femme, son aînée s'amusa :

— Ça vous choque ?

— Non. Enfin, ça m'étonne... Vous n'êtes décidément pas une femme comme les autres, Rose Dawson.

— Ah ça, vous pouvez le dire ; c'est même un bon résumé de ma vie !

Rose émit un petit rire sans joie, et les deux femmes firent repartir leur monture au pas, le long de la corniche.

— Parlez-moi de Frances, dit Nettie à brûle-pourpoint. Elle était comment ?

Nouveau petit rire triste de Rose, qui secoua la tête :

— Eh bien, je ne sais même pas par où commencer !

— C'est le révérend qui vous a présentées ?

— Oui. Frances faisait déjà partie de l'équipe quand j'ai débarqué à Wooton.

— Vous veniez d'où ?

— Du Tennessee. J'étais vraiment ce qu'on peut appeler une pauvre fille. Une vraie épave... L'expression « brebis égarée » paraissait avoir été inventée spécialement pour moi, vous voyez le genre ?

Nettie opina et sa collègue reprit :

— Mais le révérend ne m'a pas jugée ni montrée du doigt. Au contraire, il m'a accueillie à bras ouverts. Frances m'a prise sous son aile. Elle m'a appris tous les trucs du métier. Je la trouvais drôle, et fiable, et belle. J'avais l'impression de tout pouvoir lui dire. Elle non plus, elle ne portait aucun jugement. Elle acceptait les autres comme ils étaient. Et puis, petit à petit, on s'est rapprochées...

Rose se tut durant quelques instants, laissant les paroles flotter dans l'air vespéral de cette fin d'été.

— Personne ne m'avait jamais regardée comme elle me regardait... Elle était unique.

— Je veux bien le croire, approuva Nettie. Les gamins qui me parlent d'elle ont des étoiles plein les yeux. Tout le monde l'aimait, on dirait.

— Ouais, c'est vrai... Tout le monde l'aimait.

Rose déglutit, essuya deux larmes discrètes et fit stopper sa monture.

— J'ai quelque chose pour vous, annonça-t-elle.

— Pour moi ?

Bluebelle s'arrêta à son tour. Rose se retourna, se pliant presque en deux pour fouiller l'une des sacoches collées au flanc de son mustang.

Un paquet-cadeau.

— Allez, prenez-le, insista-t-elle en le tendant à Nettie.

— Mais... pourquoi ?

— Parce que vous avez été très chic envers Frances... Ou alors considérez ça comme un présent de bienvenue, si vous préférez ?

Nettie acquiesça.

— Je le déballe maintenant ?

— C'est vous qui voyez.

Nettie déchira le papier aux couleurs criardes. La curiosité l'emportait sur sa gêne.

— Un revolver !

L'arme était superbe. Flambant neuve. Rutilante dans la lumière du soleil mourant. Nettie la soupesa, la tint à deux mains, puis d'une seule.

— Vous savez vous en servir, au moins ? s'enquit Rose.

— Pas vraiment.

— C'est pas sorcier, je vous apprendrai. Faut juste armer le chien et appuyer sur la détente, c'est tout. Et se méfier du recul, aussi. Au début, ça surprend...

Nettie caressa la crosse et c'est alors qu'elle remarqua deux lettres gravées dans le bois de santal. Elle connaissait le F, mais pas encore l'autre.

— Nos initiales, expliqua Rose... F et R ! Je destinais ce cadeau à Frances. C'était pour fêter nos (sa voix s'étrangla)... nos un an...

Nettie ouvrit la bouche, se ravisa, puis remit le six-coups dans son étui.

— Écoutez, j'suis très touchée mais je peux pas accepter.

— Si, au contraire, j'y tiens, continua Rose en essuyant de nouvelles larmes. Si quelqu'un a besoin de ce flingue, c'est bien vous. Moi, j'ai déjà le mien ! (Elle tapota un renflement sur sa hanche.) La région n'est pas sûre, on a déjà dû vous le dire.

— Oui, mais...

— Il n'y a pas de « mais ». Je serai plus rassurée si je vous sais armée. On le sera toutes.

Rose fouilla de nouveau dans sa sacoche et s'empara d'une seconde boîte, plus petite que la précédente.

— Voilà vos munitions. Le colt tout seul ne sert pas à grand-chose, à part planter des clous si vous n'avez pas de marteau sous la main.

Ce fut au tour de Nettie de sentir les larmes lui picoter les yeux.

— Je... Comment vous remercier ? bredouilla-t-elle.

Rose sourit.

— Très simple : restez en vie. Allez, venez, si nous traînons trop, le révérend et Mrs Dandridge vont nous sonner les cloches !

- 11 -

Le week-end arriva. C'était le premier que Nettie passait à Wooton. Depuis quelque temps (depuis sa rencontre avec le révérend, à vrai dire), la vie de la jeune femme ressemblait à une succession de premières fois.

Le samedi, elle aurait pu faire la grasse matinée, au lieu de quoi elle se leva aux aurores, conformément aux recommandations de Minnie Dandridge.

Quand elle descendit au rez-de-chaussée, les œufs et le bacon étaient déjà servis et l'abécédaire se trouvait de nouveau à côté de l'assiette. L'appétit de Nettie n'avait d'égal que sa soif d'apprendre. Elle voulait tout emmagasiner et tout de suite. Sa professeure particulière tempéra quelque peu cet enthousiasme :

— Pas de précipitation, ma chère. Première étape, connaître parfaitement chaque lettre de l'alphabet. Deuxième étape, comprendre qu'un son peut s'écrire de plusieurs manières. Nous verrons ensemble les différentes graphies correspondant à une même sonorité... C'est ça qui est difficile : pour chaque règle, ou presque, il y a des exceptions. Préparez-vous à de la frustration, de l'exaspération...

Mais il en fallait davantage pour décourager la débutante.

« J'apprendrai coûte que coûte », pensait-elle, sûre de sa motivation.

Le même jour, le révérend Deaton organisa un pique-nique avec toute son équipe. Ses cinq messagères étaient heureuses à la perspective de partager ce moment. Jack Brown, le palefrenier, avait rejoint le petit groupe pour l'occasion. Bel homme, bien bâti, il attirait les regards, en particulier ceux de Fiona et Rachel. Hillary était mariée (et apparemment heureuse en couple) ; quant à Rose, ses pensées et son cœur restaient accaparés par le souvenir de Frances.

Nettie observait la pâmoison de ses camarades avec amusement. Fiona et Rachel se donnaient des coups de coude, murmuraient et gloussaient, dès que le beau Jack avait le dos tourné.

« De vraies gamines ! » riait intérieurement Nettie.

Elle ne se sentait pas du tout attirée par le palefrenier. Trop musclé. Trop parfait. En fait, elle ignorait tout ou presque des émois du cœur. Avec l'existence chaotique qu'elle avait menée jusqu'à présent, elle n'avait jamais eu vraiment le temps de tomber amoureuse. Pareille chose lui semblait être un luxe qu'elle ne pouvait se permettre, un truc pour les autres... un peu comme la lecture.

Les deux hommes et les six femmes (Minnie Dandridge était également de la partie) avaient roulé pendant dix minutes en carriole jusqu'à un terrain ombragé qui descendait en pente douce vers un petit lac et sa berge rocheuse, endroit paisible qu'on pouvait presque qualifier de plage. Les pierres ressemblaient à des galets polis par le ressac. L'eau était bleue et pure. Le ciel marbré de nuages blancs s'y reflétait comme dans un miroir.

Minnie avait préparé trois salades : une au poulet, une de pommes de terre, une de chou. Sans oublier les parts de tarte. Tout le monde félicita la cuisinière qui, une fois encore, s'était surpassée.

Quand ils eurent terminé de manger, Nettie eut l'impression que la peau de son ventre était tendue comme un tambour contre la ceinture de son pantalon. En guise de pause digestive, Rose proposa une séance d'entraînement au tir. Benton Deaton n'aimait pas les armes à feu, mais il connaissait les risques encourus par ses bibliothécaires, aussi laissa-t-il faire sans broncher.

Rose donna les conseils d'usage à Nettie : garder vide la première alvéole du barillet pour éviter les accidents, bien écarter les jambes et tenir le colt à deux mains, anticiper le recul... La nouvelle se révéla bonne élève dès la première leçon. Sur les trois boîtes de conserve alignées à dix mètres, elle réussit à en atteindre une, ce qui n'était déjà pas si mal. Rachel était la meilleure tireuse du groupe, mais elle préférait la carabine au revolver. Fiona, en dépit de son attitude hésitante et timorée, se débrouillait plutôt bien. La moins performante était Hillary.

— Faudra que je change de lunettes, dit-elle après avoir manqué toutes ses cibles.

L'entraînement terminé, Jack et les bibliothécaires jouèrent au croquet pendant que le révérend fumait sa pipe en discutant avec Minnie. Le palefrenier gagna la partie. Vint ensuite le concours de ricochets et, cette fois, ce fut Nettie qui fit des étincelles. Elle avait toujours été imbattable à cet exercice d'adresse.

— Quel coup de poignet ! la complimenta Jack, ce qui rendit Rachel et Fiona un brin jalouses.

En fin d'après-midi, le jeune homme et les messagères enlevèrent leurs chaussures, leurs chaussettes, pour s'asseoir sur un gros rocher et tremper les pieds dans l'eau fraîche du petit lac. C'était délicieux. Couchée sur le dos, mains derrière la tête, Nettie contemplait les nuages qui, si on lâchait un tant soit peu la bride à l'imagination, prenaient des formes évocatrices et poétiques : là, une baleine (Moby Dick ?), ici, un paquebot, avec ses deux grandes cheminées, là encore, un dragon...

De retour au village, la fine équipe découvrit un colis enveloppé dans du papier kraft, posé sur le perron de la maison de Deaton :

— Oh, je sais ce que c'est ! s'exclama celui-ci, tout joyeux. On se retrouve à la salle des fêtes après le dîner. Ce soir : cinéma à Wooton ! Faites passer le mot !

Le cinéma !

Nettie n'était jamais entrée dans une salle, mais elle avait déjà vu des films. Du temps où elle travaillait chez les Beauregard, l'un des richissimes amis de ses patrons possédait son propre projecteur. Cet homme venait de temps en temps à la maison avec cet appareil merveilleux et des monticules de bobines 8 mm (surtout des films courts, des comédies datant de l'époque du muet qui avaient été transférées sur ce format familial). Au programme des séances : les Keystone Cops, Buster Keaton, Harold Lloyd... Les enfants Beauregard riaient et applaudissaient. Tapie dans un coin du salon, Nettie pouffait derrière sa main, de peur de déranger, mais elle profitait elle aussi du spectacle.

Ce soir-là, le cœur de la jeune femme se mit à battre plus vite quand elle reconnut la silhouette de Charlie Chaplin projetée sur le mur en crépi blanc de la salle des fêtes. De tous les comiques burlesques, Charlot était son préféré. En plus de déclencher les éclats de rire, le vagabond à la canne et au chapeau rond faisait vibrer une corde sensible en Nettie. Longtemps, elle avait erré sur les routes, à l'image de ce petit personnage attachant. Sa quête sans fin (trouver le bonheur, tout simplement) ne pouvait que lui parler.

Le film s'appelait *Le Cirque*, Minnie le lui avait soufflé à l'oreille. La copie 8 mm consistait en une version remontée du long-métrage sorti en 1928, simple best of de scènes cocasses (Charlot clown, Charlot équilibriste, Charlot dans la cage au lion...), mais c'était mieux que rien. Sur les dernières images, Charlie Chaplin repartait comme il était arrivé : brave et solitaire. Après avoir ri beaucoup, Nettie pleura beaucoup. Elle n'était pas la seule. Les lumières rallumées, ce grand gaillard de Jack Brown fit de son mieux pour essuyer ses larmes discrètement, mais personne n'était dupe !

— Vous avez d'autres films comme ça ? demanda Nettie au pasteur pendant que celui-ci rangeait la bobine dans une boîte ronde et plate, en métal gris.

— Oh oui, répondit Deaton. J'en ai toute une collection. Et même des dessins animés. *Mickey Mouse*, vous connaissez ?

— Non. Vous me montrerez ?

— Avec plaisir ! À une condition.

— Laquelle ?

— Assistez à mon office, demain matin. Je sais que vous n'êtes pas croyante, mais j'aimerais quand même vous voir parmi mes paroissiens.

Le vieil homme avait pris les mains de Nettie. Elle n'eut pas le cœur de lui refuser cette faveur. C'est ainsi que, dès le lendemain, elle se retrouva au premier rang des fidèles. Respectant la simplicité prônée par le culte presbytérien, l'intérieur de l'église était très dépouillé : pas d'images ni de statues de saints, pas de vitraux, pas de mobilier élaboré, à l'exception d'une chaire assez traditionnelle, agrémentée d'un petit escalier. Chacun devait se concentrer sur ses prières, ainsi que sur les paroles de l'officiant. Le révérend avait revêtu sa robe pastorale noire. Il fit un signe de connivence à Nettie, puis le temps de l'accueil et la salutation d'usage expédiés, il se lança dans une puissante proclamation de la grâce de Dieu. Au début, Nettie se ferma, laissant les mots rebondir sur ses pensées. Elle respectait la foi de Deaton, mais refusait de jouer le jeu. Le pasteur parlait d'une voix forte, inspirée. Il paraissait transfiguré par son rôle. Une louange fut ensuite adressée au Seigneur sous la forme d'un psaume. Assise à côté de Nettie, avec qui elle partageait son livre de la prière commune, Minnie Dandridge indiquait à la jeune femme quels textes étaient lus et quand elle devait tourner la page. Presque malgré elle, Nettie se laissa envahir par la beauté des chants entonnés. Elle se sentait apaisée. Les paroles de son ami pasteur agissaient sur son cœur meurtri à la manière d'un baume. Les fidèles reprenaient chaque cantique avec ferveur. Assignée à l'harmonium, Hillary jouait comme si elle avait fait ça toute sa vie. Nettie ânonnait, répétant les paroles du bout des lèvres, puis elle gagna en confiance et, à la fin, laissa sa voix prendre de l'ampleur. Bientôt elle s'abandonna sans calcul, libérée. Lorsqu'elle se mit à chanter à l'unisson des fidèles, plusieurs têtes se tournèrent dans sa direction, surprises par l'éclat de son timbre. Minnie Dandridge n'était pas la moins étonnée du lot. Le révérend se contenta de sourire, bienveillant, comme à son habitude.

À la sortie de l'église, la gouvernante glissa à Nettie :

— Vous êtes décidément une jeune personne très surprenante.

Le midi, à table, Deaton demanda à son invitée :

— Alors, reviendrez-vous dimanche prochain ?

— Je crois, oui, répondit Nettie, le cœur empli d'une douce et étrange chaleur.

Après le repas, elle rejoignit le pasteur à la réserve. Deaton était occupé à réparer les reliures et recoller les pages de livres passés entre trop de mains, durant trop longtemps. Irrécupérables, certains exemplaires (comme *Prince Noir*, en triste état) finissaient à la poubelle. C'était un crève-cœur pour le révérend de les jeter, d'autant que le stock ne se renouvelait qu'au compte-gouttes, mais, parfois, il ne pouvait pas faire autrement.

Nettie n'était pas très douée pour le travail de précision. Elle avait de la colle plein les doigts et s'énervait rapidement. Quand elle essaya de recoudre une reliure abîmée avec du fil et une aiguille, elle se piqua le doigt, où perla une goutte de sang.

— Comme dans le conte de *La Belle au bois dormant*, plaisanta Deaton.

À la fin de l'après-midi, juste avant de fermer les portes et d'aller dîner, Nettie montra au pasteur son jeu de loupes et lui demanda :

— Je peux vous en prendre une ?

— Pourquoi faire ?

— Un cadeau. À un ami.

Le pasteur hocha la tête et choisit son plus bel instrument d'optique, celui avec un manche cuivré.

— Oh, c'est trop beau, lâcha Nettie, gênée.

— Les amis sont précieux, déclara Deaton. On n'en a jamais assez.

Il lui mit l'objet dans la paume, et referma ses doigts dessus.

— Merci beaucoup, dit la jeune femme.

— De rien. Et maintenant, allons manger !

- 12 -

Le week-end s'était écoulé à une vitesse phénoménale. Avec tout ce qu'elle avait fait durant ces deux jours, Nettie ne s'était pas vraiment reposée. C'est néanmoins pleine d'énergie et prête pour une nouvelle semaine d'aventures qu'elle descendit prendre son petit-déjeuner le lundi matin, à l'aube.

Cette fois-ci, un cahier, une plume et un encrier l'attendaient à côté de l'abécédaire.

— On n'apprend pas à lire sans apprendre à écrire, dit Minnie. Une fois que vous aurez mangé, vous me recopierez l'alphabet.

— Un cahier ? Rien qu'à moi ?

Nettie n'en revenait pas.

— Je compte sur vous pour en prendre soin et ne pas le tacher d'encre, grommela l'ancienne institutrice.

En ce début de semaine, Nettie crut apercevoir à deux reprises son ami le loup solitaire, immobile dans la brume matinale, au sommet de combes ou de ravines. C'était comme si l'animal la surveillait de loin en loin, fidèle et discret, oreilles dressées.

À chaque fois qu'il était repéré, le loup gris disparaissait dans un buisson ou une crevasse. Il semblait furieusement jaloux de son indépendance.

S'agissait-il d'un spécimen banni ? D'un égaré à la recherche de sa meute ? Nettie n'aurait su le dire.

La nouvelle bibliothécaire rencontra de nouveaux abonnés au gré de ses tournées : des mineurs en grève, Willy-patte-folle (un ancien bûcheron à la jambe raide), Jenny Malone, une femme seule qui élevait trois enfants, un couple très uni (Daniel et Felicity Baumgartner) qui attendait un heureux événement et avait réservé des ouvrages médicaux traitant de la grossesse... Tous ces gens firent bon accueil à la jeune Noire, ou, au moins, se montrèrent polis, mais les incidents de la semaine précédente n'étaient pas oubliés pour autant. Nettie n'avait aucune envie de retourner à Bad Creek. Elle en faisait même des cauchemars, la nuit.

— Je ne peux pas vous forcer, d'autant plus que je comprends vos réserves, avait concédé Deaton. Si vous le désirez, je confierai cette tâche à Fiona ou à Rachel, mais ça les obligera à faire un grand détour, car la mine ne fait pas du tout partie de leur circuit habituel...

Nettie se refusait à donner un surcroît de travail à ses collègues, aussi se résolut-elle à affronter de nouveau les antipathiques mineurs venus d'Europe de l'Est (sans parler de leurs sales gosses lanceurs de charbon !)...

Mais, avant cette épreuve, elle avait quelque chose à faire.

Nettie retrouva la cabane d'Angus McQuarrel sans difficulté. Elle s'orientait de mieux en mieux dans les montagnes, avec ou sans l'aide de la carte.

— Eh, qui voilà ? lança le vieux chercheur d'or en laissant tomber son tamis par terre.

Il s'essuya les mains avec un torchon et vint à la rencontre de la cavalière. Il affichait toujours cet air à la fois espiègle et renfrogné qui le caractérisait.

— Miss Nettie, bien le bonjour à vous.

— Bonjour Angus !

— Vous avez meilleure mine que la dernière fois. J'peux vous offrir le café ?

— C'est pas de refus.

Une fois installée à l'intérieur de la cabane, Nettie sortit un gros livre de sa besace. Elle le donna à son ami en lui demandant :

— *Moby Dick*, ça vous dit quelque chose ?

— Pas vraiment, répondit l'orpailleur.

— C'est l'histoire d'un type qui veut attraper une baleine blanche pendant des années : le genre têtu... comme vous. J'ai pensé que ça vous plairait.

— Et il la trouve, sa baleine, à la fin ?

— Je ne sais pas.

Angus essaya de lire le résumé au dos du livre, avant d'abandonner rapidement.

— C'est bien gentil à vous, tout ça, reprit-il, mais je vous rappelle que ma vue baisse un peu plus chaque jour.

Il jeta quelques bouts de bois dans son fourneau pendant que Nettie plongeait une fois encore la main dans son sac.

— J'ai pas apporté que le livre, dit-elle.

Elle tendit la loupe offerte par le révérend à Angus, qui regarda l'objet avec perplexité, en grattant son menton hérissé de poils rêches.

— C'est moins pratique que des lunettes mais, avec ça, vous pouvez grossir les lettres, ajouta la bibliothécaire. Essayez.

Angus ouvrit la première page, se pencha, le nez d'abord collé à l'instrument d'optique, avant de reculer son visage et de plisser un œil... Ses vieilles mains décharnées tremblaient un peu.

— « Écrit par... Her-man Mel-ville », énonça-t-il en détachant laborieusement les syllabes.

Il leva un regard embué d'émotion vers Nettie.

— Merci. Vous n'avez pas idée du cadeau que vous venez d'me faire.

— Bah, ça sert à ça, les amis, non ?

Le vieillard était à n'en point douter touché. Lui d'habitude si loquace n'arrivait plus à parler. Histoire de le tirer d'embarras, Nettie lâcha :

— Alors, on se le boit, ce café ?

Deux tasses plus tard, alors que le chercheur d'or et la bibliothécaire étaient assis sous le porche, le ciel se couvrit de nuages et Nettie vit une ombre assombrir de concert le visage de son hôte.

— Il faut que je vous dise quelque chose, déclara soudain Angus.

Son air, qui n'avait plus rien d'espiègle, inquiéta la jeune femme.

La maigre poitrine du petit vieux se remplit d'air avant qu'il ne jette d'une traite :

— Il y a deux hommes qui vous recherchent. Un drôle de type habillé comme un gandin et un Peau-Rouge aux épaules carrées.

Le cœur de Nettie sauta un battement. Cette description correspondait à celle du duo qui avait posé des questions sur elle, à Leitchfield.

Brusquement, le café ne passait plus du tout.

— Je les ai envoyés sur une fausse piste, continua Angus. Je pense qu'ils m'ont cru. À l'heure qu'il est, ils doivent se trouver de l'autre côté de la montagne.

Ce fut au tour de Nettie d'être interloquée.

— Pourquoi leur avoir menti ?

— Ils m'ont paru louches, malsains pour tout dire, surtout le dandy. Et puis, je ne sais pas... Faut croire que je vous aime bien, miss...

La jeune femme sentit son cœur se serrer, et pas de peur, cette fois.

— Merci, dit-elle, vous m'avez peut-être sauvé la vie.

Angus se gratta le nez, comme si les poils qui en sortaient le picotaient, puis il renifla et grommela :

— P't-être... Mais ces messieurs ont l'air du genre tenace. Ils reviendront. Méfiez-vous. Gardez l'œil ouvert. Des loustics de ce genre surgissent toujours quand on s'y attend le moins.

— Je ferai attention, promit Nettie.

— Vous êtes armée ?

— Maintenant oui. J'ai un colt.

— Vous savez vous en servir ?

— J'me débrouille.

Angus sortit du papier et du tabac de la poche ventrale de sa salopette, et se roula une cigarette avec soin.

— Il y a autre chose qui me tarabuste.

— Quoi ?

— Ces deux gus m'ont affirmé que vous aviez tué un homme. C'est la vérité ?

Nettie baissa les yeux. Elle n'osait pas regarder son ami en face. Le passé remontait à la surface, pareil à un cadavre en état de décomposition. L'image de l'héritier des Beauregard prenait forme dans l'esprit de la jeune femme. Son ventre se tordit. Pour la millième fois, elle revivait la scène qui avait changé sa vie de manière inéluctable.

Elle se trouve dans le grand salon de ses patrons. Elle vient de glisser le petit cheval en verre soufflé dans une poche de son tablier et Mr James la regarde, appuyé au mur, un sourire perfide au coin des lèvres.

« C'est pas joli, joli, ce que tu viens de faire, ma petite, dit-il. Mais on doit pouvoir s'arranger... »

Quand il fixe Nettie, il ressemble à un gamin gourmand en train de déballer un gâteau au retour de la pâtisserie. « C'est que tu deviens jolie, en grandissant, ajoute-t-il. Tu prends des formes. Tu ressembles à une vraie femme, à présent ! » Ce n'est pas la première fois qu'il tourne autour de la domestique en lui glissant à l'oreille des compliments plus effrayants que flatteurs. « Oui, tu deviens drôlement belle », insiste-t-il. Nettie repose le cheval en verre soufflé, pleure, s'excuse, promet qu'elle ne recommencera plus, mais le mal est fait. James Beauregard l'attrape par les poignets. Il caresse son bras, son dos, ses fesses... Elle essaie de se dégager mais l'aristocrate la retient ; et il a de la poigne. « Pas de ça avec moi, hein ? » Et puis encore : « Non mais, pour qui tu te prends ? Tu devrais être flattée que je m'intéresse à toi ! » Nettie lui demande de la laisser mais ça l'énerve encore plus, alors il la pousse contre le bureau de son père. Il fait place nette en balayant papiers, plumes et encrier. Les objets tombent en cascade sur le parquet. La servante crie mais il lui écrase une main sur la bouche. « Tu vas te taire, oui, négrillonne ? » Il est encore tôt mais Nettie sent son haleine chargée d'alcool. Comme pour l'argent, il aime à piocher dans la réserve personnelle de monsieur son père. Nettie se débat, le griffe… Ça ne l'arrête pas. Au contraire, on dirait même que ça l'excite. Il plaque sa victime sur le meuble et pèse de tout son poids. Il est plus fort, plus grand. De sa main libre, il explore les jupons froufroutants. La main de Nettie tâtonne, elle aussi, mais à la surface du bureau, et lorsque ses doigts se referment sur quelque chose de froid et lisse, elle sent un coup de chaleur lui fouetter le sang. Le coupe-papier de Mr Beauregard ! Voilà de quoi se défendre ! Elle ne réfléchit pas. Elle frappe au hasard, et James hurle. Il la lâche puis recule d'un bond. Il est tout blanc. Le sang quitte son visage pour sortir par la blessure à la base du cou, là où la jeune femme a enfoncé la lame du coupe-papier. Il arrache celle-ci, ses yeux étroits agrandis par la surprise et la peur. « Tu as vu ce que tu as fait, salope ? » Il essaie d'arrêter le sang mais ça gicle par grands jets réguliers, à chaque battement de son cœur. Nettie est horrifiée. Elle n'arrive pas à y croire. Elle pense : « On va me pendre, c'est sûr, ou me mettre sur cette chaise qui fait griller les gens ! » James tombe à genoux. Autour de lui, une flaque rouge grossit à vue d'œil. Nettie sort de la bibliothèque en courant. Son cœur cogne dans sa poitrine, sa gorge, ses oreilles…

Nettie frissonna, les yeux humides et le cœur battant aussi vite que si elle venait de vivre le drame à l'instant.

Certaines choses ne s'oublient jamais.

La jeune femme essuya une larme furtive. Elle ne voulait pas se donner en spectacle devant le vieux chercheur d'or, mais c'était plus fort qu'elle.

— Vous ne souhaitez pas en parler ? demanda son ami, mal à l'aise.

Elle renifla, la poitrine haletante, et hoqueta :

— C'est vrai, j'ai tué un homme. Le fils de mon ancien patron.

— Légitime défense ?

Nettie releva le menton. Elle paraissait plus sûre d'elle.

— Il essayait de me violer.

Sa voix ne tremblait plus. Elle ajouta :

— Vous me croyez, n'est-ce pas ?

— Je vous crois, confirma Angus.

Il lui prit la main et soupira :

— Je me doutais bien que vous n'aviez pas fait une chose pareille gratuitement. (Il secoua la tête.) Aucun animal de nos montagnes n'est plus dangereux que l'être humain, miss Nettie. Je vous l'avais déjà dit, hein ?

La jeune femme opina.

— Je radote, pouffa le vieux. Qu'est-ce que vous voulez, c'est l'âge !

Une hésitation, puis :

— C'est arrivé il y a combien de temps ?

— Quatre ans.

— Donc vous aviez...

— Seize ans.

Angus secoua la tête.

— Y a vraiment des salopards sur cette terre, s'cusez mon langage, miss.

— Il n'y a rien du tout à excuser, j'suis bien de votre avis.

Le vieillard hocha la tête plusieurs fois de suite en inspirant profondément.

— Donc ça fait quatre ans que vous êtes sur les routes, à fuir sans vous arrêter ?

— Oui.

— Ça doit être épuisant.

— Ça l'est.

— En tout cas, promettez-moi de rester sur vos gardes. Parce que les deux types qui m'ont cuisiné sont des professionnels, pas des amateurs, ça se voit comme le pif au milieu de la figure.

— Promis, acquiesça Nettie.

Puis elle pensa à quelque chose, se mordit l'intérieur de la joue et déclara :

— Si jamais ces deux hommes reviennent dans la montagne, il se pourrait que je ne sois plus la seule à courir un grave danger, vous voyez ce que je veux dire ?

— Très bien. Mais ne vous bilez pas : des bandits, des brigands, j'en ai déjà affronté, par le passé. Et jusqu'ici, je touche du bois, aucune balle n'a troué la vieille carcasse d'Angus McQuarrel. Je suis de taille à me défendre !

« Espérons-le, pensa Nettie, une boule dans la gorge. Espérons-le... »

- 13 -

Nettie atteignit Bad Creek en début d'après-midi. À peine entrée dans le village, elle entendit de la musique, des rires et des applaudissements. Personne sous les bâches de la cantine ambulante. Personne non plus à l'entrée de la mine. Les wagonnets attendaient, immobiles à côté des tas de charbon, qu'on les charge ou qu'on les décharge. Le tintamarre provenait d'un grand hangar situé à l'écart des habitations.

Nettie descendit de cheval. Elle attacha Bluebelle à une barrière branlante. La musique de bastringue cessa durant quelques instants avant de reprendre, pleine d'ardeur.

Intriguée, la jeune femme se dirigea vers l'origine de ce joyeux tapage en continuant de scruter les alentours. Même les porcs habituellement en liberté avaient déserté les lieux. Quand elle gravit les marches menant au caillebotis en bois, la bibliothécaire sentit les planches vibrer sous ses pieds, comme lorsque l'un de ces interminables trains passe tout près d'un quai de gare sans s'arrêter. Nettie était montée dans un convoi ferroviaire, une fois, le jour où elle avait franchi la frontière entre la Caroline du Nord et le Tennessee. Des *hobos*, vagabonds connus pour occuper illégalement les wagons de marchandises, l'avaient chaleureusement accueillie à bord. L'expérience n'avait duré que quelques heures (elle avait sauté au premier arrêt) mais elle n'en gardait pas un mauvais souvenir.

Juste quand elle allait l'atteindre, la porte du hangar s'ouvrit en grand et un géant barbu, espèce d'ours au teint couperosé, déboula en titubant.

— Eh ! s'écria Nettie.

Le rustaud était sur le point de la bousculer ; au lieu de quoi il s'arrêta pile devant elle, tomba à genoux et vomit sur ses chaussures.

— Non mais ça va pas ?! brailla-t-elle en reculant, pas assez vite cependant pour éviter le jet nauséabond.

La porte s'ouvrit de nouveau, pour libérer cette fois le passage à un homme avec lequel Nettie avait déjà discuté. Difficile d'oublier ses yeux bleus aussi clairs qu'un lac de montagne. Il n'était pas habillé en mineur, aujourd'hui. Son costume évoquait plutôt ceux que l'on met le dimanche, pour aller à la messe. Sauf qu'on n'était pas dimanche, et qu'il n'y avait aucune église dans les environs. Ses cheveux blonds, coiffés avec soin, étaient séparés par une raie sur le côté. Il afficha un air surpris en découvrant la jeune femme, puis tança son camarade, toujours à genoux et secoué de hoquets :

— Igor ! Gros dégueulasse ! Tu as vu ce que tu as fait ?

— Trop... trop bu, gémit le barbu.

— Mes chaussures ! s'énerva Nettie. Et mon pantalon !

— Je vais arranger ça, m'dame, ne bougez pas, s'empressa de répondre l'homme aux yeux bleus. Igor, excuse-toi !

— Mais...

— Excuse-toi !

Du revers de la manche, le colosse essuya sa bouche et ses poils maculés de salissures tout en marmonnant un piteux « Désolé ».

Son copain le traîna jusqu'à un abreuvoir avant de lui plonger la tête dans l'eau.

— Ça te remettra les idées en place !

Le jeune homme se saisit d'un torchon sur une corde à linge avant de revenir vers Nettie.

— Pour vous essuyer, dit-il.

La bibliothécaire frotta du mieux qu'elle put.

— Reste l'odeur, se plaignit-elle, en lui rendant le tissu souillé.

— J'ai ce qu'il faut.

L'homme sortit un flacon de parfum d'une poche intérieure de sa veste et, appuyant plusieurs fois sur la poire, il aspergea de gouttelettes les chaussures et le bas du pantalon de Nettie, qui plissa les narines.

— C'est fort. C'est quoi ?

— De l'eau de Cologne.

Le mineur rangea son parfum et lui tendit la main.

— Andrei Kowalsky, dit-il. Mais vous pouvez m'appeler Andrei.

— Nettie... Walker.

La jeune femme serra la main offerte. Elle était décontenancée par cet accueil, bien plus chaleureux que la fois précédente.

— On fête la nativité de la Vierge, déclara Andrei en montrant le hangar de son pouce. C'est sacré, chez nous ! Vous voulez manger ou boire quelque chose ?

— Je venais juste chercher les livres.

— Vous avez bien cinq minutes. Les enfants sont à l'intérieur...

Nettie hésitait. Pourquoi cet homme se montrait-il si prévenant ? S'agissait-il d'une espèce de piège ? Un guet-apens ?

— Yaneck m'a raconté, déclara Andrei après un court silence.

— Raconté quoi ?

— Que vous lui avez donné votre sandwich.

— Ah, ça...

— Rien ne vous y obligeait.

— C'était pas grand chose. Le gamin avait faim. Et j'avais bien mangé, ce jour-là.

— Ben moi, je trouve ça quand même rudement gentil de votre part.

Il entrouvrit la porte, laissant ainsi s'échapper un flot de décibels.

— Allez, venez.

Nettie fit la grimace mais se laissa néanmoins convaincre.

Le cœur battant, elle entra.

La salle de banquet tout entière paraissait en mouvement. Les gens chantaient, dansaient. Les robes tournoyaient dans un bruissement continu, formant un mélange de couleurs chatoyant. Les vêtements rappelaient tous, ou presque, la mère patrie : ici, un gilet ou un corselet brodé, là, un foulard ou un châle traditionnel, là encore, un habit orné de larges parements et de boutons fantaisie.

Soudain, la musique s'arrêta. L'orchestre juché sur une estrade (deux violons et un violoncelliste) avait cessé de jouer, et tous les regards se fixèrent instantanément sur la jeune femme. Des dizaines de paires d'yeux, avec autant de paires de sourcils froncés. Une personne toussa.

Andrei s'adressa haut et fort à la foule :

— La dame est avec moi ! Ça pose un problème à quelqu'un ?

Pas de réponse.

Nettie ne savait plus où se mettre. Sa respiration était bloquée et elle sentait son cœur battre à un rythme syncopé.

La musique reprit, doucement d'abord, puis avec un entrain croissant, et les gens recommencèrent à danser, chanter et taper des mains. Les enfants criaient. Les bébés braillaient. La fête était repartie pour de bon !

Andrei entraîna la bibliothécaire vers le buffet. Des convives s'écartèrent à leur approche. Ils échangeaient des messes basses en désignant l'intruse du menton. Cette dernière essaya de les ignorer.

Il y avait pléthore de nourriture sur les tables composées de grandes planches posées sur des tréteaux. Beaucoup de charcuterie, mais aussi des pommes de terre fumantes, de la choucroute, du riz bouilli... Cette abondance étonna Nettie. La semaine précédente, la communauté paraissait mourir de faim.

— On a tué les cochons, expliqua Andrei. C'est la période. En temps normal, on se prive, mais quand il s'agit d'honorer la Sainte Vierge, on fait les choses en grand ! (Fier comme un prince, il balaya l'étalage de victuailles d'un large geste de la main.) Qu'est-ce qui vous plairait ?

— Déjà, boire un coup, répondit la jeune femme.

— Vodka ? Bière ?

— Non, non, pas d'alcool.

— Juste de l'eau ?

— Ce sera très bien.

Nettie reconnut le petit garçon qui lui avait lancé du charbon, l'autre fois. Collé au buffet trop haut pour lui, il tâtonnait d'une main, sur la pointe de ses chaussures usées, et s'empiffrait autant qu'il le pouvait. Son chien ne le quittait pas. L'enfant lui donnait des morceaux de mortadelle, geste effectué en catimini, quand il était sûr qu'aucun adulte ne le regardait. Soudain, ses yeux sombres et perçants croisèrent ceux de la jeune femme. Il resta pétrifié un instant, puis il décampa, son corniaud sur les talons et un chapelet de saucisses débordant de ses poches.

L'orchestre alternait les passages mélancoliques, presque plaintifs, et d'autres plus gais, dont le rythme rappelait à Nettie le tempo de certains morceaux de jazz.

— C'est quoi, cette musique ? demanda-t-elle à Andrei, qui s'était servi une chope débordante de mousse.

— La mazurka. Et le morceau d'avant, c'était une polka.

— On dirait du ragtime.

— Du quoi ?

— La musique qui accompagne les films muets. Ça vous dit quelque chose ?

Andrei secoua la tête.

— Le ragtime, c'est du jazz, lui expliqua-t-elle.

Du temps des projections privées, à Savannah, Mrs Beauregard se mettait au piano et jouait pendant que les comiques faisaient les pitres sur le drap qui servait d'écran.

— Je n'ai jamais vu de films, avoua le mineur. Je ne suis pas le seul, ceci dit. Une bonne partie des habitants de Bad Creek ont grandi dans ces montagnes, coupés du reste du monde.

La mazurka s'arrêta et les gens applaudirent pendant que Nettie hochait la tête pensivement.

— C'est épatant, le cinéma, dit-elle. C'est comme du cabaret, mais en mieux.

— J'aimerais bien voir ça, un jour, soupira Andrei. Sauf que ça m'étonnerait qu'une salle ouvre ses portes dans les parages avant longtemps.

Une idée venait de germer dans l'esprit de Nettie. Une idée diablement séduisante mais, pour l'instant, elle choisit de la taire.

Un nouveau morceau commença. La foule reprenait le refrain en chœur.

— C'est une chanson très populaire en Ukraine ! révéla Andrei.

Il avait quasiment dû crier pour se faire entendre.

Les gens tapaient du pied sur le plancher. Ils levaient leur verre en portant des toasts dans des langues heurtées et sourdes.

— Chez nous, on aime faire la fête, poursuivit le mineur. On s'étourdit dans le chant, on s'oublie dans la danse. Et puis, il y a ça (il tapota sa chope de l'index). On a besoin de se changer les idées. Aujourd'hui plus que jamais. Notre mine a vécu un drame, récemment.

— L'explosion, c'est ça ?

— Oui... La compagnie a promis qu'elle dédommagerait les familles des victimes, mais elle promet beaucoup de choses et on en voit rarement la couleur. Les experts des assurances doivent passer prochainement.

— Je... j'espère pour vous que ça s'arrangera. Même si rien ne peut racheter la mort de quelqu'un qu'on aimait, bien sûr.

Nettie baissa les yeux. Elle ne savait plus quoi dire. Contrairement au révérend Deaton, trouver des paroles de réconfort n'avait jamais été sa spécialité.

Sa chope vidée, Andrei prit son courage à deux mains et déclara :

— Je voulais m'excuser au nom de toute la communauté. Nous nous sommes très mal conduits envers vous l'autre jour.

— J'y pensais plus, mentit Nettie.

— Il y a un homme qui est monté à Bad Creek plusieurs fois, reprit le mineur pour s'expliquer. Un pasteur méthodiste. Enfin, c'est ce qu'il prétend être. J'avoue que j'ai des doutes. Il annonce la fin du monde pour bientôt... Il dit que les gens de votre race préparent une révolution. D'après lui, il y aura une nouvelle guerre civile dans très peu de temps si on laisse les Noirs s'organiser.

Nettie se mordit l'intérieur de la joue. La situation était plus que tendue dans les États qu'elle avait traversés. Deux générations après la fin de la guerre entre le Nord et le Sud, les Noirs n'avaient toujours pas les mêmes droits civiques que les Blancs et les heurts entre les communautés étaient fréquents.

— S'il y a un sentiment de révolte qui gronde parmi les miens, je peux vous assurer qu'il n'est pas sans motifs, dit la jeune femme.

— Vous avez été témoin d'injustices ? Vous en avez subi ?

Nettie eut envie de demander à Andrei s'il plaisantait. Ce garçon était sympathique mais décidément bien naïf.

— Les brimades, c'est notre lot quotidien, répondit-elle en essayant de choisir ses mots avec soin. Il ne fait pas bon s'aventurer dans certains patelins à la nuit tombée quand on a ma couleur de peau. Il n'y a pas de règles écrites ni rien de ce genre, mais tout le monde sait ça. Les flics peuvent vous arrêter ou pire encore si ça leur chante. Dans d'autres villes, la population noire a carrément été chassée parce qu'on lui mettait sur le dos la criminalité locale.

— Et c'était vrai ?

— D'après vous ?

— Je ne sais pas. Nous sommes isolés de tout, ici.

— Un peu comme sur une île ?

— Oui, c'est ça. Une île en pleine montagne...

Nettie hocha la tête. Vu sous cet angle, c'était difficile d'en vouloir aux mineurs.

— Quoi qu'il en soit, acceptez encore mes excuses pour l'autre fois, reprit Andrei.

— C'est oublié, j'vous dis.

— À la bonne heure.

Ils entrechoquèrent leurs verres vides et cette cordiale conclusion fit sourire le garçon. Il avait un joli sourire, d'ailleurs. Nettie sentit quelque chose se former au creux de son sternum, un peu comme quand une masse d'air chaud rencontre une masse d'air froid, dans le ciel.

Quelqu'un l'agrippa par la manche. Elle pivota d'un quart de tour. C'était Yaneck, le petit albinos, qui essayait d'attirer son attention.

— Vous venez chercher les livres, m'dame ?

— Oui. La dernière fois, vous ne m'avez même pas dit si vous en vouliez d'autres !

— À quoi ça sert ? Personne n'a le temps de nous les lire, de toute façon.

— Dans notre communauté, on parle surtout russe, serbe ou polonais, s'excusa presque Andrei.

— Je vois, marmonna Nettie.

Elle réfléchit une dizaine de secondes avant de demander à l'adolescent :

— Et si je vous apportais des bandes dessinées ? Au moins, vous pourriez regarder les images, non ?

Andrei se rapprocha :

— Vous ne pourriez pas lire une ou deux histoires aux gamins, avant de partir ? Frances faisait ça. Ils adorent les contes.

— Je ne suis pas Frances, riposta la bibliothécaire, un peu trop brusquement. Et puis j'ai beaucoup de travail. Beaucoup de personnes à voir, ajouta-t-elle en toussant dans son poing, gênée.

La musique prit fin à cet instant.

— Pause syndicale ! On revient dans vingt minutes ! s'exclama le plus grand des violonistes, un homme aux cheveux gominés, vêtu d'un gilet et d'un pantalon rayés.

Le trio descendit de son estrade sous les applaudissements nourris du public. Les conversations reprirent petit à petit, jusqu'à se transformer en brouhaha continu.

— Je vais vous chercher les bouquins, m'dame, dit Yaneck. Je les mets dans la sacoche de votre jument, comme l'autre jour ?

— Oui. Tu verras, Bluebelle est attachée pas loin de l'abreuvoir.

Le gamin opina du chef et s'en alla, louvoyant entre les grappes de convives occupés à boire et à discuter.

Un homme doté d'une mâchoire chevaline interpella Nettie :

— Eh, vous !

La jeune femme se désigna elle-même du pouce.

— Moi ?

À côté d'elle, Andrei se raidit, prêt à un esclandre.

— Ouais, vous ! reprit l'homme d'un air de défi. Paraît que les gens comme vous, les Noirs j'veux dire, savent chanter comme personne... Montrez-nous donc !

Le silence s'était fait autour de cet homme. D'un geste, il invitait Nettie à rejoindre l'estrade. Elle consulta Andrei d'un haussement de sourcils.

— Rien ne vous y oblige, dit son chevalier servant.

Des sentiments contradictoires la tiraillaient. Tout le monde semblait attendre sa réponse. Soutenant le regard du bravache qui l'avait provoquée, elle décida de ne pas réfléchir davantage et se mit en mouvement. La foule s'ouvrait devant elle comme les flots de la mer Rouge à l'approche de Moïse. Le bruit des conversations avait décru. Les gens se donnaient des coups de coude et murmuraient :

— T'as vu ça ?

— Elle a du culot, celle-là...

— Qu'est-ce qu'elle va faire ?

Nettie accéda au podium de fortune par un petit escalier latéral. La voilà qui dominait le public, à présent. Une sensation de vertige la gagna. Plus personne ne parlait. Elle frotta ses mains moites sur son pantalon. La peur lui asséchait la bouche.

— Alors quoi ? cria quelqu'un.

Un anonyme noyé dans l'assistance siffla, et ce bruit fit à Nettie l'effet d'un électrochoc.

— Si vous le permettez, commença-t-elle après s'être raclé la gorge, je vais dédier cette chanson à vos proches disparus dans cet accident il y a deux mois. Je la dédie à vos frères, vos amis, vos parents... C'est une de mes chansons préférées. C'est du blues et ça s'appelle *Sometimes I Feel Like a Motherless Child...*

La salle de bal se remplit tout à coup d'une tension palpable. D'émotion aussi. On n'osait plus bouger, manger, discuter. On osait à peine respirer.

La voix de la jeune Noire s'éleva enfin, a cappella, à la fois puissante et fragile :

Sometimes I feel like a motherless child
A long way from home, a long way from home

Instantanément, le public parut envoûté. Hommes, femmes et enfants écoutaient, mains parfois jointes sur la poitrine. L'énergie de la fête, de la danse, retombait.

Comme souvent avec le blues, il s'agissait d'un chant profond, essentiel car débarrassé de toute fioriture. La voix hypnotique de Nettie contenait beaucoup de choses : de la souffrance, du vécu... Elle évoquait des reliefs escarpés, des routes poussiéreuses sous le soleil du Sud, des nuits passées dehors à coucher sur des bancs... Oui, elle charriait tout cela, pareille à un grand fleuve qui emporte vers l'océan ses eaux claires, ses eaux troubles et ses sédiments.

Sometimes I feel I'm almost done
I'm almost done, I'm almost done
And a long, long way from home

Les yeux brillaient. Certains se cachaient pour pleurer ; d'autres s'abandonnaient sans retenue, leurs sanglots s'accompagnant de grands hoquets.

Des couples se serraient la main. Des parents s'étreignaient. Tous étaient unis par le chagrin de la perte et aussi, en ce moment précis, par la voix chaude et grave de la jeune femme perchée sur son estrade, cible de tous les regards. Personne ne pouvait se soustraire à cette voix miraculeuse.

True believer, true believer,
A long, long way from home

La dernière note flotta longtemps dans l'air avant de retomber. Submergés par l'émotion, les gens se tinrent silencieux. Andrei, le premier, applaudit lentement, de manière presque mécanique, avec des gestes d'automate. Il paraissait encore sous le choc, et il n'était pas le seul. L'homme à mâchoire de cheval, qui avait défié Nettie, l'imita. Puis les applaudissements parurent éclore tous en même temps. Ils crépitaient. Ils s'amplifiaient, tant et si bien que leur volume devint assourdissant. Quand les spectateurs se mirent à taper des pieds en réclamant « une autre », ce fut comme si un troupeau de bisons chargeait dans la salle. Le podium vibrait. Les murs aussi. Nettie souriait, se touchait le cœur et hochait la tête, bouleversée par ce que la foule lui offrait en retour.

— Merci, dit-elle. Merci beaucoup.

Mais personne ne l'entendait. Il y avait trop de bruit pour ça.

Quand elle redescendit sur le plancher reconverti en piste de danse, les mineurs et leurs familles s'agglutinèrent autour d'elle, la félicitant et la remerciant avec chaleur, de sorte qu'elle mit une éternité à rejoindre le buffet où Andrei l'attendait, tout sourire, ses yeux bleus plus pétillants que jamais.

— Eh bien, lança-t-il, épaté. On peut dire que vous les avez retournés comme des crêpes.

— J'ai... j'ai chanté la première chose qui m'est venue à l'esprit.

Un agréable sentiment d'irréalité, presque d'ivresse, l'avait envahie. C'était comme flotter tout en gardant les pieds au sol.

— Merveilleux, continua Andrei. Si un jour vous en avez marre d'aller et venir dans les montagnes, vous saurez dans quelle branche vous reconvertir.

— Oh, il y a un paquet de femmes qui chantent beaucoup mieux que moi. Vous connaissez Bessie Smith ?

— Non.

— Elle, c'est une vraie artiste.

— Vous vous rabaissez.

— Je ne crois pas. Et puis, de toute façon, peu importe. J'aime mon travail, pour le moment, et je n'ai pas envie d'en changer.

Les mineurs continuaient de féliciter Nettie, individuellement ou par petits groupes. Ils voulaient tous lui offrir à boire.

— Merci beaucoup, mais je dois y aller, dit la jeune femme, gênée par tant d'effusions.

Elle serra encore quelques mains avant de s'éclipser. Les musiciens étaient remontés sur l'estrade, et la fête reprenait.

— Revenez quand vous voulez, Nettie Walker, jeta Andrei depuis le buffet.

Elle le salua une dernière fois, lui sourit et sortit.

L'air des montagnes contrastait avec la touffeur de la salle de bal. La bibliothécaire accueillit cette gifle fraîche avec soulagement. Elle avait encore un peu le tournis, mais le choc thermique la dégrisait. Elle aperçut Yaneck, occupé à remplir de livres les fontes accrochées à la selle de Bluebelle.

— Tout est là-dedans, m'dame, dit-il en tapotant la sacoche après l'avoir refermée. Vous voulez vérifier ?

— Non, je te fais confiance. Tu veux que je ramène quoi, comme bandes dessinées ?

— Je sais pas. Je connais pas... Ça existe des bandes dessinées d'aventures ?

— Oui, bien sûr. Je te mets de côté des *Tarzan*. Tu verras, les dessins sont superbes.

Le gamin hocha la tête, puis Nettie passa un pied dans l'étrier avant de se hisser d'un coup sur le dos de sa jument.

Elle avait le cœur bien plus léger qu'à la fin de sa première visite et s'imaginait déjà en train de raconter ses exploits au révérend.

— À bientôt ? dit Yaneck.

— À bientôt, confirma la messagère.

- 14 -

Le lendemain, Nettie retourna chez les Martin. Les poules étaient toujours là, vautrées dans la poussière, mais un nouvel animal avait rejoint la basse-cour : un petit chat gris à queue coupée, les moustaches frémissantes. Pour l'heure, le félin laissait la volaille tranquille. Toute son attention était monopolisée par un lézard qui cavalait, disparaissant régulièrement dans les failles de la terre sèche. Un peu plus loin, Strother Martin et son fils sarclaient avec acharnement, courbés derrière le muret du potager. Le père était vêtu comme la fois précédente ; Joshua portait sur la tête une casquette avec un bouton-pression sur la visière. Ils s'arrêtèrent de travailler en même temps dès qu'ils virent Nettie. Le garçon enleva son couvre-chef pour éponger son visage brillant de sueur.

— Bonjour, lança la bibliothécaire.

— Salut m'dame, fit Joshua. Vous m'avez apporté *Robinson Crusoé* ?

— Eh ben toi, tu ne perds pas de temps.

— C'est que j'ai tellement envie de le lire !

— Tu as fini les deux autres ?

— Les Walter Scott ? Ah ouais, c'était formidable... Il y avait des batailles, des duels, et des...

— Tu ferais mieux de parler un peu moins et de sarcler un peu plus, fiston, grogna son fermier de père.

D'un geste nerveux, il rejeta ses cheveux gris et raides en arrière. Il avait encore pris un sérieux coup de vieux. À côté de lui, Angus McQuarrel paraissait presque fringant.

La porte-moustiquaire de la cabane s'entrebâilla pour laisser passer le visage d'Ellie Martin, petit museau de souris timide :

— Miss Nettie ! lança-t-elle. Le déjeuner est servi. Vous voulez vous joindre à nous ?

— Eh bien, je ne sais pas... Je dois encore voir quelques personnes et...

— Frances mangeait souvent avec nous ! l'informa l'adolescent.

— Ça nous ferait plaisir, insista sa mère.

Nettie opina.

— Dans ce cas, d'accord. Merci pour l'invitation.

Une délicieuse odeur de pain cuit au four emplissait la cabane. Ellie avait fait mijoter une sorte de pot-au-feu dans une petite marmite en fonte. Un pot-au-feu... sans viande. Patates douces, navets, carottes... Le plat fumant était posé au centre de la table autour de laquelle les Martin et la bibliothécaire se recueillaient, assis, le menton incliné. Des mouches tournaient au-dessus de la nappe vichy à carreaux rouges et blancs, quand elles ne venaient pas se coller à un tortillon de papier adhésif suspendu au plafond.

— Amen, dit Joshua après avoir remercié le Seigneur pour le présent repas.

— Amen, répétèrent ses parents et Nettie.

En bonne maîtresse de maison, Ellie se servit en dernier. Elle avait donné les plus grosses parts à son fils et à leur invitée. Son mari picorait sans appétit. En revanche, Joshua sauçait le plat avec de grosses tranches de pain frais qu'il engloutissait ensuite voracement, allant même jusqu'à lécher ses doigts. Durant quelques minutes, le cliquetis des couverts tint lieu de conversation, puis Ellie, toujours polie, demanda des nouvelles du révérend Deaton et de Mrs Dandridge.

— Vous connaissez Minnie ? s'étonna Nettie.

— Oh que oui, elle a été mon institutrice, quand j'étais petite.

— Ça alors ! Comment était-elle, plus jeune ?

— Sévère.

— Le contraire m'aurait étonné, sourit la bibliothécaire.

— Mais également très généreuse, ajouta Ellie. Elle s'assurait que les enfants avaient tous quelque chose à manger à la pause de midi. Quand ce n'était pas le cas, elle complétait avec son déjeuner à elle. Plus d'une fois, elle s'est privée pour que l'un de nous ne revienne pas de l'école le ventre vide.

— Là encore, ça ne me surprend pas.

Le sourire de Nettie se teinta de tendresse. Si Ellie avait dans les quarante ans, quel pouvait bien être l'âge de Minnie ? Elle avait du mal à imaginer la gouvernante en jeune femme. C'était comme si, dans sa tête, elle était née avec un chignon gris et des lunettes.

— J'aurais bien poursuivi mes études, si j'avais pu, dit la mère de famille, pensive. Mais la vie en a décidé autrement.

— Moi aussi, j'aimerais faire des études ! clama son fils. Comme ça, je pourrais lire encore plus de livres !

— Les livres, toujours les livres ! pesta Strother, qui jusqu'ici ruminait pensivement, telle une vache. Ce ne sont pas tes satanés bouquins qui vont nous sortir du pétrin...

Quand il s'énervait, muscles et tendons saillaient sur son cou. Il posa bruyamment fourchette et couteau dans son assiette puis, passé un bref moment de silence, marmonna :

— Excusez ma mauvaise humeur, miss. C'est que je suis sur les nerfs en ce moment.

— Je comprends, fit Nettie.

Elle n'osait pas demander des nouvelles de la banque. Ce fut Ellie qui mit le sujet sur le tapis, au moment du café.

— L'homme en gris est revenu, avec le shérif du comté cette fois, et ils nous ont lancé un ultimatum, soupira-t-elle. Si dans quinze jours nous n'avons pas remboursé l'emprunt, nos créanciers nous mettront dehors.

— Leurs chiffres, leurs foutus chiffres, grommela son époux, en chassant une mouche posée sur un pli de son front.

— Vous avez songé à consulter un avocat ? risqua Nettie.

— Avec quel argent ?

La jeune femme hocha la tête tristement.

Au moment de partir, elle prit Joshua à part, pendant que sa mère faisait la vaisselle et que son père allait fumer sous le porche.

— Voilà ton *Robinson Crusoé* et le numéro du *New York Daily News* que tu m'avais demandé, lui dit-elle en lui remettant sa commande.

— Merci ! fit le garçon, les yeux gourmands.

— Mais j'ai autre chose pour toi.

Elle lui donna un deuxième livre, encore plus gros que le premier. Sur la couverture, on pouvait lire *Domain Act*.

— C’est pas un roman, ça ? hoqueta Joshua.

— Non, c’est autre chose. Ça s’appelle un livre de droit. Ça parle des lois, qui sont différentes dans chaque État, et il y a un gros chapitre consacré au Kentucky. C’est moins marrant qu’un roman ou une BD, mais... je ne sais pas. À défaut d’un avocat, peut-être que ça pourrait vous aider ? Tu crois que tu arriverais à lire ce texte d’ici ma prochaine visite ?

— Je peux essayer, en tout cas.

Nettie hocha la tête et prit des airs de conspiratrice :

— C’est bien. Je ne voulais pas en parler devant ton père et ta mère pour ne pas leur donner de faux espoirs.

— Vous avez eu raison, m’dame, ça reste entre vous et moi. Je vais me plonger là-dedans dès ce soir. Tant pis pour *Robinson*...

- 15 -

Le samedi suivant, Jack Brown et les messagères retournèrent au petit lac et à sa plage de galets. Minnie et le révérend s'étaient rendus au chevet d'un de leurs plus vieux amis, un octogénaire mourant désireux de se confesser une dernière fois.

Le pique-nique fut aussi joyeux que celui du week-end précédent, bien que Nettie restât un peu maussade, pour ne pas dire soucieuse. Elle regardait souvent la crête des collines ou la lisière des bois, comme si elle redoutait d'y voir apparaître quelque chose. Ou quelqu'un.

Son malaise n'avait pas échappé à Rose :

— Qu'est-ce qui ne va pas ? On dirait qu'il y a un truc qui te tracasse, lui demanda-t-elle.

— Je... non, rien, bredouilla Nettie.

Devait-elle parler à ses amis des deux hommes qui la pourchassaient ?

Elle y pensait de temps en temps. Parfois, même, elle en rêvait la nuit. L'avertissement du vieux McQuarrel résonnait en elle, tel un mauvais présage.

Après réflexion, elle décida qu'il était inutile d'inquiéter le petit groupe prématurément.

— Et si on se baignait ? proposa Jack.

Tout le monde acquiesça avec enthousiasme. Tout le monde sauf Nettie.

— Je vous regarde, dit-elle, et je surveille les habits.

Les autres se jetèrent à l'eau, au propre comme au figuré. Personne n'avait de maillot de bain, mais leurs sous-vêtements étaient assez longs pour préserver la pudeur des âmes les plus prudes. Jack dévoila son caleçon-combinaison intégral, typique des cow-boys. Les femmes portaient des caracos ainsi que des culottes un peu bouffantes.

En moins d'une minute, rires et bruits d'éclaboussures retentirent en cascade.

Comme Nettie rechignait toujours à rejoindre ses amis, Rachel lui lança :

— Viens ! Qu'est-ce que tu attends ?

— Je n'aime pas trop l'eau, avoua la nouvelle.

— Profites-en. Dès l'automne, le lac devient glacé.

— En fait... je ne sais pas nager.

Voilà, c'était dit.

— Qu'à cela ne tienne, je vais vous apprendre ! s'empressa de proposer le palefrenier.

Nettie se laissa convaincre. Jack la maintint à l'horizontale, menton hors de l'eau, en lui indiquant patiemment les mouvements. D'abord très crispée (elle avait peur de boire la tasse), la débutante finit par se détendre. Rachel et Fiona surveillaient la leçon, un peu jalouses de l'attention que Jack portait à son élève. Elles ne couraient pourtant aucun risque : Jack avait beau se montrer adorable, Nettie n'éprouvait toujours pas le moindre penchant pour lui. Ces derniers jours, ses pensées avaient tendance à la ramener de plus en plus souvent jusqu'à une ville boueuse nichée à flanc de montagne. Elle songeait à Andrei, le mineur aux yeux aussi bleus que l'eau du lac, à son sourire, à ses manières simples et franches, chaleureuses.

« C'est ça, tomber amoureux ? »

Un sentiment tout neuf dans sa vie d'éternelle fugitive. Une sensation euphorisante, mais aussi effrayante, car elle n'était pas sans savoir que les unions mixtes demeuraient interdites dans le Kentucky. Se lancer dans pareille aventure revenait à aller au-devant de graves ennuis.

« Bah, de toute façon, ça ne sert à rien de se faire des films, tu ne sais même pas ce que ce garçon pense de toi, ma pov'fille », se sermonna-t-elle dans l'espoir de garder la tête froide.

Sa tête, sans doute, mais son cœur, lui, était plus difficile à maîtriser. Le soir venu, le révérend Deaton projeta plusieurs westerns muets à la population de la ville rassemblée dans la salle des fêtes. L'acteur, Tom Mix, était la vedette de ces courts-métrages (Nettie apprit à cette occasion qu'on les appelait des *serials*). Quel que soit le scénario, certains ingrédients ne changeaient pas : Mix défendait toujours la veuve et l'orphelin, poursuivait les méchants dans des cavalcades effrénées (Nettie nota en connaisseuse qu'il était très bon cavalier), et, à la fin, le héros triomphait invariablement, tuant ou envoyant en prison ses ennemis avant de convoler en justes noces avec l'élue de son cœur. Les poursuites, les cascades et les bagarres faisaient passer le côté répétitif des histoires.

En fin de soirée, Nettie s'approcha du pasteur avec la timidité d'un enfant qui a une requête importante à formuler :

— Dites, mon révérend, vous pourriez m'prêter votre projecteur et quelques films, mercredi prochain ?

— Qu'est-ce que vous avez en tête, miss Nettie ?

— Les habitants de Bad Creek… Je crois qu'ils ne connaissent pas le cinéma. Je pense que ça leur plairait.

— Ça, je n'en doute pas, mais votre cheval aura du mal à porter tout à la fois : les livres, le matériel, ça fait beaucoup…

— Je pourrais en mettre une partie sur une mule ?

— Dans ce cas, c'est d'accord.

Deaton caressa son projecteur.

— Mais promettez-moi de prendre soin de cette petite merveille, hein ? J'y tiens comme à la prunelle de mes yeux !

Le dimanche, à la messe, Nettie se surprit à adresser une série de prières sous forme de vœux : « Seigneur, faites que le petit Josh trouve quelque chose dans ce livre de droit. Faites que les Martin ne soient pas expulsés de leur ferme. Faites que j'arrive à utiliser le projecteur, mercredi prochain… Et puis, surtout, faites que les deux hommes qui me traquent soient partis loin, très loin, et pour de bon ! »

Elle hésita à ajouter une prière concernant un certain Andrei mais préféra finalement s'abstenir. Ce béguin était idiot ; ça ne pouvait mener nulle part.

L'après-midi, le révérend montra à sa jeune protégée comment fonctionnait l'appareil 8 mm :

— Voyez, une longue amorce de film facilite le chargement… Cette bague, là, c'est la mise au point. Vous l'effectuez en la faisant pivoter comme ça… N'oubliez pas de dépoussiérer la fenêtre de projection, sinon vos spectateurs verront apparaître des grains indésirables ou des poils géants sur l'écran.

Le plus délicat était de glisser les perforations dans les griffes d'entraînement censées amener le film de la bobine émettrice à la bobine réceptrice. Une fois cette manipulation maîtrisée, le reste était un jeu d'enfant.

— Je vous donnerai un fusible de secours et une lampe de rechange, précisa Deaton. Il arrive que les lampes un peu trop usées claquent en cours de projection... Quand ce n'est pas une collure qui lâche !

Devant les yeux ronds de son élève, le pasteur précisa :

— J'ai une petite colleuse à sec, très simple d'utilisation et très pratique. Je vais vous montrer...

Ce cours accéléré terminé, Deaton regarda la jeune femme ranger minutieusement le matériel.

— Je suis heureux de savoir que vos relations avec les mineurs se sont améliorées, ajouta-t-il. J'étais persuadé que les choses évolueraient dans le bon sens.

— Vous êtes toujours aussi optimiste, mon révérend ?

— Je veux croire en l'humain.

Puis il ajouta, avec un demi-sourire :

— Soyez-en sûre, c'est un boulot à plein temps !

- 16 -

La leçon du lundi matin portait sur les associations de lettres se ressemblant : AU/UA, ON/NO, AI/IA... Nettie devait apprendre à les différencier et surtout se rappeler les sons produits par chaque combinaison. Parfois, quand elle se trouvait seule dans la forêt, certaine de n'être observée par aucun regard indiscret, la messagère s'arrêtait et piochait au hasard dans la réserve de livres qu'elle transportait. Maintenant qu'elle connaissait toutes les lettres de l'alphabet et quelques sons créés par leur union, elle pouvait lire des syllabes ou même des mots courts. Dès que ce menu miracle advenait, la joie irradiait son cœur.

C'est durant l'une de ces pauses studieuses que Nettie, assise tranquillement au pied d'un arbre, entendit des cris. La jeune femme, plus intriguée qu'effrayée, reposa le livre qu'elle était en train de feuilleter (*Oliver Twist* de Charles Dickens). Elle crut d'abord à un loup, et pensa au bel animal solitaire qui, de loin en loin, venait la saluer.

« Ce serait mon copain à poils gris ? »

Elle tendit l'oreille, concentrée.

Il y avait de la douleur dans ces hurlements, et ils étaient incontestablement d'origine humaine, même si, en fin de plainte, ils atteignaient des sommets dans les aigus. D'autres voix (grasses, moqueuses, hostiles) répondaient à ces cris de souffrance. Nettie se leva. Et s'il s'agissait des fameux types lancés à ses trousses ? Peut-être qu'ils s'étaient méfiés d'Angus et n'avaient pas mordu à l'hameçon ? Et s'ils étaient en train d'interroger quelqu'un, de le torturer ?

Il fallait en avoir le cœur net.

Prudente, la jeune femme prit le revolver caché dans l'une de ses fontes et attacha Bluebelle à une solide branche.

— Toi, tu ne bouges pas, tu m'attends là.

Elle avait peur. Le cadeau de Rosie pesait lourd dans sa main et sa paume était moite contre la crosse en bois de santal.

Dans quoi allait-elle encore se fourrer ?

Elle se dirigea vers les bruits suspects, d'abord penchée, presque pliée en deux, comme un Indien en maraude, puis elle se mit bientôt à quatre pattes en essayant de ne pas faire craquer les branches mortes sous ses coudes et ses genoux. Les voix s'intensifiaient. Les cris étaient de plus en plus déchirants.

— Je ferai tout ce que vous voudrez !

— T'entends ça, frangin ? Le monsieur, il fera tout ce qu'on voudra.

— Ouaip, j'ai entendu.

Nettie écarta une rangée de broussailles.

L'homme qui criait était attaché à un arbre, mains le long du corps, pareil à un supplicié collé à son poteau de torture. Une solide corde l'entravait au niveau du buste. Il cherchait sa respiration car une ceinture, elle aussi nouée autour du tronc, lui serrait le cou. Ses habits noirs contrastaient avec son visage livide, tandis que du sang coulait de ses cheveux.

Devant lui : un petit gros et un grand maigre, version montagnarde de Laurel et Hardy. Nettie adorait ce duo comique. Elle avait failli s'étouffer de rire, une fois, lors d'une projection de leurs films organisée chez les Beauregard. Mais le présent duo n'avait rien d'amusant. Il suintait la brutalité, la cruauté.

« Ils sont blancs tous les deux donc, a priori, rien à voir avec les deux types qui me traquent. »

Qui étaient ces deux brutes sadiques ?

Nettie repensa aux mises en garde du vieil Angus :

« Bagnards en fuite... Trafiquants... »

Une mule à la toison pelée broutait l'herbe non loin de là. Des sacoches bien remplies, semblables à celles utilisées par les bibliothécaires itinérantes, reposaient sur les flancs de l'animal.

« Ce pauvre bougre serait-il un collègue ? » songea Nettie en détaillant d'un œil neuf l'homme torturé, que sa veste noire à col haut faisait plutôt ressembler à un pasteur.

La jeune femme hésitait à armer le chien de son revolver.

Si jamais Laurel et Hardy l'entendaient, ça risquait de barder...

Le grand maigre, habillé d'une salopette crasseuse, jouait à se curer les dents avec un couteau de chasse. Le petit gros était équipé d'un fusil à canon scié. Il ressemblait à un trappeur avec ses vêtements en daim aux coutures éclatées, ses peaux de loup plus ou moins galeuses, serrées à la taille par un ceinturon. Il portait en bandoulière une besace de cuir ravaudée.

— Je vous jure que je ne dirai rien pour l'alambic, hoqueta l'homme aux airs de prêtre. Je... je suis tombé dessus par hasard. Je ne veux pas vous attirer d'ennuis. Si vous fabriquez du whisky, c'est votre affaire ; ça ne me regarde pas.

— Pour sûr que ça te regarde pas, sale p'tit fouineur, cracha Laurel.

Des trafiquants d'alcool !

Au moins, c'était clair, maintenant.

Hardy se déporta vers la mule, sans quitter le supplicié des yeux. Il ouvrit la première des deux sacoches et en extirpa des livres dont la reliure paraissait dorée à l'or fin.

Le trafiquant jeta plusieurs ouvrages par terre en s'esclaffant :

— Eh, frangin, on dirait qu'on aura de quoi se torcher tout l'hiver, ha, ha, ha !

Le « frangin » (appellation amicale ou authentiques liens du sang ?) éclata de rire en retour, dévoilant des chicots plantés comme des piquets après le passage d'une tempête.

Outrée, la victime s'insurgea :

— Je... je vous interdis... Le Livre du culte est sacré, nul ne peut...

Laurel s'avança pour lui plaquer son couteau à large lame sous le menton.

— Tu... quoi ? jeta-t-il en collant pratiquement son visage à celui de l'homme en noir.

— Je... Rien... répondit celui-ci.

Il était abattu. Résigné à son sort. La peur avait pompé toute son énergie et il ne restait plus rien en lui sinon un écrasant sentiment de solitude. Il allait mourir, dans ces bois obscurs, torturé à petit feu. Dans dix ans, un chasseur ou un garde forestier tomberait sur ses restes, et la légende du squelette attaché à un arbre viendrait rejoindre la longue liste des histoires sinistres qu'on se raconte en montagne, le soir, au coin du feu. Peut-être même donnerait-on son nom à cet endroit, la clairière du Supplicié, ou quelque chose dans le genre... C'était bien dans le style de la région !

Il se mit à réciter d'une voix mécanique :

— Je n'ai pas peur, car le Seigneur est mon berger. Il me guide sur la route des...

Laurel le gifla.

— Ta gueule !

Le prisonnier reprit sa prière, imperturbable :

— Il me guide sur...

— J'ai dit : ta gueule !

Cette fois, ce fut un crochet du droit qui partit, et le religieux entendit sonner les trompettes du Jugement dernier, juste avant que sa tête ne retombe lourdement.

— P'tain ! C'te fillette s'est évanouie ! aboya Laurel.

Le petit gros ne lui répondit pas, occupé qu'il était à fouiller dans la seconde sacoche. Il en sortit une sorte de drap blanc, puis une cagoule en forme de cône taillée dans le même tissu. Elle comportait deux trous, pour les yeux.

— C'est quoi, ce truc ? lâcha-t-il.

Nettie sentit l'horreur et le dégoût la saisir, car le truc en question, elle ne le connaissait que trop bien. Il s'agissait du costume rituel des membres du Ku Klux Klan. Seul le dernier des ploucs isolé dans sa cambrousse pouvait ignorer ça !

— Salopard, marmonna la jeune femme en fixant l'homme attaché à l'arbre.

Ainsi donc, c'était un cœur de raciste qui battait dans la poitrine de ce pauvre type avec ses airs de doux prêtre, d'agneau sacrificiel ?

Nettie repensa à ce que le révérend Deaton et Andrei lui avaient raconté :

« Un pasteur méthodiste... Un prédicateur un peu fou qui répand la haine dans ses sermons... »

Sa pitié s'éteignit aussitôt.

Qu'il se débrouille !

Elle recula de quelques mètres, toujours à quatre pattes, avant d'opérer un demi-tour. Un goût désagréable, un peu cuivré, lui emplissait le palais.

« Tu vas abandonner cet homme ? » lui souffla une petite voix.

« Et pourquoi pas ? se répondit-elle à elle-même. Lui ne viendrait sûrement pas à mon secours, si les rôles étaient inversés ! »

« Ce n'est pas une raison. »

« C'en est une très bonne, au contraire ! »

Le dialogue muet se poursuivit durant une ou deux minutes dans sa tête, avant que les cris ne reprennent.

Le pasteur s'était réveillé.

— On va te les couper et te les faire bouffer ! s'exclama un Laurel hilare.

Nettie s'immobilisa, comme statufiée par le regard d'une gorgone. Cette voix de fausset la mettait au supplice. C'était celle d'un enfant terrifié, caché dans le corps d'un adulte.

« Tu ne peux pas laisser faire une telle chose... Comment te regarder dans une glace, après ça ? »

Elle se mordit la lèvre inférieure jusqu'à ce que le goût du sang la tire de sa paralysie.

— Merde ! lâcha-t-elle à voix haute.

Elle revint sur ses pas en courant.

- 17 -

Nettie sortit des fourrés en tenant son colt à deux mains, et s'arrêta, jambes écartées, chien armé, comme Rosie le lui avait enseigné.

— C'est quoi, c'te blague ? lâcha Laurel en se tournant vers la jeune femme.

Il avait baissé le pantalon du pasteur, qui reposait, tire-bouchonné, sur ses mollets, et s'attaquait maintenant à son caleçon.

Hardy allait lever son fusil à double canon mais Nettie, plus rapide, le mit en joue.

— Lâchez ça ! ordonna-t-elle.

Le pasteur ouvrait de grands yeux et aspirait l'air à puissantes goulées.

— Lâchez ça ! répéta Nettie.

— Vous allez vous blesser avec c'te flingue, m'dame, répliqua le petit gros.

— Moins que vous quand l'une de mes balles vous aura emporté la moitié du visage.

La menace fit mouche, Hardy obéit.

— Oh merci mon Dieu, merci mon Dieu, merci mon Dieu, psalmodiait le prisonnier.

— Toi, ta gueule ! lui intima Laurel, qui n'avait pas lâché son couteau.

Le pasteur s'arrêta aussitôt.

— Reculez en levant les mains doucement, tous les deux, leur intima Nettie. Puis vous allez sagement repartir par où vous êtes venus.

Elle essayait de mettre le maximum d'autorité possible dans sa voix, mais celle-ci chevrotait sur les fins de phrase.

Les deux brutes semblèrent obtempérer, du moins en ce qui concernait les mains levées. Seulement, au lieu de faire demi-tour, Hardy s'avança lentement vers Nettie.

— Vous tremblez, m'dame, dit-il, un rictus hideux contrariant sa tentative de sourire. C'est pas bon quand on essaie de tenir queq'un en joue.

— Reculez.

— Moi, j'crois que vous allez pas tirer. Parce que vous êtes une brave femme. Parce que vous aurez pas l'cœur d'abattre un homme qu'est désarmé, sans défense.

— Je vous ai dit de reculer. Je ne plaisante pas.

Elle voulut déglutir mais elle n'avait plus de salive. Le colt pesait des tonnes au bout de ses bras. Les tremblements s'intensifiaient, incontrôlables. La peur accentuait cet insidieux travail de sape interne.

— Attention ! cria le pasteur.

Nettie avait détourné son attention de Laurel durant une seconde. Grave erreur. Le grand maigre jeta son couteau qui tournoya dans les airs. Nettie inclina la tête d'instinct et sentit le déplacement d'air au moment où le projectile frôlait sa joue.

— Salope ! beugla Hardy en lui sautant dessus.

Nettie appuya sur la détente et...

Clic !

« Toujours garder vide la première alvéole du barillet », avait recommandé Rosie à plusieurs reprises.

Le conseil était louable, mais il se retournait à présent contre Nettie, qui eut tout juste le temps de penser « Quelle crétine je fais ! » avant que le petit gros ne la percute, tête baissée. Elle tomba sur le dos et lâcha son arme. Le colt roula dans la poussière.

— J'vais te tuer, salope ! postillonna Hardy.

Il était à cheval sur elle et essayait de l'étrangler. Sa grimace d'effort, lèvres retroussées, découvrait ses gencives. Nettie pouvait sentir son haleine de poivrot, un mélange de mauvaise levure et de souris morte. L'hygiène buccale n'était décidément pas le point fort des hommes des bois.

— Vas-y frangin, fais-lui-en voir ! aboya Laurel.

Nettie avait beau se débattre, l'autre était plus fort. Elle suffoquait. La pression sur sa gorge était insupportable. Elle pouvait presque sentir sa langue gonfler. Sa vision s'obscurcissait.

La pression lâcha d'un coup. Un boulet de canon gris argent venait de passer devant les yeux mi-clos de la jeune femme.

Sonnée, elle mit quelques instants avant de reconnaître le loup solitaire !

Le bel animal avait sauté sur Hardy, l'emportant dans son élan deux ou trois mètres plus loin. C'était maintenant au tour du petit gros de pousser des hurlements, car une paire de mâchoires habituées à tuer et dépecer le gibier s'était refermée sur son poignet droit. Il tirait sur son bras, hurlait, tirait encore, mais le loup ne lâchait pas prise.

Passé un moment de stupéfaction, Laurel plongea sur le fusil qui reposait toujours sur le sol, parmi les livres éparpillés. Il s'en empara avec une seule idée en tête : faire sauter la cervelle du prédateur qui s'en prenait à son « frangin ».

— Arrête de bouger, j'arrive pas à viser ! cria-t-il.

Mais l'autre se tortillait dans tous les sens, le loup toujours collé à lui.

Blam !

Le coup de feu prit tout le monde par surprise. Laurel tourna la tête en direction de Nettie. Elle le fixait, immobile, colt en main. Un filet de fumée s'élevait au bout du canon. Les yeux de la jeune femme étaient deux puits sans fond, deux avertissements muets.

— Plus un geste, ordonna-t-elle.

Le loup et sa victime avaient cessé de remuer. Ils regardaient Nettie. L'homme attaché regardait Nettie, lui aussi. Elle était devenue le centre d'attention de tous les êtres vivants dans cette clairière.

— Laissez tomber ce fusil, ordonna-t-elle au maigrichon vêtu d'une salopette.

Laurel montra l'impact de la balle dans un tronc situé entre lui et la mule. L'écorce avait volé en éclats.

— Si vous voulez m'faire peur, faudra d'abord apprendre à tirer, m'dame. M'est avis que vous avez encore besoin de quelques cours supplémentaires.

Il leva le double canon de son fusil, prêt à faire parler la poudre, mais Nettie fut plus rapide.

Nouvelle détonation, suivie d'un cri.

Laurel bondit sur place en portant la main à son oreille, mais il ne trouva rien d'autre qu'une charpie sanglante.

La balle suivante le toucha à l'épaule et, lâchant son arme, il fit un tour complet, titubant sur lui-même, pareil à un danseur dénué de toute grâce.

— Aaaah ! braillait-il en essayant de stopper le sang qui giclait de ses deux blessures.

— Je suis une élève un peu lente au départ, mais je progresse vite, lâcha Nettie. Il me reste encore deux balles, largement de quoi vous régler votre compte à tous les deux.

Elle se tourna vers l'homme aux prises avec le loup.

— Toi, debout !

L'animal recula de deux mètres en un seul bond, libérant le bandit qui se releva, grimaçant, une main sur son poignet blessé. Ses yeux lançaient des éclairs de haine à Nettie.

— Rapproche-toi de ton copain, lui dit-elle.

Il obéit. Le copain en question gémissait et couinait en dansant d'un pied sur l'autre, pathétique.

— Tirez-vous avant que je change d'avis, parce que la détente me démange drôlement !

« Tu ferais mieux de les abattre », lui conseilla une voix dans sa tête, une voix qu'elle avait bien du mal à ignorer.

Le loup grogna, histoire d'ajouter une note encore plus menaçante à l'ordre donné par son amie.

Les deux trafiquants s'interrogèrent mutuellement du regard. « On fait quoi ? » semblaient-il dire.

— Je vais compter jusqu'à trois, siffla Nettie.

Elle arma le chien de nouveau.

— Un...

Le petit gros soutenait à présent son camarade, qui avait passé un bras autour de son cou.

— On se retrouvera, dit-il.

— Peut-être ; peut-être pas, répondit Nettie avec un haussement d'épaules. Deux...

Elle n'eut pas besoin d'aller jusqu'au bout. Le duo lui tourna le dos et partit d'une démarche mal assurée en direction des fourrés. La végétation les fit bientôt disparaître derrière un rideau de dentelle verdâtre.

L'odeur de la cordite flottait dans le sous-bois silencieux. Les oiseaux s'étaient tus... Nettie abaissa son arme. Elle avait les jambes en caramel mou et son cœur battait vite, bien trop vite. Un arrière-goût de bile remonta dans sa gorge. Elle inspira et dut faire un gros effort de concentration pour ne pas vomir.

C'est alors qu'elle sentit un contact à la fois furtif et soyeux. Le loup venait de lui frôler la jambe. Un dernier regard et il s'enfuit, fidèle à ses habitudes : vite apparu, vite disparu !

— Merci, mon ami, dit la jeune femme en fixant la petite silhouette qui s'éloignait.

— Vous allez pas vous évanouir, hein ? lança le pasteur. Et puis, vous allez pas me laisser comme ça, n'est-ce pas ?

Nettie l'avait presque oublié, celui-là !

Elle se retourna sans rien dire, le visage impénétrable. Que faire de ce sale type ?

Elle avait soif, tout à coup.

— Vous avez une gourde ? demanda-t-elle au prisonnier.

— Hein ?

— Une gourde. Pour boire.

— Je... Oui, sur ma mule...

Nettie marcha jusqu'à l'animal placide qui continuait de brouter son herbe, indifférent aux cris comme aux coups de feu. Rien ne semblait pouvoir lui couper l'appétit.

La gourde était attachée à la selle, comme les sacoches. Nettie but à la régalade et cela lui fit un bien fou. Arbres et feuillages retrouvaient leurs couleurs. Le goût de bile disparaissait et ses sens s'affûtaient de nouveau.

Elle n'avait pas lâché son arme, qu'elle glissa à sa ceinture avant de revenir vers l'homme en noir.

— Je m'appelle Moses Nightingale, dit le prisonnier. Je suis pasteur.

Nettie ne lui répondit pas. Elle dénoua la ceinture serrée sur son cou, puis défit le nœud de la corde qui maintenait son buste plaqué contre le tronc. Libéré de ses entraves, le pasteur étira ses membres en faisant craquer ses articulations douloureuses. C'était comme s'il retrouvait les capacités de son corps une par une. Nettie l'observait, méfiante. Elle ne savait toujours pas quoi faire.

— J'ai bien cru que mon heure était venue, dit le miraculé en massant son cou meurtri.

Il tendit la main vers sa sauveuse.

— Merci à vous, madame... ?

Nettie lui répondit par un coup de poing. C'était parti tout seul et ça venait du fond du cœur. Touché à la mâchoire, Nightingale tomba sur les fesses en couinant.

— Eh ! Ça va pas, la tête ?

La jeune femme braqua son revolver sur lui.

— Vous allez remonter sur votre mule et partir, dit-elle d'une voix sans timbre. Et vous allez le faire tout de suite. Je ne veux plus vous revoir dans la région. Jamais. Si un jour je vous croise de nouveau, je vous abats comme un chien. Est-ce que je suis claire ?

Le pasteur montra timidement son costume, sordide drap blanc étalé dans l'herbe comme une nappe de pique-nique.

— C'est... à cause de ça ? bredouilla-t-il.

— D'après vous ?

— Ce... ce déguisement n'est pas à moi... Je l'ai trouvé... par hasard.

— Ah bon ?

— Oui, oui, tout à fait. J'ai le plus grand respect pour les... gens de couleur.

Des papiers imprimés traînaient au milieu des livres du culte éparpillés. Nettie en ramassa un. Elle parcourut la première ligne. La plupart des mots restaient indéchiffrables à ses yeux mais elle s'arrêta sur l'un d'eux, composé de deux syllabes : « Nè-gres ».

Elle débutait, d'accord, mais ça, elle pouvait le lire.

Elle retourna le papier et découvrit une illustration pleine page sans équivoque : une caricature de Noir, le nez outrageusement épaté, courbé dans une posture simiesque, en train de manger une pastèque avec gourmandise.

Nettie froissa le papier jusqu'à en faire une boule qu'elle jeta par terre.

— Ces tracts dégueulasses, vous les avez également trouvés par hasard, je suppose ?

— Parfaitement, répliqua Nightingale en se relevant.

Il s'époussetait, défroissait les plis de sa veste, comme si ces gestes allaient l'aider à retrouver un semblant de dignité.

— Je vous conseille de partir avant que je me ravise et termine le travail entamé par les deux autres timbrés, menaça Nettie.

Le prédicateur rajusta son haut col. Il n'arrivait plus à soutenir le regard de cette étrange femme qui lui avait contre toute attente sauvé la vie. Fixant un point visible de lui seul, il passa devant Nettie sans s'arrêter et rejoignit sa mule d'une démarche roide.

— Foutez le camp ! cria la jeune Noire.

Nightingale monta en selle sans se retourner.

— Yah !

La monture et son maître partirent au galop. Durant une seconde, Nettie se vit en train de mettre en joue le pasteur avant d'appuyer sur la détente. Cette vision était d'une netteté sidérante, tout comme le bruit du coup de feu et l'impact du recul se propageant du creux de sa main jusqu'au reste de son corps. L'homme tomberait, pareil à un sac de linge sale, puis elle irait le rouer de coups de pied, avant de frotter ses semelles sur lui, comme sur un paillasson.

En un battement de cils, le ténébreux mirage se dissipa. Nettie était seule dans la clairière, seule avec ses pensées.

Et ses regrets.

- 18 -

Le soir venu, Nettie ne parla à personne de sa rencontre avec le raciste et les deux trafiquants. Elle ne voulait pas affoler ses amis de Wooton. Aussi délicieux que d'habitude, le dîner concocté par Mrs Dandridge eut cependant du mal à passer. La nuit ne fut guère plus réparatrice. Nettie se tourna et se retourna, entortillée dans ses draps trempés de sueur. Quand elle s'endormit enfin, elle revécut sous forme de cauchemar la terrible scène de la clairière. Sauf que, cette fois, les deux hommes qui torturaient Nightingale n'étaient pas deux trappeurs mais un dandy coiffé d'un haut-de-forme et un colosse d'origine indienne. Comble de l'horreur, James Beauregard, le fils de son ancien patron, rejoignait le duo. Mais c'était un James sorti du tombeau et dans un état de décomposition avancé, la peau en lambeaux, deux cavités béantes à la place des yeux.

— Je suis revenu pour toi, Nettie, soufflait-il d'une voix sépulcrale.

Elle s'était réveillée en sursaut, terrifiée.

Le lendemain, découvrant les cernes sous les yeux de sa pensionnaire, puis s'étonnant de son manque d'appétit, Minnie Dandridge s'inquiéta :

— Vous nous couvez quelque chose, vous...

Nettie secoua la tête et se força à ingurgiter le contenu de son assiette. La leçon de lecture qui suivit fut particulièrement laborieuse, tant la protégée du pasteur peinait à se concentrer.

— Je vous ai connue plus assidue, maugréa Minnie.

Nettie ne fit aucun commentaire. Elle était pressée de retrouver les grands espaces. D'habitude, chevaucher dans la montagne sur le dos de Bluebelle apaisait ses angoisses. Elle réfléchissait, rêvassait, admirait la nature qui l'entourait. Mais ce jour-là, chaque craquement de branche devint un signal d'alerte, chaque croassement transforma corbeaux ou corneilles en oiseaux de mauvais augure. Nettie se sentait épiée, et pas par le fameux loup gris. Mille paires d'yeux hostiles l'observaient en cachette, guettant la moindre de ses défaillances. Les feuillages murmuraient dans son dos comme une foule de commères invisibles. Le crissement des criquets lui tapait sur les nerfs, tout comme le martèlement des becs de piverts s'attaquant à de vénérables troncs. Au bout d'un moment, la physionomie du terrain se modifia (davantage de rocs, d'arêtes tranchantes), et la forêt elle-même sembla perdre ses dehors aimables. Un brame à vous faire dresser les cheveux sur la tête s'éleva au loin, sorte de rire guttural sorti de la poitrine de Satan lui-même. Plus les heures passaient, plus le décor prenait une apparence menaçante : les écharpes de brume s'insinuaient partout, la silhouette des bouleaux devenait fantomatique, les branches basses se multipliaient, munies de griffes, agressives, comme si la végétation avait été placée là dans l'unique but de ralentir et de contrarier Nettie. Condamnée à rester sur ses gardes, elle se protégeait le visage du bras. Ce n'était pas le moment de se faire crever un œil par cette nature perfide et animée d'une volonté secrète de lui nuire.

Au sortir de la forêt, Bluebelle hennit et se cabra soudainement, les pattes avant moulinant dans le vide.

— Eh ! cria Nettie, subitement ramenée à la réalité.

Son premier réflexe fut de regarder le sol pour y déceler un serpent ou un autre animal. Mais, à moins d'un mètre d'elle, il n'y avait plus de sol !

— Oh !

Elle tira sur la longe de Bluebelle pour la faire reculer. La corniche était friable et de petites pierres s'en désolidarisaient, dévalant la paroi dans un bruit de cascade minérale. L'à-pic devait faire dix ou quinze mètres et se terminait par des amas de troncs hérissés de branches, ainsi que par des monticules de roches éboulées. Si Bluebelle n'avait pas réagi, Nettie se serait jetée droit dans le vide.

Le cœur battant, la jeune femme caressa le cou de sa jument.

— Merci, ma belle...

Lors de sa première tournée, le fermier Buchannan lui avait dit quelque chose comme : « Saleté de montagne, elle ne pardonne aucune inattention. » Des paroles qui prenaient en cet instant tout leur sens.

Nettie atteignit la ferme des Baumgartner vers onze heures du matin. Felicity, la jeune femme qui attendait un heureux événement, faisait partie de ces personnes à qui la grossesse réussit. Ses cheveux tressés et enroulés autour de sa tête formaient une couronne d'un blond cendré. Sa figure était ronde, voluptueuse, pareille à son ventre : un visage de madone avant l'heure. Daniel, son époux, grand gaillard au corps musclé par les travaux de la terre, posait sur elle un regard doux et fier, émerveillé par le miracle de la nature qui se préparait, semaine après semaine, sous son toit.

Le couple insista pour que la messagère déjeune sur place ou, au moins, prenne un café avec eux. Nettie accepta la seconde option. Elle n'avait pas très faim et, de toute façon, Minnie lui avait préparé un sandwich pour plus tard (« au cas où... » avait-elle grommelé).

La bibliothécaire n'était jamais entrée chez les Baumgartner. Elle découvrit un intérieur modeste mais propre qui offrait, dans sa parfaite simplicité, un refuge efficace contre la vie sauvage, une réponse humaine à l'adversité du milieu. Symphonie d'ombres douces, camaïeu de rouge et de brun... Comme nombre de fermiers de la région, Daniel se vantait d'avoir coupé lui-même les rondins non écorcés et colmatés de torchis blanc composant les murs. Un coin du logis avait été aménagé en vue de la venue prochaine du bébé : table à langer, berceau décoré de guirlandes de fleurs séchées... La majeure partie de la pièce principale était occupée par une grande table au bois constellé d'entailles de couteau et autour de laquelle se trouvaient des tabourets de facture artisanale. Nettie prit place sur l'un d'eux, imitée par les Baumgartner.

Le café était bon et la conversation, agréable, flottait dans l'air, mélangée au parfum de la pipe fumée par le fermier. Felicity grimaçait de temps en temps. Quand Nettie lui demanda si ça allait, elle répondit qu'elle ressentait des contractions depuis deux jours, sans pour autant s'inquiéter outre mesure, car ces douleurs restaient très espacées. Après avoir parlé de prénoms (pour l'instant, à huit mois de grossesse, aucun choix n'était encore définitif), du beau temps et de l'été indien, le couple évoqua ses souvenirs liés à Frances McAdams. Cette dernière leur avait offert un cadeau pour le futur bébé : une petite boîte à musique qui jouait en boucle le refrain de *Yankee Doodle*. Les Baumgartner aimaient beaucoup Frances et lui avaient demandé d'être la marraine de leur enfant. Ils connaissaient aussi Rose et s'inquiétaient pour elle.

— Rosie remontera la pente, assura Nettie. C'est une battante.

Il était temps de prendre congé. Nettie se leva, aussitôt suivie par le grand Daniel, mais Felicity demeura obstinément immobile.

— Qu'est-ce qu'il y a ? lui demanda son époux.

Le visage soudain très pâle de la jeune femme avait de quoi l'affoler.

— Je perds les eaux, articula Felicity d'une voix aussi blanche que ses joues.

Nettie baissa les yeux et vit la flaque qui grandissait sur le sol en terre battue.

— Oh mon Dieu, lâcha-t-elle dans un hoquet.

— Je... je vais avoir mon bébé, bredouilla la femme enceinte.

Avec mille précautions, Nettie et Daniel l'entraînèrent vers le lit.

— Vous allez nous aider, n'est-ce pas ? demanda celui-ci à la messagère.

— Je n'y connais rien en accouchements ! répondit Nettie, paniquée.

— Je vais faire bouillir de l'eau. Il faut des linges humides, je crois...

— Le livre ! cria presque Felicity. Sur la table de nuit !

Elle parlait de *J'attends mon bébé*, par le Dr Benedict Taylor, diplômé de Harvard.

— Je me charge de l'eau chaude et des linges, dit Nettie.

Daniel ouvrit l'ouvrage médical au chapitre « Accouchement ».

— Le Dr Taylor conseille la position allongée sur le côté ou accroupie, annonça-t-il d'une voix tremblante.

Couchée sur le flanc, sa femme haletait comme un jeune chiot, et son visage, d'une pâleur anémique l'instant d'avant, avait viré au rouge écrevisse. Nettie revint avec une bassine remplie d'eau fumante. Elle portait des serviettes et des torchons propres sur chaque épaule.

— Il n'était pas censé arriver si tôt, gémit la future maman.

Elle pleurait mais se ressaisit rapidement. L'instinct de vie et la nécessité de perpétuer l'espèce l'emportaient sur la peur.

Les quatre heures qui suivirent furent incroyables. Livre en main, Daniel guidait les efforts de son épouse :

— Tu dois reprendre l'air entre deux contractions et surtout, pousser PENDANT la contraction !

— Oui, voilà, comme ça, l'encourageait Nettie en épongeant son front baigné de sueur avec un linge.

— Ça fait un mal de chien, se plaignait Felicity, mais elle continuait de pousser, courageuse.

À un moment, au plus fort d'une contraction, la tête rougeaude du bébé apparut, les yeux fermés, comme endormi. Felicity avait beau faire le maximum, son enfant semblait ne plus vouloir bouger.

— Pousse plus fort ! ordonna le mari.

— Je voudrais bien t'y voir ! lui jeta sa femme.

La contraction suivante fut la bonne. Expulsés à l'issue d'un ultime effort, la poitrine et le ventre du nouveau-né sortirent en même temps. Il n'y avait plus qu'à l'aider à se dégager complètement. Nettie s'y employa, en prenant bien garde à ne pas trop tirer sur le cordon, car ce dernier s'était enroulé autour du cou de l'enfant.

— On coupe le cordon tout de suite ? s'enquit Nettie.

— Je... je ne sais pas, fit Daniel, et on pouvait presque entendre son cœur tambouriner dans sa voix.

Il tournait les pages du livre fébrilement.

— Il faut poser le bébé contre sa mère, dit-il. Et le protéger du froid. C'est le plus important.

— C'est une petite fille, annonça Nettie.

— Une fille, j'ai une fille, répétait Felicity.

Son mari lui prit la main. Nettie posa l'enfant sur la poitrine de la jeune maman, peau à peau.

— Elle ne pleure pas, s'alarma celle-ci.

En effet, le bébé paraissait inanimé.

— On doit lui chatouiller la plante des pieds, lut Daniel.

— Hein ? lâcha Nettie.

— Oui, d'après le Dr Taylor, il faut lui chatouiller la plante des pieds pour la faire réagir.

Nettie s'exécuta et, cinq secondes plus tard, le bébé ouvrit la bouche puis se mit à brailler, l'air entrant pour la première fois dans ses petits poumons, pareil à une minuscule tempête de feu.

Felicity pleurait. Daniel pleurait. Nettie pleurait et riait en même temps, soulagée comme rarement elle l'avait été durant sa courte et néanmoins intense existence.

Le père de famille s'absenta pour aller chercher une bouteille de whisky à la cuisine.

— C'est du bon, dit-il fièrement. J'attendais une occasion spéciale pour l'ouvrir. Celle-ci me semble tout indiquée.

Il déboucha la bouteille avec un *pop* sonore.

— À la santé du Dr Benedict Taylor, diplômé de Harvard, lâcha-t-il avant de s'envoyer une bonne rasade au goulot.

Une heure plus tard, remise de ses émotions, Nettie prit congé du jeune couple ivre de bonheur. Felicity lui avait demandé d'être la marraine de leur petite Frances (le prénom s'était imposé naturellement) et la jeune femme avait accepté, le cœur serré d'émotion.

« J'ai aidé à donner la vie », songeait-elle, euphorique, en chevauchant vers sa prochaine étape.

Elle avait l'impression de planer. Les mauvais souvenirs de la veille étaient effacés. En deux jours, elle avait vu le pire de l'être humain et aussi son côté le plus lumineux : l'amour, la tendresse...

Nettie choisit de concentrer ses pensées sur ces souvenirs-là, et c'est le cœur léger qu'elle s'engagea sous le couvert des arbres, de nouveau en symbiose avec la nature redevenue bienveillante.

- 19 -

— Bon sang, qu'est-ce que vous avez dans ces grosses boîtes ? demanda Andrei, le mercredi suivant, quand il aperçut la mule qui, une fois n'est pas coutume, accompagnait Nettie et Bluebelle.

L'expression « chargé comme une mule » allait comme un gant au pauvre animal de bât.

— Ça a l'air lourd, reprit le mineur. C'est quoi ? Une cargaison de machines à coudre ?

— Mieux que ça, répondit Nettie, énigmatique. Bien mieux.

Les gamins arrivèrent par petits groupes, intrigués eux aussi.

— Vous nous avez apporté des illustrés, m'dame ? s'enquit Yaneck.

— Nan, pas cette fois. Aidez-moi à décharger tout ça, les enfants ! (Puis, s'adressant au beau jeune homme.) Je peux m'installer dans le hangar qui fait salle de bal ?

— Pour y faire quoi ?

— Surprise !

C'était l'heure de la pause-déjeuner. D'autres mineurs vinrent prêter main-forte aux petits et, en moins de cinq minutes, le mystérieux chargement fut transporté dans la plus grande bâtisse du village.

— On vous laisse vous débrouiller, alors ? la questionna Andrei en montrant les lourds paquets posés sur le plancher.

Nettie répondit par une autre question :

— Est-ce que vous savez où je pourrais dormir à Bad Creek ce soir ?

— Hein ?

— J'ai la permission du révérend. Demain, je partirai d'ici pour ma tournée. Si vous êtes d'accord, bien sûr.

Andrei réfléchit.

— Ma foi, il y a un lit de libre chez ma tante Ilda en ce moment...

Son visage déjà noirci de charbon s'assombrit encore.

— Son fils, mon cousin j'veux dire, est mort dans l'explosion d'il y a deux mois, poursuivit-il, les yeux baissés.

— Oh, je suis désolée, fit la jeune femme, sincère.

Andrei releva le menton.

— Je pense qu'elle ne verra aucun inconvénient à vous héberger.

Il hésita avant de lâcher :

— Je vous aurais bien proposé de venir chez moi, et j'aurais dormi par terre, bien sûr... mais vous savez comment sont les gens.

— Je sais, oui, confirma Nettie en opinant avec un gentil sourire.

Elle était touchée par la proposition du mineur. Touchée... et troublée.

Elle réalisa qu'elle avait de plus en plus de mal à soutenir ce regard bleu intense et se reprit. Ça ne servait à rien de rêver à des choses impossibles... Elle tapa dans ses mains, s'adressant aux gosses encore présents autant qu'au mineur.

— Allez, filez maintenant, et ne revenez pas avant ce soir, vingt heures ! Il y aura un spectacle pour petits et grands. Passez le mot aux autres !

— Vous allez encore chanter ? demanda le jeune albinos.

— Non, non, pas de chansons ce soir... Autre chose... Du balai, j'ai du pain sur la planche.

Une fois le petit groupe congédié, la bibliothécaire referma les lourds battants de la porte et se mit au travail.

Quand la sirène annonçant la fin de la journée de travail retentit, la gueule noire de la mine laissa sortir une longue file de travailleurs fatigués. Ils discutaient entre eux, se tapaient sur l'épaule, se disaient « à demain ». Les voix étaient plutôt joyeuses. La montagne s'était montrée clémente, aujourd'hui. Aucun accident grave à déplorer. Pas d'éboulement ni d'explosion... C'était toujours ça de pris !

Et puis, il y avait la perspective du spectacle annoncé par miss Nettie. Qu'avait-elle derrière la tête ? Danse ? Théâtre ? Magie ? Les spéculations allaient bon train.

La jeune femme attendait, assise sur les quelques marches menant à l'entrée du hangar, devenu son antre mystérieux. Andrei alla à sa rencontre, casque sur la tête, une pioche en main et une corde enroulée autour de l'épaule. Il désigna de la pointe de son outil la double porte close.

— Je ne peux pas entrer jeter un œil ?

— Eh, ça ne serait plus une surprise !

— O.K., O.K. Ça nous laisse une heure pour manger... Je vous emmène chez tante Ilda. Ensuite j'irai me décrasser. Cette saloperie de charbon s'incruste partout...

Il grogna et montra ses mains ainsi que son visage tout noirs.

— Faut gratter et gratter avec un gant de crin pour que ça parte.

— Estimez-vous heureux, répliqua Nettie d'un air maussade. Vous pouvez « changer de peau » à la fin de la journée ; moi, je dois faire avec...

— Quoi ? Vous... vous avez honte d'être noire ? Ça m'étonne de vous.

— J'ai pas honte, ça non alors ! Mais je peux pas m'empêcher de me dire que la vie serait plus facile si ma peau était plus claire.

Andrei hocha la tête. Ils se mirent en marche, côte à côte.

— Peut-être qu'un jour les choses changeront ? hasarda le mineur, mains dans les poches.

— Peut-être, oui... Pour mes enfants ou mes petits-enfants.

— Vous aimeriez fonder une famille ?

— Ben oui... On dirait que ça vous étonne.

— Non, non, c'est juste que...

— C'est juste que quoi ?

— Vous avez l'air tellement libre. Indépendante.

— Et ça vous choque ?

— Non... J'admire ça. Vous n'êtes pas une femme comme les autres.

Nettie sourit intérieurement. N'avait-elle pas dit la même chose à Rose Dawson quelque temps plus tôt ?

« Faut croire que je suis une "vraie" messagère, maintenant ! »

Ils arrivèrent devant une cabane modeste mais bien tenue. La façade était badigeonnée de couleurs vives et des fleurs en pot apportaient une touche de gaieté supplémentaire à l'ensemble. Transformée en poulailler, la véranda bruissait de caquètements et de froissements d'ailes. Une femme boulotte apparut dans l'encadrement de la porte. Avec son fichu sur la tête elle ressemblait aux matriochkas, ces poupées de taille décroissante cachées les unes à l'intérieur des autres.

— Voilà ma tante, dit Andrei.

La petite femme les invita à entrer d'un geste pressé. Elle s'exprimait vite, avec une voix suraiguë.

— Le repas est en train de refroidir, traduisit son neveu.

Ilda babillait sans relâche mais ne parlait pas un mot d'anglais. Elle s'activait, ignorant ses rhumatismes, plaçant ses hôtes, remplissant leur assiette ou leur verre dès que l'un ou l'autre venait à se vider

« Une version slave de Minnie Dandridge ? » songea Nettie avec une pointe d'amusement.

Le goulasch était très bon. Encore un point commun avec la gouvernante de Benton Deaton.

— Qu'est-ce qu'il y a dedans ? demanda la jeune femme.

Andrei posa la question à sa tante avant de répondre :

— Du cheval. Quand ceux de la mine sont trop vieux ou trop fatigués... eh bien, on trouve encore un moyen de les rendre utiles.

Nettie cligna des yeux de surprise et sentit son estomac se tordre. Elle pensait à Bluebelle, aux animaux du cirque Zimbalist qu'elle aimait tant...

— Oh, je... je vois.

Son teint avait viré au gris cendre. Par politesse, elle se força néanmoins à terminer son plat. Elle savait que, pour les mineurs, une telle recette était un luxe, et elle ne voulait pas offenser la cuisinière.

Le repas achevé, Andrei fit un crochet par chez lui pour se laver en vitesse et enfiler des vêtements propres. Quand il rejoignit Nettie, devant le grand hangar, une foule curieuse et animée attendait l'ouverture des portes.

— Entrez, entrez, dit la maîtresse de cérémonie, ravie de voir qu'autant de monde avait répondu à l'appel.

Les mineurs et leurs familles s'engouffrèrent dans le bâtiment en discutant très fort.

Le moins qu'on puisse dire, c'est que la bibliothécaire n'avait pas chômé durant l'après-midi. Elle avait installé le matériel de projection sur une table munie de tréteaux (ces mêmes tréteaux qui servaient à soutenir le buffet, les jours de fête), ainsi que, dans la salle, des rangées de chaises, pliantes ou en bois. Comme il n'y en avait pas assez pour tout le monde, elle avait également posé des poufs ou des coussins sur le plancher pour former les premiers rangs, juste en face du drap blanc qui, accroché à une poutre transversale, faisait office d'écran.

— Ouah ! s'exclama Andrei.

Il jeta un regard circonspect vers l'appareil étrange dont les deux bobines formaient des oreilles de Mickey.

— Est-ce que ça veut dire ce que je crois ? questionna-t-il, avec des yeux émerveillés de gamin.

— Asseyez-vous, asseyez-vous, le pressa Nettie. Il n'y a presque plus de places...

— Pas grave. Je resterai debout... à côté de vous, si vous le permettez.

Elle lui adressa un sourire qui avait tout d'une réponse positive avant de demander qu'on éteigne les lampes à pétrole fournissant l'essentiel de l'éclairage. Lorsque ce fut chose faite, elle alluma le projecteur, et un doux ronronnement monta des entrailles de la machine, en même temps qu'un cône de lumière fendait les ténèbres. Le drap blanc s'illumina d'un rectangle jaunâtre et un chœur d'exclamations impatientes monta du public. Nettie bascula une petite manette. Aussitôt, les bobines se mirent à tourner, l'une entraînant l'autre. Les roues dentées produisaient un bruit mécanique qui n'avait rien de celui, agressif, d'une machine d'usine. Il était, au contraire, agréable, apaisant.

Passé le premier carton du générique, la silhouette reconnaissable entre mille de Charlot se matérialisa sur l'écran. Le petit homme oscillait tout en marchant sur une route de campagne, canne et baluchon à la main. Des voitures allaient et venaient, manquant de le renverser à chaque fois, et on le voyait faire des acrobaties insensées pour éviter les véhicules. Cris enthousiastes, applaudissements : le succès fut immédiat. Les spectateurs découvraient ce personnage pour la première fois et pourtant, c'était comme s'ils le connaissaient déjà, comme si sa silhouette était inscrite depuis toujours dans leur imaginaire collectif.

« C'est sans doute ça, le génie », se dit Nettie.

Les gens s'adressaient à l'écran, en anglais ou dans leur langue maternelle, pareils à des enfants devant un spectacle de marionnettes. Ils sifflaient les méchants (policiers ou gros bourgeois moustachus), prévenaient le héros du danger, riaient quand ses poursuivants se prenaient une porte dans la figure ou dévalaient un escalier sur les fesses.

Le petit film suivant mettait en vedette un autre comique, qui portait canotier et lunettes rondes : Harold Lloyd.

Le court-métrage s'appelait *Safety Last!* Au moment où l'acteur se retrouva sur une corniche étroite, au sommet d'un immeuble, les rires du public se teintèrent d'angoisse. Des cris effrayés se firent même entendre lorsque le héros maladroit s'accrocha à la grande aiguille d'une horloge pour éviter de basculer dans le vide et de s'écraser dix étages plus bas. Andrei prit la main de Nettie et la serra fort, ne relâchant la pression qu'une fois Lloyd tiré d'affaire. Brusquement gêné, le mineur ramena sa main à lui en rougissant.

— Je... j'ai toujours eu un peu le vertige, bredouilla-t-il.

Nettie lui sourit.

Elle avait gardé le meilleur pour la fin : un dessin animé intitulé *Steamboat Willie* (la première apparition du personnage de Mickey !).

Comble du raffinement : le film était sonore ! Nettie utilisait un gramophone à manivelle conjointement au projecteur. Dès qu'un signal visuel apparaissait sur l'écran, la jeune femme posait l'aiguille sur le disque tournant à soixante dix-huit tours par minute. Musique et bruitages sortaient du pavillon en forme de fleur ouverte ! On pouvait ainsi entendre la souris inventée par Walt Disney siffloter et taper du pied en faisant tourner le gouvernail du bateau entre ses mains.

Les gosses des premiers rangs explosèrent littéralement de joie, mais les adultes n'étaient pas en reste, ils riaient aussi à chaque gag. C'était comme s'ils retrouvaient la part d'enfance endormie en eux. À tel point que, dès le générique de fin terminé, le public unanime réclama une seconde, puis une troisième projection.

Quand, à une heure avancée de la soirée, la lumière de l'écran s'éteignit pour de bon, les gens applaudirent à tout rompre et, avant de quitter la salle, chacun vint saluer et remercier la projectionniste.

— On dirait que vous avez encore cassé la baraque, Nettie Walker, lui dit Andrei en lui donnant un coup de coude.

— On dirait bien, opina celle-ci, enchantée.

Le témoignage qui lui fit le plus plaisir fut toutefois celui du gamin haut comme trois pommes qui, d'habitude, se promenait toujours avec un chien.

— C'était génial, m'dame, lâcha-t-il, encore émerveillé.

— Merci.

— Vous allez revenir, hein ?

Nettie hocha la tête en souriant.

— Ça se pourrait, ouais, lui dit-elle.

- 20 -

Le lendemain, Nettie découvrit une ambiance tout aussi joyeuse chez les Martin.

— Miss Nettie ! s'exclama le fermier en agitant le bras. Venez, venez ! Faut qu'on vous raconte ça !

Il avait sauté par-dessus le muret de son potager dès qu'il avait aperçu la cavalière. Il courait maintenant vers elle, euphorique.

L'espoir s'immisça dans le cœur de la jeune femme. Josh avait-il trouvé une parade juridique dans le gros ouvrage qu'elle lui avait confié ?

— Le p'tit nous a sauvés ! annonça Strother.

— Fantastique ! s'exclama Nettie.

Son hypothèse semblait se confirmer. Le père de famille attacha Bluebelle à une barrière et aida galamment la bibliothécaire à descendre de cheval. Il était véritablement métamorphosé... et rajeuni ! Il donnait l'impression de pouvoir danser la gigue d'une minute à l'autre.

— Suivez-moi, miss. Le repas est prêt.

Il y avait aussi du changement dans le menu : cette fois, de la viande accompagnait les légumes.

Ellie Martin étreignit Nettie comme si elle était une vieille connaissance, une amie intime de la famille, et Josh sortit de sa chambre en criant :

— On a réussi !

Strother tira une chaise puis Ellie fit asseoir leur invitée. Cette dernière était toute chamboulée.

— Raconte-moi, dit-elle à Josh. C'est le *Domain Act* qui vous a sauvés ?

— Non. C'est *Terry et les pirates* !

— Pardon ?

La mâchoire inférieure de Nettie s'était presque décrochée. Elle ouvrait des yeux ahuris.

— Tu parles bien de la bande dessinée du *New York Daily News* ?

— Incroyab', hein ? s'esclaffa le père de famille.

— Allez, allez, servez-vous avant que ça refroidisse, recommanda Ellie en posant son ragoût sur la table.

Mais la patience de Nettie avait atteint son point culminant. Il fallait qu'elle sache, là, tout de suite :

— Expliquez-vous, à la fin ! Je n'y comprends rien...

— J'ai bien essayé de le lire le *Domain Act*, répondit Josh, mais ils ont une façon bizarre de parler, dans ce livre, enfin, d'écrire. Toutes les phrases ou presque commencent par « Et qu'il soit en outre entendu que... » et ça parlait de lois et de décrets... Bref, j'y comprenais rien et...

— Joshua, l'interrompit sa mère. Le bénédicité.

Elle avait rempli les assiettes et attendait que le garçon dise la prière commune. Les têtes s'inclinèrent et les mains se croisèrent sur le ventre ou les cuisses. Le chat de la maisonnée attendait, lui aussi, son estomac mis au supplice par les fumets du repas. Strother avait incliné la tête de côté pour surveiller le matou du coin de l'œil. Quand, n'y tenant plus, ce dernier sauta sur la table, le père de famille le chassa sans ménagement :

— Allez, ouste !

Nettie, pendant ce temps, écoutait le bénédicité d'une oreille distraite, car ses pensées se portaient ailleurs.

« Je ne vois toujours pas en quoi *Terry et les pirates* a pu aider ces gens... »

Elle n'avait jamais lu la bande dessinée en question, mais elle en connaissait le sujet. Les strips quotidiens dessinés par Milton Caniff racontaient les tribulations en Extrême-Orient d'un groupe d'aventuriers (le jeune Terry Lee, son protecteur Patt Ryan et le cuisinier Conny) aux prises avec une femme diabolique, la redoutable Dragon Lady... Quel rapport avec les expropriations de fermiers ?

Le mot « amen » à peine prononcé, l'adolescent et les adultes nouèrent leur serviette autour du cou et attaquèrent le plat principal sans tarder. Le fermier mangeait lentement, comme à son habitude, en prenant le temps de mastiquer, alors que son fils dévorait le ragoût.

— C'est très bon, dit Nettie entre deux fourchetées. Mais... je veux la suite du récit, moi !

— Un soir, reprit Josh, j'avais tellement mal au crâne avec tous ces mots à rallonge que j'ai pris le *New York Daily News* pour lire *Terry et les pirates*... Le numéro que vous m'avez apporté datait du mois de janvier de cette année. Eh ben, figurez-vous que la solution à tous nos problèmes était affichée en première page !

Strother Martin se leva et brandit l'exemplaire du quotidien, posé sur le vaisselier de la salle à manger.

— Regardez, miss ! Même que c'est écrit là, noir sur blanc !

Il montrait les gros titres imprimés en caractères gras. Nettie parvint à lire les mots « loi » et « paiement », mais c'était à peu près tout. Elle grimaça avant de lâcher :

— Hum... et qu'est-ce que ça veut dire ?

— Ça parle d'une prime réservée aux anciens combattants de la Grande Guerre, expliqua Josh. Et mon père, il s'est battu en France contre les Allemands !

Le fermier déboutonna le haut de sa chemise pour montrer la cicatrice qui partait de son cou jusqu'à sa poitrine.

— C'est un shrapnel qui m'a fait ça, en 18, à Varennes-en-Argonne !

Prononcé à l'américaine, le nom du village français évoquait une bouillie sonore, quelque chose comme *vawenan-hawgone.*

— Strother, rhabille-toi, je t'en prie, c'est indécent, le gronda son épouse.

Le chef de famille obéit, non sans ajouter :

— Des années qu'on nous promettait cette prime pour services rendus sous les drapeaux ! Même qu'en 32, on est allés manifester à Washington afin d'obtenir cet argent qui nous revenait de droit... On était des dizaines de milliers. Certains avaient emmené leur famille avec eux ! Et vous savez comment le président Hoover, il nous a reçus ?

Nettie fit non de la tête. Le chat miaulait à ses pieds ; elle lui donna un morceau de viande pour le faire taire, sans même le regarder.

— Avec une mitrailleuse et des gaz lacrymogènes, voilà comment cet empaffé nous a reçus ! reprit le fermier.

— Strother, ton langage, le tança encore une fois Ellie.

— Désolé, chérie... Ah ça, pour disperser la foule, ils l'ont dispersée. Deux gamins sont morts asphyxiés et deux adultes ont été tués par balle ! Pff, tout ça pour rien, car le gouvernement n'a pas voulu céder.

— Je n'étais pas au courant de cette histoire, admit Nettie.

En 1932, déjà en fuite et sans domicile fixe, c'était sa survie au jour le jour qui la préoccupait. Pas étonnant que l'information ne soit pas parvenue jusqu'à elle...

Le chat réclama de nouveau en émettant une salve de *miaous* insistants, mais cette fois, la jeune femme l'ignora.

— Et puis, le 27 janvier dernier, voilà que la Chambre des représentants et le Sénat ont voté cette fameuse loi ! continua Strother. Même que ça s'appelle « Adjusted Compensation Payment Act » ! Ça veut dire que, si on en fait la demande, l'État doit racheter nos obligations contre de l'argent séance tenante. Je me suis renseigné : avec cette somme, j'ai largement de quoi rembourser mes dettes !

Tout en parlant, l'ancien combattant avait tiré un paquet de tabac et du papier de sa poche arrière. Il roulait sa cigarette lentement, presque artistiquement... Nettie ne savait pas quoi dire. Cette histoire de loi de compensation ressemblait à un conte de fées.

— C'est... c'est merveilleux, articula-t-elle, une fois la nouvelle digérée.

— C'est grâce à vous, fit Ellie en pointant un doigt vers la bibliothécaire.

— Grâce à moi ? Oh non... Je n'avais même pas lu les gros titres du journal. Remerciez plutôt votre fiston !

Ce dernier exultait. Il annonça :

— Même que mon père est d'accord pour me laisser faire des études, maintenant ! Il va engager quelqu'un pour l'aider à la ferme et me laisser partir dans la grande ville. Hein, p'a ?

— Pour sûr, approuva le fermier en tirant une première bouffée sur sa cigarette. Si, parfois, les mots sont plus forts que les chiffres, eh bien, ça peut servir de les maîtriser. J'ai retenu la l'çon.

Il rejeta la fumée par le nez. Il paraissait heureux, serein, une expression que Nettie n'aurait jamais cru pouvoir associer à sa dure physionomie, son air perpétuellement soucieux. Cette vision acheva d'élargir le sourire de la bibliothécaire. Ses amis étaient sauvés.

« Décidément, tout va de mieux en mieux, ces temps-ci... » Et elle ajouta, en son for intérieur : « Pourvu que ça dure ! »

TROISIÈME PARTIE

LE SPECTRE DU PASSÉ

- 1 -

Nathaniel Wentworth commanda un verre. Le premier de la matinée, mais sans doute pas le dernier. Voilà plus d'un mois qu'il végétait à Norton, bloqué par la rudesse du climat. Les habitants du coin considéraient peut-être leur patelin comme un joyau niché sur le flanc oriental des Appalaches, mais lui voyait les choses autrement. Un chemin plein d'ornières, à présent recouvert de neige et de givre, débouchait sur la rue principale et ses édifices aux toits meringués par les intempéries. Parmi eux, l'écurie, avec sa meule de foin, sans oublier la forge. Pas de garage. Les attelages tractés par des animaux étaient plus nombreux que les véhicules à moteur (ces derniers se résumant à deux Ford T et un vieux camion avec un tuyau d'échappement vertical). Il y avait aussi la quincaillerie Spencer et l'épicerie Olson, côte à côte, se partageant le même auvent à la peinture écaillée, ployant en son milieu sous le poids de son manteau neigeux ; et puis la pharmacie Woodgrove, avec ses récipients en verre remplis de liquides colorés, ses lotions et ses crèmes. Il y avait surtout cet ennui mortel qui, hiver comme été, englue certaines bourgades, comme la résine emprisonne parfois les insectes malchanceux. Le vent soufflait sans discontinuer et frappait les murs des maisons, tel un voyageur égaré qui supplie qu'on le laisse entrer pour se réchauffer au coin du feu. Mais les portes restaient closes. À Norton, une fois l'hiver installé, on se claquemurait, on faisait le dos rond, et on attendait le dégel.

Surmonté d'un écriteau proclamant « Établissement de haut standing », le saloon local, le *Old Turkey Buzzard*, tenait à la fois de la taverne, de la cantine et de l'hôtel. Wentworth y avait pris deux chambres : une pour lui, une pour Œil-de-Perdrix, même si, depuis quelque temps, la relation entre les deux hommes s'était dégradée. Pour être plus précis, depuis le soir où un Wentworth ivre mort (la frustration le poussait à boire plus que de raison) s'était mis en tête de frapper son assistant à coups de cravache. « Tu ne m'aides pas, triple andouille ! braillait-il. Tu ne dis jamais rien, tu ne fais jamais rien, tu es un poids mort, face de terre cuite ! » C'était l'insulte qui, davantage que les coups, avait fait réagir l'Indien. Il avait attrapé le poignet de son patron et l'avait obligé à lâcher la badine. « Ne recommencez plus jamais ça », avait-il jeté d'une voix d'autant plus impressionnante qu'elle était dénuée d'inflexion. Il n'avait rien dit de plus mais Wentworth avait retenu la leçon. Un froid polaire, largement aussi glacial que celui de l'hiver montagnard, régnait désormais entre les deux acolytes.

— Un autre, lança Wentworth au barman en désignant la bouteille de gnôle sur une étagère.

L'employé, un torchon sur l'épaule, faisait semblant de s'affairer alors qu'il n'y avait pourtant pas grand monde dans son établissement.

— Tout de suite, monsieur.

Wentworth avait perdu de sa superbe. Il ne se rasait plus tous les jours. Il avait maigri. Conséquence : son visage était plus durement dessiné que jamais, comme si l'os gagnait sur la chair. Le décor sombre et bas de plafond n'aidait pas à améliorer son humeur.

« Rends-toi à l'évidence, se dit-il en vidant son second verre d'un trait. Elle t'a échappé pour de bon... »

Il rêvait de Nettie la nuit et, dans ses rêves, elle le narguait, pareille à une sale gamine qui ne fait que répéter : « Tu ne m'attraperas pas, tu ne m'attraperas pas ! » Le pire, c'était son rire moqueur, un bruit insupportable qui résonnait dans la tête du chasseur jusqu'à le rendre fou.

Ses paumes le brûlaient. Il déplia ses doigts et constata que, à force de serrer les poings, il s'était enfoncé les ongles dans la peau.

« Comment ai-je pu en arriver là ? se demanda-t-il en essuyant ses mains avec son mouchoir. Comment me suis-je fourré dans cette impasse ? »

Le passage indiqué par le vieux chercheur d'or, ce fameux col qui menait vers la frontière, débouchait sur deux sentiers descendant l'un comme l'autre en direction de la Virginie. Parvenu à la bifurcation, il fallait bien se résoudre à un choix. Wentworth avait essayé de faire appel à son don. Il s'était imaginé à la place de Nettie Jones, fugitive placée face à ces deux routes, mais aucune image précise, aucune intuition, ne lui était venue. C'était le vide total. Mauvais signe. Il avait pris à droite, en désespoir de cause. Une chance sur deux, donc. Ce sentier arrivait après maints lacets à Big Stone Gap, quasiment une sœur jumelle de Norton : commerces décatis, ambiance d'ancienne ville minière en voie de désertification, bref, rien de bien réjouissant. Le chasseur de primes avait interrogé l'hôtelier, les commerçants. Il avait montré le portrait de Nettie, promis une récompense à qui l'aiderait. En vain. Soit les bouseux locaux lui mentaient, soit la demoiselle en cavale avait contourné ce bled et poursuivi sa route sans marquer de pause.

Pourtant, il fallait bien qu'elle se réapprovisionne de temps en temps ! Wentworth la voyait mal tuer et dépecer des animaux dans la forêt. On ne s'improvise pas trappeur du jour au lendemain...

Alors quoi ?

Le détective et son adjoint étaient revenus en arrière puis avaient pris cette fois le chemin de gauche, sentier de montagne menant en pente douce jusqu'à Norton. Là encore, Wentworth avait posé mille questions, écumant tous les endroits où une cavalière solitaire aurait pu s'arrêter.

« Elle n'a jamais besoin de boire ? de manger ? de se reposer ? de faire soigner son cheval ? »

Décidément, cette petite bonniche de rien du tout lui donnait bien du fil à retordre !

Ou alors... Une autre possibilité se précisait peu à peu dans l'esprit du dandy, une possibilité qu'il n'aimait pas beaucoup.

« Et si le vieux poivrot m'avait menti ? »

Non, ça ne tenait pas debout. Pourquoi un papi solitaire et ronchon chercherait-il à protéger une meurtrière en fuite (de surcroît, une Noire) ?

Mais le doute était là, et il enflait de jour en jour.

Impossible d'en avoir le cœur net ; du moins, tant que la neige compromettait toute expédition. Wentworth et son complice avaient bien essayé de regagner le col, quelques semaines plus tôt, mais c'était sans compter sur la précocité exceptionnelle de l'hiver qui avait succédé à un été indien court et torride, réduisant la saison automnale à une simple respiration, une parenthèse. Les forêts avaient à peine eu le temps de se parer de jaune que, déjà, le manteau blanc de la saison froide s'était imposé. Des congères bloquaient l'accès au sommet. On ne pouvait plus y accéder. Le voyage à peine entamé, le duo avait dû, la mort dans l'âme, rebrousser chemin jusqu'à Norton.

Wentworth hésita à commander un troisième verre. Il savait qu'à la longue, l'alcool ne lui faisait aucun bien (ses sens s'émoussaient, à l'image de ses facultés de raisonnement, en temps normal si aiguisées) mais, sur le moment, c'était bon, terriblement agréable même. On avait le cerveau pris dans du coton. Les doutes, la frustration, étaient relégués à l'arrière-plan de la conscience. On savourait l'hébétude comme on fait rouler un grand cru dans la bouche.

La porte du saloon s'ouvrit. C'était Œil-de-Perdrix qui revenait de sa balade matinale, vêtu d'une lourde veste doublée en peau de mouton, le chapeau à plume enfoncé jusqu'aux sourcils, son cou de taureau caché sous plusieurs couches d'écharpe. Qu'il neige ou qu'il vente, l'Indien sortait tous les jours faire de l'exercice. Discipline. Rectitude. Wentworth le détestait aussi pour ça. Il aurait aimé que son associé se joigne à lui durant ces longues heures passées au bar, qu'ils refassent le monde ensemble, échafaudent des plans, des stratégies, mais Œil-de-Perdrix gardait ses distances depuis l'incident de la cravache.

« Je suis tombé sur le seul Peau-Rouge qui n'aime pas l'alcool », songea Wentworth avec un petit rire aigrelet.

Son adjoint s'approcha, le tira par la manche et désigna l'extérieur d'un mouvement de son menton carré.

— Quoi ? grogna le dandy.

— Dehors. Venez voir.

Wentworth fronça les sourcils. Trois mots, c'était à peu près ce que le Cheyenne prononçait en trois mois, d'habitude.

Il déposa quelques pièces sur le comptoir en zinc et suivit son assistant. Les portes battantes à peine poussées, le froid le saisit, mordant sa peau de mille petites dents de givre. Il frissonna et se dit qu'il aurait dû prendre un manteau plus chaud, lui aussi. Le vent soufflait en bourrasques sporadiques mais il ne neigeait pas. Un attroupement s'était formé du côté du drugstore. Bravant la température glaciale, une quinzaine de citadins écoutaient un homme vêtu de noir monté sur une caisse à savon.

« Un de ces charlatans qui font passer leur tord-boyaux pour un élixir miraculeux ? » songea Wentworth.

Non, c'était un livre, et pas une flasque suspecte, que l'inconnu brandissait.

Il criait fort, pour couvrir la plainte du vent :

— L'heure est proche, mes frères, mes sœurs !

« Un prédicateur ? »

Intrigué, le dandy s'approcha. Œil-de-Perdrix avançait à son côté de sa démarche d'ours, engoncé dans des vêtements trop serrés pour lui. Wentworth remarqua, tout près de là, une mule (celle de l'homme d'Église ?) qui plongeait le museau dans un abreuvoir constellé de plaques d'eau gelée.

— Vous êtes ici loin des convulsions qui agitent le monde d'en bas mais, croyez-moi, un jour ou l'autre, la tempête arrivera chez vous également ! continuait le prédicateur, intarissable. Les Nègres en veulent toujours plus ! Réduire en cendres notre société, nous éradiquer : voilà leur projet ! Ils se reproduisent comme des lapins, ils s'arment, ils s'organisent... Rien ne les arrête. Ils ont même recours à des pratiques contre-nature. Cette sorcière noire, dont je vous ai parlé tout à l'heure : nul doute qu'elle a passé un pacte avec le démon !

Œil-de-Perdrix donna un coup de coude à son patron. Wentworth déglutit. L'adrénaline dissipait d'un coup les brumes anesthésiantes de l'alcool. L'instinct du chasseur se réveillait.

— Elle ordonnait, et la bête sauvage lui obéissait au doigt et à l'œil. Si je n'avais pas brandi le Livre saint pour lui faire peur, son monstre m'aurait dévoré ! Oui, mes amis, c'est le Livre du culte qui m'a sauvé la vie.

Le pasteur tapota la reliure en cuir dorée à l'or fin.

— Ce même livre qui vous sauvera, vous aussi, le jour où la gangrène négro-communiste atteindra votre paisible bourgade ! Oui, le complot noir est un virus, dont voici l'antidote ! Vous pouvez vous protéger pour la modique somme de six dollars ! Vous m'avez bien entendu, mes très chers frères, mes très chères sœurs : six dollars pour tenir à distance les forces du Mal !

Le boniment achevé, le public se scinda nettement en deux : les uns grognaient et soupiraient, pendant que les autres applaudissaient, ou du moins approuvaient par des hochements de tête appuyés. Lorsque le groupe de badauds se dispersa, Wentworth nota avec un certain étonnement que pas moins de cinq villageois faisaient la queue pour acheter la Bible méthodiste.

« Faites peur aux gens et ils avaleront n'importe quelle couleuvre », se dit le chasseur de primes.

Il attendit que le dernier acheteur fût parti, les Saintes Écritures sous le coude, pour réajuster sa mise quelque peu négligée ces derniers temps, puis il s'avança d'un pas énergique.

— Nathaniel Wentworth ! lança-t-il, main tendue.

— C'est pour un livre du culte ? lui répondit le pasteur, tout sourire.

— Pas vraiment... Vous pourriez m'en dire un peu plus sur cette sorcière que vous avez rencontrée dans la montagne ?

Le dandy claqua des doigts. Aussitôt, Œil-de-Perdrix se matérialisa à côté de lui et déplia la feuille sur laquelle le portrait de Nettie était dessiné.

— Dieu tout-puissant ! articula l'homme d'Église.

Un sourire carnassier s'élargit sous les fines moustaches de Wentworth.

- 2 -

À l'aube grise du matin de Noël, Nettie fut la première à se réveiller dans la maison du pasteur. Descendant l'escalier à pas de loup, elle prit soin de ne faire grincer aucune marche. Un jeune sapin fraîchement coupé par Jack Brown trônait dans le salon. L'arbre était décoré de guirlandes en papier crépon qu'elle avait aidé à confectionner. Elle s'en approcha et ajouta deux paquets-cadeaux à ceux déjà disposés sur le parquet. Trois grosses chaussettes en laine débordant de friandises, chacune d'une couleur différente, étaient suspendues devant l'âtre, pour le révérend Deaton, pour Nettie, et pour Minnie.

La jeune femme s'arrêta au seuil du royaume de la gouvernante. La cuisine était étrangement calme dans le silence du petit matin. Après avoir pris une grande respiration, Nettie s'affaira sans plus tarder, remplissant la cuisinière de charbon, ouvrant les placards, sortant les ustensiles et les ingrédients, avant de les déposer sur le plan de travail sans bruit. On aurait dit une déesse hindoue munie de bras multiples. D'une main, elle cassait les œufs, de l'autre, elle mélangeait la farine et la levure, base d'une pâte à pancakes. Allumer les brûleurs. Synchroniser la cuisson de la pâte avec celle des saucisses, du bacon, mettre la cafetière sur une plaque... Nettie ne savait plus où donner de la tête.

« Comment Minnie fait-elle, en temps normal ? » se demanda-t-elle en cherchant partout le bocal qui contenait le thé préféré de Deaton.

Absorbée par ses différentes tâches, elle avait laissé un torchon un peu trop près d'une plaque. Quand elle se retourna, le tissu avait pris feu.

— Ah !

Elle lâcha le bocal, qui se fracassa sur le carrelage, pour se précipiter, paniquée, vers le bouquet de flammes dansantes. Elle secoua le torchon en espérant l'éteindre de cette manière, mais ses gestes étaient brouillons, et elle ne réussit qu'à toucher et enflammer les voilages en dentelle qui ornaient l'unique fenêtre de la pièce !

— Oh mon Dieu !

Elle jeta le torchon dans l'évier, rempli un broc et balança son contenu sur les petits rideaux qui se racornissaient à vue d'œil. Éclaboussées, les plaques de la cuisinière protestèrent en émettant un *pschit* sonore ainsi qu'une épaisse fumée.

Un bruit de pas précipités retentit dans l'escalier.

— Seigneur ! s'exclama Deaton.

— Mais qu'est-ce qui se passe ici ? s'écria Minnie en pénétrant dans son antre dévasté.

Puis, voyant Nettie :

— Ma parole, vous êtes pire que les sept plaies d'Égypte, ma fille !

Le petit-déjeuner était à la fois brûlé et inondé.

Nettie se confondit en excuses larmoyantes : en ce jour de fête, elle voulait faire une surprise à la gouvernante en la soulageant d'une partie de son travail...

— Eh bien, c'est réussi, grommela Minnie.

Le révérend Deaton consola sa protégée :

— Allons, il n'y a pas mort d'homme. De femme non plus, d'ailleurs. Alors calmez-vous, tout va bien.

Minnie leur ordonna à l'un comme à l'autre de l'attendre dans la salle à manger.

— Mais je peux au moins vous aider à nettoyer, protesta Nettie.

— Pas question. J'ai horreur qu'on soit dans mes pattes quand je travaille !

— Ne vous formalisez pas, elle est comme ça avec moi aussi, glissa Benton Deaton à la jeune femme.

Le sourire malicieux du pasteur lui mit du baume au cœur, et tous deux obéirent à l'autoritaire gouvernante. En passant devant le sapin, Deaton nota la présence des deux paquets supplémentaires.

— Qu'est-ce que cela ? demanda-t-il.

— Vous verrez tout à l'heure, répondit Nettie, qui avait retrouvé un timide sourire.

Le petit-déjeuner terminé, le révérend frappa dans ses mains.

— Et si nous ouvrions nos cadeaux ?

— Oh oui ! acquiesça sa protégée.

Elle trépignait comme une gamine. Vivre un tel matin de Noël, elle en rêvait depuis toujours.

Les cinq minutes suivantes furent ponctuées de bruits de papier déchiré, de glapissements joyeux, d'embrassades...

— Vous n'auriez pas dû, fit Deaton en déballant son premier cadeau.

La bibliothécaire avait pioché dans les maigres économies issues de ses premières paies pour lui acheter le meilleur brandy disponible au drugstore local.

— C'est ma marque préférée ! confirma l'homme d'Église.

— Mais c'est magnifique ! s'exclama à son tour Minnie, estomaquée.

Elle venait de découvrir un superbe gilet traditionnel d'origine russe, brodé à la main de fil doré.

— Ça vient de Bad Creek, expliqua Nettie.

Minnie la remercia en déposant deux rapides baisers secs sur ses joues puis, visiblement très émue, elle se replia en toute hâte dans sa cuisine en prétextant quelque tâche urgente.

Deaton déchira un nouveau paquet-cadeau, celui que sa fidèle gouvernante lui avait réservé.

— Ha, ha, une paire de pantoufles ! Formidable !

À présent vêtue de son beau gilet, Minnie réapparut à temps pour l'ouverture des cadeaux de Nettie : une paire de gants (« pour vos longues chevauchées l'hiver », déclara le pasteur) et un exemplaire du roman *Les Quatre Filles du docteur March* de Louisa May Alcott. Minnie se pencha à l'oreille de la jeune femme et lui souffla :

— Je suis sûre que vous pourrez le lire très bientôt...

Nettie avait fait d'énormes progrès, même s'ils n'étaient pas assez rapides à son goût (« Vous êtes trop impatiente », la gourmandait souvent Minnie). Elle parvenait désormais à lire des histoires courtes, des albums pour enfants, mais elle ne s'était pas encore lancée dans un vrai roman. S'attaquer à un tel volume de pages lui paraissait aussi difficile que de traverser l'océan à la nage ! Le soir, enfermée dans sa chambre, elle recopiait des mots entiers (des longs et compliqués !) à la lueur d'une chandelle, sur le cahier que Minnie lui avait confié. Plus d'une fois, elle s'était endormie, la plume à la main et les doigts tachés d'encre.

— Merci à tous les deux, murmura Nettie, la gorge nouée par l'émotion.

Elle étreignit et embrassa le pasteur puis la gouvernante. Elle aimait ses hôtes comme on aime deux proches parents, et c'était d'autant plus remarquable qu'elle ne les connaissait que depuis quelques mois. Elle avait l'impression d'avoir enfin trouvé sa place en ce bas monde.

— Merci pour tout ce que vous avez fait pour moi, ajouta-t-elle.

— N'inversez pas les rôles, répondit Deaton en agitant l'index. C'est vous qui nous apportez énormément, ma chère.

— Vous êtes ici chez vous, confirma Minnie. Et ne parlez plus d'aller habiter dans l'une de ces horribles masures à la sortie de la ville : il n'en est pas question.

Le pasteur renchérit :

— Vous pouvez rester parmi nous aussi longtemps qu'il vous plaira.

Le cœur de Nettie débordait d'une reconnaissance impossible à formuler avec des mots, aussi se contenta-t-elle d'étreindre encore une fois ses bienfaiteurs. Le courant qui passait entre eux, cet amour authentique, valait toutes les paroles.

Vers midi, les quatre autres messagères arrivèrent, les bras chargés de présents. Jack Brown les rejoignit, deux écharpes passées autour du cou. Ses prétendantes, Fiona et Rachel, lui en avaient tricoté une chacune, aussi les portait-il en même temps, histoire de ne pas faire de jalouse. Rachel, d'habitude garçon manqué et peu portée sur la coquetterie, s'était mise sur son trente-et-un : belle robe, maquillage. Et cette fragrance qui flottait autour d'elle ? C'était bien du parfum ! Nettie nota avec amusement que Jack n'était pas insensible à ces menus changements.

Fidèle à sa réputation, Minnie avait concocté un succulent menu de fête : dinde farcie aux marrons, pommes de terre, bûche au café. Le repas se déroula dans une atmosphère de joyeuse simplicité. Rachel fit rire tout le monde en racontant des blagues, Fiona récita un poème et, le dessert terminé, lorsque toute la tablée se mit à reprendre en chœur des chants de Noël (*Jingle Bells, Santa Claus Is Coming to Town, O Little Town of Bethlehem*), la voix de Nettie enchanta une fois de plus son entourage. La jeune femme rayonnait. Des gens qu'elle aimait lui renvoyaient cet amour, elle exerçait un beau métier, le garçon séduisant pour qui elle nourrissait de tendres sentiments semblait beaucoup l'apprécier... Cerise sur le gâteau : les hommes lancés à sa poursuite avaient, grâce à Angus, vraisemblablement perdu sa trace !

« C'est trop beau pour être vrai », se dit-elle.

Elle était heureuse, ni plus ni moins, ici et maintenant.

Une parenthèse enchantée.

Mais toutes les parenthèses, un jour, doivent se refermer.

- 3 -

Wentworth vérifia son équipement pour la dixième fois : la gourde était pleine, les armes bien graissées, la viande séchée empaquetée avec soin...

« Parfait », songea-t-il, l'inventaire terminé.

Il passa au harnachement de sa monture, dont il leva ensuite les jambes une par une pour s'assurer que le fer de chaque sabot était propre et correctement fixé. Quand de la terre s'était incrustée, le chasseur de primes la frottait à l'aide d'une petite brosse. Il s'acquittait de cette tâche avec des gestes mécaniques. À vrai dire, il avait l'esprit ailleurs. Il n'entendait pas les bruits de la rue, pas plus qu'il n'entendait les martèlements venant de la forge toute proche. Distrait, il repensait sans cesse à ce que le prédicateur lui avait raconté :

— Cette femme noire m'a attaqué. Elle voulait me détrousser. Elle était accompagnée d'un loup gris qui lui obéissait, tel un chien d'attaque.

Le récit était peu crédible.

Après des mois et des mois de traque, Wentworth pouvait se targuer d'une chose : il avait cerné la psychologie de sa cible. Or, cette histoire de guet-apens (avec ou sans loup dressé) ne ressemblait pas du tout à la Nettie Jones qu'il connaissait, ou du moins, croyait connaître.

— Venez avec moi, l'ami, avait-il dit à Moses Nightingale en l'entraînant dans une impasse encombrée de poubelles.

Lorsque le fidèle Œil-de-Perdrix avait fait craquer ses poings, le pasteur s'était mis à table tout de suite, et sa nouvelle histoire s'était révélée sensiblement différente de la première : apparemment, des trafiquants d'alcool lui avaient mis la main dessus puis avaient commencé à le malmener, jusqu'à l'intervention opportune de la jeune femme. Cette dernière avait mis en fuite les brigands puis s'était brusquement retournée contre l'homme d'Église quand elle avait réalisé son appartenance à un certain « clan ». Œil-de-Perdrix s'était crispé à la mention de cette organisation bien connue dans les États du Sud mais, comme de coutume, il avait gardé le silence.

— Je précise que tout ce que j'ai raconté au sujet du loup est vrai ! s'était empressé d'ajouter Nightingale, une fois cette deuxième version terminée, comme si cela suffisait à racheter ses précédents mensonges. Cette négresse est une sorcière, j'vous dis !

Wentworth avait hoché la tête.

Nettie n'écoutant que son bon cœur et sauvant la vie d'un pauvre type en danger, c'était déjà plus crédible que Nettie voleuse de grand chemin.

— Pourriez-vous m'indiquer l'endroit approximatif de cette rencontre ? avait questionné le dandy en dépliant une carte des Appalaches.

Nightingale avait montré un point pas très éloigné de la cabane du chercheur d'or, de l'autre côté du haut col.

« Donc elle se trouve toujours sur le versant ouest de la montagne », s'était dit le chasseur de primes.

Ou, en tout cas, elle s'y trouvait encore avant la tombée des neiges précoces.

Il avait libéré le pasteur puis, avisant l'air contrarié d'Œil-de-Perdrix, avait interrogé son assistant :

— Tu aurais préféré qu'on s'amuse un peu avec ce charmant monsieur ? Son goût pour les robes blanches et les cagoules à pointe te hérisse le poil, c'est ça ?

Pas de réponse du Cheyenne.

Wentworth n'éprouvait ni sympathie ni antipathie à l'égard du Ku Klux Klan. La politique et les idéologies ne l'intéressaient pas. Son unique horizon était sa prochaine proie. Que celle-ci soit blanche, noire ou rouge lui importait peu. Seule l'excitation de la traque comptait, et la traque allait reprendre !

Un redoux avait salué le passage à la nouvelle année. Les congères qui empêchaient quiconque d'accéder au col depuis des semaines commençaient à fondre. Il fallait en profiter.

« Tu croyais peut-être m'avoir échappé, Nettie Jones... Tu te trompais ! »

Le chasseur de primes se sentait revivre. Il sortit de sa poche une flasque de whisky, en dévissa le bouchon... mais au lieu de la porter à sa bouche, il l'inclina pour en vider le contenu sur la paille de l'écurie. Le cheval broncha et recula, incommodé par l'odeur.

— Pas bon pour les réflexes, lui expliqua son maître. Et pas bon pour le ciboulot. (Il tapota de l'index son chapeau claque.) Or, je vais avoir besoin de toutes mes capacités.

La fugitive ne devait pas être sous-estimée.

Et puis, il y avait le chercheur d'or ! Ce vieux bouc lui avait menti.

Wentworth imaginait ce qu'il infligerait au vieillard, une fois celui-ci retrouvé, et ces projections mentales le plongeaient dans un état d'ébullition intense.

« Ce sale menteur paiera le prix fort pour m'avoir fait perdre mon temps. »

Cela faisait longtemps que le dandy n'avait pas torturé quelqu'un. Trop longtemps.

Il voyait dans des séries de flashs effrayants de netteté ses mains refermées autour du cou de l'orpailleur, les yeux exorbités de sa victime, sa langue démesurée sortant de sa bouche comme une limace morte, son...

Quelqu'un toussa. Wentworth sursauta, tel un gamin pris en faute, avant de revenir à la réalité : une silhouette maigre et coiffée d'un chapeau melon se dessinait à l'entrée de l'écurie. Réfractée par la neige, la lumière extérieure était aveuglante, aussi le chasseur de primes dut-il plisser les yeux pour discerner les traits anguleux de l'homme qui lui faisait face. On aurait dit une espèce de squelette ambulant, ou, à tout le moins, un croque-mort. Quand la silhouette désarticulée s'avança vers lui, main offerte, Wentworth recula d'un pas pour garder ses distances.

— À qui ai-je l'honneur ? lança-t-il.

— Maître Hopkins, répondit l'autre, notaire. Je suis l'exécuteur testamentaire de Percifal Beauregard.

— Oh...

Wentworth avait tiqué sur le mot « testamentaire », un adjectif qui, en règle générale, ne laissait rien présager de bon.

— Vous êtes bien Nathaniel Wentworth ?

— Oui, c'est moi.

— J'ai eu du mal à vous trouver, Mr Wentworth.

— Je bouge beaucoup, en effet.

Le notaire sourit (un sourire froid, glacial même) avant de fouiller dans la petite sacoche qu'il portait en bandoulière.

— Vos pérégrinations touchent à leur fin, je crois, dit-il.

— Comment ça ?

Pour toute réponse, Hopkins remit une enveloppe bien garnie au dandy.

— Qu'est-ce que c'est ?

— Vos derniers appointements. Votre mission est terminée, Mr Wentworth. Percifal Beauregard est décédé il y a deux mois. Il s'est battu comme un lion mais la terrible maladie qui le rongeait a finalement pris le dessus.

— Oh, je... je vois.

Le notaire se racla la gorge et toussa dans son poing.

— Mrs Beauregard a décidé de mettre un terme à... disons, ce pour quoi vous avez été engagé.

— Je vois, répéta Wentworth d'une voix sans timbre. C'est dommage. Très dommage, car je touche enfin au but. Mrs Beauregard... (il grimaça en cherchant ses mots) n'est pas contrariée de savoir la meurtrière de son fils encore en liberté ?

— Elle ne m'a pas confié ses états d'âme. Juste un message à vous transmettre : vous êtes relevé de vos fonctions, si je puis m'exprimer ainsi. Avez-vous d'autres questions ?

— Je... non, pas vraiment.

Dire que Wentworth était ébranlé serait un euphémisme. Un abîme insondable venait de se former dans son ventre et son cœur battait la chamade.

— Dans ce cas, je vais vous laisser, conclut Hopkins. J'ai un long trajet qui m'attend. Au revoir, cher monsieur.

Le chasseur de primes resta sans voix, un phénomène rare chez cet intarissable bavard. Encore sous le choc, son cerveau essayait d'appréhender toutes les conséquences de la nouvelle donne.

Hopkins souleva à peine son chapeau melon avant de repartir de sa démarche de pantin manipulé par un invisible marionnettiste.

Wentworth déglutit. Il avait brusquement soif et regrettait d'avoir vidé par terre le contenu de sa flasque. Ça tiraillait dans son ventre, et ça réclamait le feu de la gnôle. Oui, sentir ce trait de lave descendre le long de son gosier juste avant que la chaleur ne lui monte au cerveau, ce serait si bon, si relaxant.

Clang. Clang.

Il entendait maintenant le bruit du marteau contre l'enclume avec une acuité presque douloureuse.

Clang. Clang.

C'était comme des coups de bélier cognant aux portes de son esprit tourmenté.

Il décacheta l'enveloppe. Elle contenait des billets de cent dollars et une lettre dans laquelle la veuve du regretté Mr Beauregard exprimait son désir de mettre un terme à la vendetta. « La haine n'appelle que la haine et, de toute façon, rien ne pourra faire revenir ici-bas notre petit James », écrivait la femme éplorée. Bla-bla-bla. « Merci de vos services. » Bla-bla-bla...

Clang. Clang.

Wentworth éructa une sorte de hoquet méprisant, déchira la lettre et empocha les billets.

- 4 -

La communauté orthodoxe fêtait traditionnellement le Nouvel An courant janvier, avec un décalage de treize ou quatorze jours par rapport au calendrier catholique. Cette année-là, Nettie avait été invitée par Andrei à passer le week-end à Bad Creek pour y célébrer l'événement. Elle dormirait à nouveau chez la tante du mineur, qui lui offrait gentiment l'hospitalité.

Une fois encore, le hangar-salle de bal avait revêtu ses plus beaux atours (banderoles, guirlandes, estrade décorée des drapeaux russe, polonais ou bulgare) et, une fois encore, le buffet était bien garni : charcuterie, feuilles de vigne farcies, pain noir, à l'oignon ou aux graines de pavot...

— Vous en voulez ? demanda Andrei à Nettie, dont le verre était vide, en tendant une louche d'un cocktail au contenu indéfini.

— Je ne sais pas, répondit la jeune femme. Il y a beaucoup d'alcool ?

— Un tout petit peu.

Andrei avait matérialisé cette faible quantité en laissant un espace mimine entre son pouce et son index, mais son sourire espiègle sous-entendait que le mélange était corsé.

— Allons-y, dit Nettie. Après tout, c'est la fête.

Elle en but une gorgée… et ses yeux s'agrandirent alors qu'elle mettait la main devant sa bouche pour ne pas tout recracher.

— Ah, c'est fort !

— Mais non. Vous n'êtes pas habituée, c'est tout.

— Vous cherchez à me saouler, hein ?

— Absolument pas. Je ne fais que vous initier aux coutumes locales.

Nettie aimait de plus en plus le sourire de cet homme. En sa présence, elle se sentait électrisée. Vivante.

— Vous dansez ? jeta Andrei.

— Je… je ne connais pas vos danses.

Les battements de son cœur venaient de passer à la vitesse supérieure, plus rapides que le tempo imposé par le quarteron de joyeux musiciens.

Andrei insista :

— C'est très simple. Je vous apprendrai, n'ayez pas peur.

Sa main ouverte était davantage qu'une invitation : une promesse.

Nettie se laissa entraîner au milieu de la piste. Les couples s'étaient déjà formés. Hommes et femmes se rejoignaient, tournoyaient dans les bras les uns des autres, comme pendant une valse, puis ils se séparaient pour se retrouver du côté opposé. Durant le mouvement tournant, le poids de leur corps se portait sur la pointe des pieds et leurs hanches oscillaient dans un ensemble à la fois plein de vigueur et de sensualité.

« Je n'y arriverai jamais », songea Nettie.

— Laissez-vous guider, conseilla son cavalier, comme s'il avait lu dans ses pensées.

La jeune femme obtempéra. Elle fit plusieurs tours sur elle-même, tenue par une main sûre. C'était bon de s'abandonner. Les images se mélangeaient dans sa tête (les guirlandes multicolores suspendues au plafond comme des lianes à des arbres, le kaléidoscope de visages souriants), la musique l'enveloppait, la pénétrait, et plus rien d'autre ne comptait.

Il y eut bien cette seconde d'incertitude où elle vacilla, équilibre perdu, mais Andrei la rattrapa et ils tournoyèrent comme deux figurines dans une boîte à musique. Le staccato des violons augmentait en cadence. Les notes montaient, nasillardes et pointues. Les souliers agiles s'envolaient et les coiffures des dames perdaient leur belle ordonnance. Restés sur le côté, les vieux empêchaient les enfants trop petits de s'aventurer au milieu de la piste. En fin de morceau, Andrei se détacha de sa partenaire et s'accroupit, bras croisés, enchaînant les jetés de jambes de droite et de gauche pendant que de nombreux convives formaient un cercle autour de lui, battaient des mains, sifflaient, dodelinaient de la tête en signe d'approbation.

Quand la musique s'arrêta sur un coup d'archet puissant, la foule en liesse applaudit l'orchestre tout autant qu'elle-même.

Andrei se releva d'un bond souple et Nettie se pencha à son oreille pour lui demander :

— C'était quoi, ça ?

— Le kazatchok. La danse des Cosaques !

Il était temps de passer à un air plus calme, l'une de ces ballades tristes dont les Slaves ont le secret.

De nouveaux couples se formèrent. Fini la rigolade : c'était une danse plus intime et un moment de partage plus profond qui s'annonçaient.

Nettie ne fut pas surprise quand Andrei lui tendit de nouveau la main. Elle se rapprocha de lui sans réfléchir. Elle n'avait pas envie de penser. La barrière du tissu n'empêchait en rien le contact entre les deux corps, et les deux cœurs se répondaient en battant à l'unisson.

Une femme accorte était montée sur l'estrade pour chanter. Elle avait une très belle voix et se tenait bien droite, mains jointes au creux du sternum. Elle paraissait puiser en elle comme dans une source d'eau profonde et bienfaisante.

— De quoi parle cette chanson ? chuchota Nettie.

— Du pays qu'on laisse derrière soi, de ses paysages...

Les yeux des convives rougissaient et brillaient. Sortis des gilets bariolés, les mouchoirs essuyaient quelques larmes.

Nettie savourait chaque seconde de ce moment de communion. C'était chaud et doux. Elle calquait ses pas sur ceux de son cavalier sans rien calculer, perdue dans un état second. Cette danse-là n'était pas difficile à suivre.

Quand la musique mourut, s'éteignant en douceur, les gens applaudirent puis des clochettes et des tambourins résonnèrent soudain dans la nuit. Le bruit provenait de l'extérieur. Il y eut un mouvement de foule, et le public se précipita dehors.

— Qu'est-ce qui se passe ? s'inquiéta Nettie.

— Venez, vous allez voir.

Le couple suivit le mouvement.

Un grand feu avait été allumé au centre du village. Les flammes se tortillaient et éclaboussaient la neige de jaune.

Les brindilles crépitaient, soulevant des gerbes d'étincelles qui voletaient comme des lucioles dans la fumée. Nettie aurait bien qualifié ce bûcher de « feu de joie », si les hommes masqués en train de s'agiter autour n'étaient pas tous aussi hideux. Faciès grimaçants, crânes cornus... On aurait dit des démons sortis de l'enfer et se livrant à quelque pantomime impie. En effet, leur danse désordonnée tenait davantage de la gesticulation qu'autre chose.

— Des *kukeri*, révéla Andrei, amusé par l'expression effrayée de Nettie.

— Des... quoi ?

— C'est une coutume bulgare. On a pas mal de gens originaires de Sofia, parmi nous.

— Qu'est-ce qu'ils font ?

— Ils éloignent les mauvais esprits de la communauté pour que 1937 soit une meilleure année que 1936. Ils doivent faire un maximum de bruit, d'où les cloches et les tambourins.

— Oh, je comprends mieux.

Andrei lui prit la main et ils regardèrent les danseurs faire les fous pendant un long moment. Certains de leurs cris ressemblaient à des hurlements de loup, et Nettie eut une pensée pour son ami, le rôdeur solitaire, qu'elle n'avait pas vu depuis un bout de temps (depuis l'incident avec les trafiquants, pour être plus précis).

« Où es-tu, mon ange gardien au pelage gris ? »

Elle frissonna. Elle espérait de tout cœur que l'animal sauvage n'était pas tombé sur un chasseur ou dans un piège.

Tambourins et crécelles gagnèrent en intensité selon un crescendo infernal, accompagnés par des mouvements frénétiques proches de la transe, puis, l'acmé atteinte, les décibels s'évaporèrent d'un coup.

C'était fini.

— Si avec ça, le mauvais sort ne se tient pas à distance, je veux bien me faire archevêque, plaisanta Andrei.

Nettie sourit.

— De mon côté, l'année passée n'a pas été si mauvaise, dit-elle, songeuse.

— Ah oui ?

— Je dirais même que ça a été la meilleure de ma vie.

— Vraiment ?

— Oui. J'ai rencontré plein de gens formidables...

— Vous me comptez dans le lot ?

— Bien sûr.

Ils se regardèrent, se sourirent encore, et lentement, très lentement, Andrei approcha son visage de celui de la jeune femme... qui recula, sans pour autant lui lâcher la main.

— Vous ne voulez pas ? demanda le garçon, qui se sentait un peu bête.

— J'en ai très envie. Mais... vous savez à quoi on s'expose, si on essaie d'aller plus loin tous les deux ? On pourrait finir en prison...

Il savait, oui. Il avait beau vivre à l'écart du monde, il connaissait les lois en vigueur dans le Kentucky.

— Écoutez, soupira-t-il, soudain grave. Je suis très apprécié dans ma communauté. Respecté même. Je ne dis pas ça pour me vanter, c'est la vérité... Je ne prétends pas que tout le monde comprendra, si nous nous affichons pour de bon ensemble, mais je crois sincèrement que personne n'ira ébruiter notre liaison jusqu'aux autorités... Il faut bien qu'il y ait quelques avantages à vivre isolé de tout, comme sur une île, hein ?

Il avait retrouvé le sourire. Nettie hocha lentement la tête à mesure que ses dernières réserves s'effritaient. Mais il en restait une, et de taille...

— Il y a encore une chose dont je dois vous parler, dit-elle. C'est au sujet de mon passé.

Elle lissait nerveusement le tissu de sa robe, caressant les plis du bout des doigts. Andrei prit un air inquiet.

— Vous me faites peur...

Nettie déglutit. Il était probable que son prétendant ne voudrait plus la fréquenter une fois son récit terminé.

« Maintenant que tu as commencé, il est un peu tard pour avoir des scrupules, ma fille ! »

— Et si nous marchions un peu ? proposa-t-elle.

Andrei acquiesça. Pendant qu'ils avançaient, main dans la main sous la voûte étoilée, elle raconta son histoire d'une voix tremblante, mais sans dérobade ni interruption : son enfance dans un taudis, les années au service des Beauregard, et puis la tentative de viol, le meurtre et, enfin, la fuite... Le mineur écoutait, respectueux, même si on pouvait lire la stupeur dans ses yeux.

La stupeur, oui... mais pas l'horreur, ni le dégoût.

Le jeune homme ne lui lâchait pas la main, et cela donna de l'espoir à Nettie. Peut-être qu'il n'allait pas s'enfuir en courant, finalement ?

Le dernier mot prononcé, elle s'immobilisa, guettant une réaction qui tardait à venir. Comme Andrei gardait le silence, elle se sentit envahie par une sinistre certitude :

un mur venait de s'élever entre eux. Elle retint son souffle, persuadée d'avoir tout gâché.

Soudain, le mineur l'enlaça et dit :

— Tout cela est derrière toi. Il faut oublier, à présent.

Quelque chose fondit alors, se relâcha en Nettie, telle une digue qui cède d'un coup. Elle pleura, et son amoureux la couvrit de baisers, séchant ses larmes salées du bout des lèvres.

- 5 -

Wentworth et Œil-de-Perdrix chevauchaient sur la piste qui serpentait entre les parois parsemées de sapins. Les montures allaient au pas. L'allure générale des cavaliers témoignait de leur état de fatigue : épaules voûtées, traits creusés, regard terne et fixe, sans oublier les faibles nuages de vapeur s'échappant des bouches mi-closes. On n'entendait rien d'autre que le crissement des sabots sur le tapis de neige gelée, ainsi que le cliquetis des harnachements. Le chasseur de primes cheminait devant, comme à son habitude. Une fourrure recouvrait ses épaules. Guidant son cheval d'une main (l'autre était enfouie entre les boutons de sa veste, à la manière de Napoléon), il progressait lentement mais avec régularité. Il pensait à Nettie, encore et toujours. Que ferait-il de sa prisonnière, une fois qu'il lui aurait mis la main dessus (car il allait y arriver, il n'en doutait pas une seconde) ? Il ne le savait pas lui-même. La livrer aux autorités ? Non, ça, sûrement pas... Une mort rapide, expéditive ? Peut-être. Une longue torture qui deviendrait son chef-d'œuvre ? Probablement.

Le dandy s'était bien gardé d'annoncer la mort de Percifal Beauregard à son assistant. Il sentait l'Indien de plus en plus distant, de moins en moins fiable. Dans de telles circonstances, il était inutile de troubler le cerveau fruste de ce rustaud avec des informations... facultatives.

Le Cheyenne était là pour obéir, point. Wentworth avait encore de quoi le rémunérer durant quelque temps. Après ? Il aviserait.

« Première étape : rendre visite au vieux bouc ! »

Il ne cillait pas. Il n'était plus qu'une implacable machine, une force en mouvement.

Le soleil brillait à peine, voilé dans le ciel d'hiver, quand les deux cavaliers atteignirent le passage situé au point culminant de la piste.

— Campons ici, proposa le chef de l'expédition.

Ils dormirent sur place, serrés tous les deux dans une petite tente fouettée par les vents, pendant que les chevaux grelottaient en dépit des couvertures passées sur leurs flancs.

Le café d'orge matinal avalé, ils se remirent en route et amorcèrent la longue descente qui zigzaguait sur le versant occidental de la montagne. À un moment, il fallut conduire les montures à pied, car le chemin devenait trop étroit, et les pierres situées au bord du précipice, trop glissantes. Les deux hommes ne remontèrent en selle que lorsque, délaissant l'à-pic, le sentier bifurqua et s'élargit pour rejoindre une forêt de résineux.

Le duo ne prenait guère de repos, ne s'arrêtant de jour que pour manger ou remplir les gourdes à l'eau miroitante des ruisseaux.

C'est durant l'une de ces courtes pauses qu'ils entendirent des coups de feu.

Il s'agissait selon toute vraisemblance de deux calibres différents. Les aboiements secs (presque des jappements) étaient typiques d'un revolver, tandis que les rugissements plus sourds trahissaient l'usage d'un fusil à canon double.

Il était difficile d'évaluer à quelle distance se trouvait la source de ce vacarme ; cinq cents mètres, peut-être moins ? La direction à suivre, en revanche, était claire : une forêt de pins, toute proche, avec ses arbres aux branches alourdies de neige.

Wentworth et son adjoint échangèrent un regard puis retournèrent à leurs montures. Ils possédaient chacun une carabine, belle arme glissée dans un étui en peau de chamois. Ils s'en emparèrent sans un mot.

Les coups de feu avaient cessé. Soit les tireurs étaient partis, soit ils rechargeaient.

Le dandy et l'Indien avancèrent de front mais écartés de quelques mètres, pour ne pas offrir une cible groupée à d'éventuels ennemis. Ils s'approchèrent sans bruit, à la fois prudents et sûrs d'eux.

De nouvelles détonations éclatèrent, ponctuées d'interjections :

— Ah !

— Ouais !

— Merde !

« Un entraînement ? » se dit Wentworth.

Une minute plus tard, il arriva en vue d'une clairière dans laquelle se trouvaient deux hommes en train de mettre en joue des bouteilles de verre posées sur une vieille souche, à quinze mètres d'eux. Des éclats brillants témoignaient de quelques succès, mais il restait encore beaucoup de cibles en place.

Nouveau regard entendu entre Wentworth et Œil-de-Perdrix. Ces deux inconnus mal fagotés (ils portaient un mélange de fourrures de trappeur et de vêtements rapiécés) ressemblaient beaucoup à la description que Nightingale avait faite de ses agresseurs (« Un petit gros et un grand maigre ; on aurait dit ces comiques, là, Laurel et Hardy. »).

Le chasseur de primes sentit le vent de l'espoir se lever. C'était presque trop beau pour être vrai, mais, après tout, il avait tellement joué de malchance ces derniers temps qu'il fallait bien que la roue tourne.

— Holà, messieurs ! cria-t-il.

Le duo de tireurs fit volte-face. Ils voulurent lever leurs armes mais Wentworth ajouta :

— Allons, serait-ce bien raisonnable ?

La crosse de sa carabine reposait sous son coude, le canon négligemment collé contre sa cuisse. En revanche, fusil épaulé et index sur la détente, le Cheyenne tenait en joue les deux hommes.

— Nul besoin de nous énerver, n'est-ce pas ? poursuivit Wentworth.

Il offrait aux inconnus son sourire le plus engageant, mais sa respiration était saccadée.

— Mon ami Œil-de-Perdrix et moi-même souhaiterions simplement vous parler.

— Alors dites à votre ami d'baisser son flingue, répliqua le petit, dont la panse débordait de sa ceinture.

Wentworth se tourna vers son assistant et lui intima d'un mouvement du menton de calmer le jeu. L'Indien baissa son arme, même si le canon demeurait braqué vers la clairière.

Le chasseur de primes s'avança, se présenta, poli et disert. Quand il voulut serrer la main du petit gros, il remarqua que celui-ci portait un bandage au poignet.

Le grand maigre arborait un tissu blanc autour de la tête, pansement rougi qui n'était pas sans lui donner une certaine ressemblance avec l'*Autoportrait à l'oreille bandée* de Van Gogh.

Les deux hommes dégageaient une odeur de whisky ; de crasse aussi.

Son examen visuel terminé, Wentworth demeura un instant silencieux pour soupeser ce que ces observations impliquaient, puis il reprit :

— Désolé de vous déranger durant votre exercice de tir, messieurs, mais je suis à la recherche de quelqu'un et mon petit doigt me dit que vous pourriez peut-être m'aider.

— Quelqu'un ? s'étonna le petit gros.

— Oui. Une femme. De couleur.

Laurel et Hardy se regardèrent, confirmant en un éclair les soupçons du dandy.

— C'est bien une sal'té d'négresse qui m'a fait ça, cracha le maigrichon en montrant ce qui restait de son oreille. Même qu'elle m'a blessé à l'épaule aussi !

Il écarta un pan de son manteau jusqu'à dévoiler un autre bandage peu ragoûtant.

— Une négresse accompagnée d'un loup, c'est bien ça ? s'enquit Wentworth.

L'adrénaline pulsait dans ses artères à chaque battement de cœur.

— Ouais ! beugla le court-sur-pattes. Même que la saleté de bestiole a failli m'arracher la main !

Il levait son poignet bandé comme on exhibe une preuve.

Œil-de-Perdrix s'approcha à son tour des deux hommes et leur montra le portrait de Nettie, qu'il gardait toujours sur lui.

— C'est elle ! s'écria le trappeur dégingandé.

Wentworth réprima un sourire vicieux, façon chat du Cheshire. Il fallait qu'il se domine, qu'il reste maître de la situation.

— Tout ceci est très intéressant, messieurs.

Il réfléchissait vite et bien. Comment faire fructifier au maximum cette heureuse rencontre ?

Il écarta les mains et lança :

— J'aimerais vous proposer une... association de circonstance.

— Une quoi ? fit le courtaud.

— Une collaboration, quelque chose qui pourrait nous être mutuellement profitable.

— Dites toujours.

Cette fois, Wentworth sourit sans retenue, d'une oreille à l'autre.

La chance tournait, il en était persuadé.

- 6 -

Raquettes aux pieds, Angus McQuarrel était parti à l'aube, avec pour objectif de rallier avant midi le bras de rivière qui traversait sa concession. Le petit homme râblé ressemblait à un escargot – ou une tortue. Son sac à dos plein à craquer paraissait beaucoup trop gros pour lui. Ses raquettes damaient la neige, imprimant dessus des motifs en forme de gaufrier. De temps en temps, il s'arrêtait et s'octroyait une petite pause whisky. Pas un oiseau ne criait. C'était comme si l'hiver avait pétrifié la vie. Le soleil timide faisait briller de mille feux les minuscules glaçons éclos durant la nuit sur les branches dénudées. La neige était molle là où la lumière la caressait, et plus dure, cristalline, à l'ombre des arbres. Le paysage paraissait à la fois austère et féerique. Un calme fantastique régnait sur cette blancheur. Même les pins semblaient frigorifiés.

Une fois parvenu au bord de l'eau, le chercheur d'or troqua les raquettes contre des bottes étanches de pêcheur qui lui montaient jusqu'à mi-cuisses. Cela suffisait car, à cet endroit précis, le lit de la rivière n'était guère profond. Seule la force du courant empêchait l'eau de geler. Tamis à la main, batée sous le coude, le vieillard s'aventura au milieu du gué. Pour la millième fois au moins, il voulait inspecter le fond des marmites, ces cuvettes naturelles tapies dans le lit sablonneux. C'était au creux de ces anfractuosités qu'on avait le plus de chances de trouver des dépôts intéressants : poudre millimétrique, paillettes ou même, pourquoi pas, une pépite ?

« Je n'y vois plus grand-chose », songea Angus, conscient que ses chances d'apercevoir la récompense tant convoitée s'amenuisaient chaque jour davantage.

« Ne pas se décourager, jamais. Aller de l'avant, toujours » : telle aurait pu être la devise de ce petit bonhomme opiniâtre, la philosophie qui avait guidé sa vie longue et tumultueuse.

Il aurait tellement aimé leur clouer le bec, à tous ces ignorants qui se moquaient de lui, dans la vallée.

Il s'imaginait débarquant à l'entrée de la taverne locale, habillé chic, jetant de la poudre d'or sur le comptoir du tenancier avant de crier à la cantonade :

— Tournée générale ! C'est moi qui régale !

Le papi se mit à rire tout seul, ragaillardi par cette vision.

Encore fallait-il décrocher le gros lot.

Il se pencha dans la rivière, jambes pliées. Il avait mal aux genoux. Il avait mal au dos.

Ramasser le sable, puis le passer au tamis en le secouant de manière énergique. Adresser une muette prière aux cieux... et recommencer. Encore et encore.

Ponctuellement, de beaux poissons aux écailles argentées filaient entre les pieds d'Angus. Ce dernier avait pris soin de glisser une épuisette dans son sac. Au moins pourrait-il, à défaut de pépite, se rapporter une truite bien grasse. Cette pensée le fit saliver tandis que son ventre émettait un gargouillis sonore.

Soudain, il se figea.

Là, au fond d'une cuvette, le sol brillait d'éclats dorés qui n'avaient rien à voir avec la lumière renvoyée par la silice ou même le quartz.

Le cœur d'Angus bondit dans sa poitrine. Il en avait le souffle coupé. Il se mordit la lèvre inférieure et se pencha davantage. Il n'osait y croire.

Non, il ne rêvait pas : le « ciel étoilé » se trouvait là, à portée de main. Une myriade de petites paillettes scintillantes. Une vraie fortune ! De quoi se la couler douce pour le restant de ses jours, et bien plus encore !

Des larmes affluèrent aux yeux du grand-père. Il n'était pas émotif de nature mais là, c'était trop... Trop de joie d'un seul coup.

Il tendit la main. Il n'avait jamais été aussi près de réaliser son rêve.

C'est alors qu'il entendit le bruit.

Un cheval bronchait derrière lui.

Angus se retourna et vit l'Indien, immense sur sa monture dont les naseaux crachaient des champignons de vapeur.

Le sang du chercheur d'or se glaça dans ses veines, plus froid que l'eau de la rivière.

« Oh non, non, pas maintenant... »

C'était trop bête, trop injuste.

Son fusil était dans le sac à dos... qui se trouvait sur la berge, à côté du Cheyenne.

Angus se rua vers la berge opposée. Surgis d'un sous-bois aux troncs bien serrés, deux autres cavaliers se postèrent face à lui pour bloquer sa retraite : un petit gros et un grand maigre, sourire pervers aux lèvres. La mère d'Angus lui répétait souvent de « ne pas juger les gens à leur apparence », mais ces deux-là n'avaient vraiment pas un physique d'enfants de chœur.

Le vieillard tourna sur lui-même, à la recherche d'une issue. Il n'en voyait aucune, à part suivre le cours de la rivière en aval ou la remonter en amont et, même de ce côté, une petite cascade compliquait toute possibilité de fuite.

Un quatrième et dernier cavalier sortit du bois.

L'homme au chapeau claque, bien sûr. Chapeau qu'il enleva avec la feinte civilité qui le caractérisait.

— Salutations, dit-il. Comme on se retrouve.

Il possédait une meilleure dentition que les deux crapules immobiles à ses côtés, mais son sourire n'en était pas moins dérangeant.

Angus déglutit.

— Vous... vous êtes toujours à la recherche de cette négresse ? Cette fugitive ?

Le dandy hocha la tête. Il lustrait tellement ses moustaches qu'elles rebiquaient presque en guidon de vélo.

— Oui, toujours. Vous ne l'auriez pas revue depuis la dernière fois, par hasard ?

— Nan, répondit le vieux, avec trop d'empressement sans doute.

— Dommage.

Angus toussa puis lâcha :

— C'est ainsi, j'y peux rien... Vous savez, elle doit être loin, maintenant.

— Peut-être, en effet. Ou peut-être pas.

Le chef des forbans glissa deux doigts dans sa bouche et siffla.

Aussitôt, Angus entendit dans son dos le bruit des sabots amorti par la neige. L'Indien arrivait sur lui au galop. Il faisait tournoyer la boucle d'un lasso au-dessus de sa tête, à la manière des vachers du far west. Les sabots soulevaient des panaches de poudreuse qui s'éparpillaient en fines particules dans le sillage du cavalier.

Angus se mit à courir dans le sens du courant. L'eau et ses lourdes bottes le ralentissaient. Il trébucha et tomba, mains en avant. Le contact avec la rivière fut comme une gifle glaciale. Le cœur du vieil homme battait à toute allure. La peur et l'instinct de survie le dopaient temporairement, même si ses réserves d'énergie étaient, vu son grand âge, forcément limitées. Il devait se relever, fuir, ou du moins essayer. Il sentit le nœud coulant se refermer sur lui, véritable étreinte de chanvre. Ses bras étaient collés contre son buste lorsqu'il fut tiré en arrière d'un coup brusque. Il décolla en poussant un cri, retomba dans l'eau. Le cheval de l'Indien le traîna sur plus de dix mètres. Il but la tasse, s'étrangla, cracha en gargouillant des protestations et des insultes confuses. À la morsure liquide du froid s'ajoutaient les chocs contre les cailloux tapissant le lit de la rivière. Une pierre plus grosse que les autres lui ouvrit l'arcade sourcilière, et son sang se répandit dans l'onde claire, dérisoire filet vermillon.

— Arrête ! ordonna le dandy.

Son homme de main s'immobilisa. Angus essaya de se relever, trempé et grelottant, mais il retomba sur ses pauvres genoux aux articulations usées. Il haletait et claquait des dents en même temps.

— Cette femme que je recherche, où est-elle ? demanda le moustachu.

Il ne souriait plus.

— Je suis sûr que tu la connais et que tu sais où elle se cache, poursuivit-il.

— Allez vous faire foutre.

Le dandy inclina la tête sur le côté, l'air faussement désolé.

— Oh, ce n'est pas très gentil, ça.

Il claqua des doigts et la cavalcade reprit. Angus bloqua sa respiration juste avant de décoller à nouveau, mais le choc de l'atterrissage lui arracha un cri et l'eau glacée s'engouffra dans sa bouche, sa gorge, ses poumons. Les cailloux lui étrillaient le dos, les cuisses. Il avait perdu une botte et même une chaussette. Il était sur le point de perdre connaissance quand la torture s'arrêta.

— Alors ? jeta l'homme au chapeau claque. Toujours pas décidé à coopérer ?

Angus n'avait plus la force de se relever. Gisant piteusement dans l'eau, il rétorqua :

— Je... ne... ne sais pas... où... où se trouve... cette... femme...

Le froid le faisait bredouiller. Ses mâchoires claquaient tellement fort que le bruit se répercutait en chocs sourds dans son cerveau.

— Tu mens, répondit froidement le chef de la bande. Nous sommes passés à ta cabane, ce matin, et nous avons trouvé ça.

Il sortit un objet de son dos, avec une dextérité de prestidigitateur.

Le cœur du vieillard se serra. Il n'avait pas vu Nettie depuis la mi-décembre et lui avait préparé cette petite surprise en guise de cadeau de Noël. Oh, pas grand-chose, juste deux bocaux de ce miel qu'il était si fier de fabriquer lui-même. Il espérait que cela ferait plaisir à son amie.

— Il est écrit « Pour Nettie » sur ce paquet, fit le dandy avec un sourire perfide. Comme c'est mignon !

Angus fixa l'ordure droit dans les yeux. Il ne tremblait plus.

— Je ne parlerai pas, dit-il en détachant chaque syllabe avec soin.

Le sourire de l'homme au chapeau disparut. Il jeta le cadeau sur un rocher, où il se fracassa dans un bruit de verre cassé.

Wentworth descendit de cheval.

— Œil-de-Perdrix, ton couteau ! aboya-t-il.

Le Cheyenne lui lança un fourreau. Il l'attrapa au vol, dégaina l'arme blanche et rentra dans la rivière, de l'eau jusqu'aux genoux, insensible au froid, un éclat de folie meurtrière scintillant dans ses yeux.

— Oh, tu vas parler mon salaud, menaça-t-il. Je te garantis que tu vas parler !

Angus ferma les yeux et essaya de penser à son or, cet or rêvé, fantasmé durant tant d'années, et qui se trouvait là, tout près de lui, au fond d'une petite cuvette sablonneuse.

« J'y étais presque, songea-t-il. J'y étais... presque... »

- 7 -

— Yah !

Nettie menait Bluebelle au trot sur les sentiers où la boue avait remplacé la neige fraîche et, pendant tout ce temps, elle pensait : « Mon Dieu, faites que ce ne soit pas un rêve ! »

Un ravissement, voilà ce qu'elle éprouvait... Un ravissement teinté de peur, parce que tout cela (la complicité, les confidences, la tendresse, les caresses) était tellement nouveau, étonnant.

Elle avait passé la nuit du Nouvel An orthodoxe chez Andrei, plutôt que chez sa tante, et cette première fois avait été aussi douce qu'agréable. Puis le lendemain, le rêve s'était poursuivi : balade dans les bois, luge avec les enfants, rires à table, en famille, et enfin, le soir, de nouveau, les câlins au coin du feu... Là, ça avait été mieux que bien. Beaucoup mieux !

Bien sûr, tout n'était pas rose. Le couple mixte ne pourrait pas s'unir officiellement devant le maire ou un homme d'Église, si toutefois leur idylle prenait un tour plus sérieux. À moins que les lois changent un jour, évidemment... Dans le cas contraire, son amoureux et elle étaient condamnés à cultiver leur bonheur en secret, à l'écart du monde qui se prétendait civilisé.

« Pour vivre heureux, vivons cachés », cita de mémoire la jeune femme.

Elle se souvenait de ce proverbe entendu chez les Beauregard (miss Célestine prenait des cours particuliers de français, entre autres choses) et le trouvait parfaitement adapté à la situation.

Avant de retourner à Wooton, elle comptait faire un crochet par la cabane du vieil Angus. Elle ne l'avait pas vu depuis trop longtemps et avait un cadeau à lui remettre : l'intégrale des romans de Jack London, dans une belle édition reliée de cuir. Elle avait lu le début de *L'Appel de la forêt*, et elle était sûre que son ami apprécierait. Des chercheurs d'or dans le Klondike, ça ne pouvait que lui plaire !

Elle fit passer Bluebelle du trot au pas quand elle aperçut la cabane qui jouxtait la rampe de lavage et ses paliers successifs. Là, sous le porche en bois, elle pouvait voir Angus, assis dans son fauteuil à bascule. Le vieillard paraissait endormi.

Nettie mit pied à terre, attacha sa monture à la rambarde et sortit son volumineux cadeau d'une des deux sacoches latérales. Le gros livre était empaqueté dans du papier de cuisine fourni par Minnie, mais le chercheur d'or ne s'en formaliserait sûrement pas.

— Angus ?

Une pointe d'inquiétude perçait dans sa voix, car la position de son ami, maintenant qu'elle y prêtait davantage attention, était étrange : sa tête un peu de travers, son chapeau mal posé sur le crâne, sa bouche ouverte, et surtout son expression plus crispée que détendue...

Le doute se transforma progressivement en une certitude empoisonnée.

Le gilet du vieil homme ne se soulevait pas ; il ne respirait plus.

Nettie s'arrêta à deux mètres du corps, tétanisée, une horrible sensation de vide au creux de l'estomac.

— Oh non, non, non, gémit-elle entre ses lèvres craquelées par le froid.

Elle entendait le son de sa propre voix, mais c'était comme si quelqu'un d'autre s'exprimait à sa place. Était-ce une crise cardiaque ?

Elle laissa tomber le livre et se précipita, l'esprit emporté par un tourbillon de panique.

— Angus ! Angus !

Elle l'attrapa par les épaules, le secoua...

Quand le chapeau tomba, elle poussa un cri d'horreur et recula.

Son ami était bien mort, mais pas de mort naturelle : son crâne avait été scalpé, et le cuir chevelu pendait en lambeaux sanguinolents, pareil à la peau d'un fruit à demi épluché.

— Nooooon !

La bouche tordue de chagrin, Nettie porta ses mains à son visage et écrasa ses paumes contre ses joues. Elle aurait souhaité être frappée de cécité, là, tout de suite, mais la vision de cauchemar s'était déjà imprimée au fer rouge dans son esprit. Elle tenta de respirer ; l'air lui manquait. Les larmes coulaient sur ses joues, ruisselant sur ses doigts.

Qui avait bien pu commettre un crime aussi horrible ? Et surtout, pourquoi ?

Des pas résonnèrent à l'intérieur de la maison et la réponse à ces deux questions se présenta d'elle-même lorsque, poussant la porte devant lui, Nathaniel Wentworth sortit sous le porche. Il était accompagné de son acolyte attitré, aussi Nettie comprit-elle immédiatement à qui elle avait affaire.

« Le dandy et l'Indien ! »

— Bonjour, bonjour, dit le chasseur de primes. C'est une véritable joie de vous rencontrer enfin, miss Jones.

Il arborait son sourire figé, son sourire de mort.

Nettie ne trouva rien à répondre. Elle recula, le cœur battant, faillit chuter mais se ressaisit et continua de s'éloigner sans tourner le dos au duo qui, en revanche, ne bougeait pas d'un pouce.

— Vous pouvez vous vanter de m'avoir fait courir, chère Nettie, déclara Wentworth sur le ton badin d'une conversation de salon. Vous permettez que je vous appelle Nettie ?

Pas d'arme en vue (ni couteau, ni pistolet) mais chaque pore de la peau de cet homme exsudait un parfum de prédation.

La fugitive détacha doucement Bluebelle et sauta sur son dos dans le même mouvement.

— Yah !

Wentworth écarta ses mains gantées, l'air désolé :

— Vous nous quittez déjà, alors que nous avons à peine fait connaissance ?

Lancée au galop, Nettie jetait des coups d'œil inquiets dans son dos. Chose étrange, l'homme au chapeau haut de forme ne bougeait pas. Le colosse à côté de lui non plus.

La cavalière se rapprochait du sous-bois : le sentier boueux, les arbres de chaque côté, la... corde ?

« Hein ? »

Une corde venait de se tendre tout à coup en travers du chemin.

Nettie n'eut pas le temps de crier, elle n'eut pas le temps de freiner, à vrai dire, elle n'eut le temps de rien du tout. Bluebelle se prit les jambes dans le piège et bascula vers l'avant, entraînant sa cavalière. Celle-ci vida les étriers et roula dans un tourbillon désordonné de bras et de jambes.

Sonnée, Nettie gisait sur le dos, apercevant au-dessus d'elle des branches d'arbres sur fond de ciel bleu et quelques nuages, lambeaux blancs, laiteux. Son cœur se serra quand elle entendit les cris de sa jument, dont elle reconnut les hennissements de douleur.

Elle se força à se relever, encore chancelante. Deux hommes jusque-là cachés de chaque côté du chemin sortirent des bois : les trafiquants !

La jeune femme sentit une vague de désespoir la submerger.

Les deux bandits tenaient encore les extrémités de la corde dans leurs mains.

« Un piège ! Je suis tombée dans un foutu piège ! »

Force était de reconnaître que le guet-apens avait fonctionné à merveille.

Elle se tourna vers sa jument, qui essayait vainement de se relever, s'appuyait sur ses membres inférieurs, retombait. L'une de ses jambes était cassée et décrivait un angle insolite au niveau de l'articulation. Bluebelle secouait la tête en tous sens, la bave aux babines, sa crinière s'agitant comme des algues sombres, ondoyantes, tandis que ses yeux jetaient des éclairs fous et suppliants.

Le grand maigre (Laurel) s'approcha du cheval, dégaina son revolver, colla le canon derrière l'oreille de l'animal et appuya sur la détente. Le coup de feu claqua. Bluebelle eut un spasme. Sa tête s'effondra, comme ses jambes, et ce fut terminé.

Nettie ne bougea pas, tandis que le chagrin et surtout la rage déferlaient en elle, obscurcissant ses pensées. Elle porta la main à sa cuisse avant de se rappeler que le six-coups offert par Rosie était rangé dans une sacoche, sur son cheval mort. Un voile rouge obscurcit sa vision. Hurlant tel l'un de ces danseurs bulgares vus l'autre soir, elle chargea l'homme qui venait de tuer Bluebelle et le percuta, tête baissée, avant même qu'il ait pu la mettre en joue. Pour la seconde fois en moins d'une minute, elle roula dans la boue, mais cette fois elle n'était pas la seule. Ils finirent elle dessus, lui dessous. Elle était déchaînée. Ses poings frappèrent au hasard, avec haine, avec hargne. *Crac !* Elle avait touché le petit nez, busqué et dur, qui se mit à pisser le sang comme une fontaine. L'homme n'avait pas lâché son colt. Il essaya de le pointer sur Nettie mais elle lui tordit le poignet et le coup de feu partit tout seul. Le hors-la-loi fut agité d'un ultime soubresaut, exactement comme Bluebelle quelques instants plus tôt, puis ses membres devinrent flasques.

— Frangin ! hurla l'autre.

Il avait épaulé son fusil à canon double et visait la tête de Nettie mais ce fut la sienne qui vola en éclats, juste après l'aboiement d'une carabine. Le petit gros tomba de côté, tout raide et d'un bloc. La boue se teinta rapidement de rouge autour de son crâne en bouillie.

Le coup de feu venait de l'embouchure du sentier. Nettie tourna la tête et vit Wentworth rappliquer à petites foulées, suivi de son inévitable géant. Ils étaient tous les deux armés d'une carabine, et le canon de celle du chasseur de primes fumait.

« Pourquoi me sauver la vie ? » se demanda Nettie.

Aucune importance.

Elle leva le colt pris au grand maigre et visa.

Blam !

Les deux complices plongèrent, se réfugiant chacun d'un côté du chemin. Le chapeau haut de forme tomba dans la gadoue, troué.

— Un beau couvre-chef, tout neuf, ironisa Wentworth, caché derrière le tronc d'un bouleau. Je l'avais acheté à Savannah... Vous vous souvenez de Savannah, Nettie ? La ville où vous avez grandi... Celle où vous avez assassiné un homme.

La jeune femme lui répondit par un tir qui pulvérisa un morceau d'écorce, à deux centimètres de son visage. Le moustachu se tassa sur lui-même, surpris. La bougresse visait bien !

Œil-de-Perdrix riposta. Ses deux balles firent apparaître deux fleurs de sang dans le corps du maigrichon à l'oreille coupée. Nettie s'était abritée à plat ventre derrière le cadavre, en position de tireur couché.

— Je la veux VIVANTE ! cria Wentworth à l'adresse de son assistant.

« Voilà pourquoi il a descendu le petit gros », comprit alors Nettie.

Silence presque total dans la forêt, à peine troublé par des croassements sporadiques.

Nettie essaya de se rappeler combien de fois elle avait tiré : deux coups ? Trois ? Sans compter la balle qui avait mis fin aux jours de Bluebelle. Le cœur de la jeune femme se serra. Impossible de se concentrer. Elle vérifia rapidement le contenu de son barillet. Il restait encore deux munitions.

« J'en garde une pour moi. Pas question de me laisser prendre vivante par ces ordures... »

Elle entendit des craquements de brindilles, perçut des mouvements de part et d'autre du sentier. Réduits à l'état de silhouettes furtives, les deux assaillants avançaient de front, courbés, à l'abri des buissons. Nettie mit en joue celui de droite, le moustachu, parce qu'il semblait être le chef.

Clic.

Enrayé !

« Voilà ce qui arrive lorsqu'on ne prend pas soin de son arme », lui avait dit un jour Rosie Dawson, à l'époque où elle lui apprenait à se servir d'un colt.

Wentworth sortit des fourrés le premier. Il courait en tenant son fusil à deux mains. Nettie eut le temps de capter son expression hallucinée, puis elle lui jeta le revolver mal entretenu à la figure. Elle le manqua, vit la crosse de la carabine grossir, grossir, et le choc lui donna l'impression que le monde entier explosait.

Elle perdit connaissance moins d'une seconde plus tard.

– 8 –

Au moment où le loup avait entendu le tonnerre, ses oreilles en pointe s'étaient dressées et son instinct lui avait envoyé un signal très clair : méfiance !

Il ne s'agissait pas des roulements sourds qui grondent après l'apparition des éclairs tombés des nuages, quand le ciel noir se charge de colère. Ce bruit, c'était celui produit par les deux-pattes armés de longs bâtons. Le tonnerre qui donnait la mort.

L'animal huma l'air, tous les muscles de son corps tendu, le vent coiffant dans le sens du poil sa toison grise et râpée. Il ressentait l'écho des détonations jusque dans ses entrailles. Ça venait de la tanière du vieux deux-pattes qui aboyait tout seul en modulant des sons bizarres. Ce deux-pattes-là n'était pas méchant. Il vivait en solitaire, comme le loup gris. Plusieurs fois, il avait donné à ce dernier des petits bouts de viande, reste de ses repas. Il se servait rarement de son bâton-tonnerre et, de toute façon, son arme à lui ne faisait pas le même bruit.

Peut-être que le vieux était en danger ?

Dans l'esprit de la bête, la curiosité le disputait à la peur.

La curiosité l'emporta.

Le loup se coula à vive allure parmi les ronciers. Il filait de taillis en taillis, museau pointé vers l'origine des sons, vibrations auxquelles vinrent rapidement s'ajouter des odeurs bien connues : celle de son amie la cavalière, celles aussi des créatures puantes vêtues de peaux de bêtes rencontrées dans une clairière, bien des lunes plus tôt. Ces deux-là tuaient parfois du gibier pour le plaisir, sans même le manger ; un comportement que l'animal ne comprendrait jamais.

Il accéléra, ventre à terre.

Nettie ne pouvait pas toucher sa bosse (la corde attachant ses mains par-devant, au niveau des poignets, l'en empêchait) mais elle sentait nettement l'œuf de pigeon qui avait poussé sur son cuir chevelu durant le laps de temps où elle était évanouie.

À son réveil, Wentworth et l'Indien l'avaient obligée à monter sur le cheval de l'un des deux trafiquants, un animal plus vieux et moins fringant que Bluebelle. La jeune femme sentit les larmes affluer quand elle jeta un dernier regard à sa jument étendue dans la boue, sans vie. Puis elle songea à Angus, affalé sur sa chaise à bascule, et les larmes coulèrent pour de bon, impossibles à refouler.

— Que vous arrive-t-il, très chère ? la nargua le dandy. Un petit coup de blues ?

Il prenait un air affecté, mais n'importe qui aurait pu deviner qu'il jubilait. Son complice était en revanche beaucoup plus difficile à déchiffrer. Le colosse avait noué lui-même le lien autour des poignets de Nettie. Serré, mais pas trop. Comme s'il voulait éviter de la faire souffrir inutilement. L'avait-il fait exprès ? Il ne fallait sans doute pas s'illusionner quant à sa bonté d'âme. Après tout, il restait l'acolyte du chasseur de primes.

Les deux hommes montèrent en selle à leur tour. Wentworth précédait Nettie. L'Indien chevauchait en dernier. Ainsi prise en sandwich, la jeune femme n'avait aucune chance de fausser compagnie au sinistre duo.

— Où m'emmenez-vous ? demanda Nettie. À Savannah, chez les Beauregard ?

Wentworth pivota d'un quart de tour sur sa selle pour lui répondre.

— Très honnêtement, je ne sais pas encore ce que je vais faire de vous, miss Jones. J'ai plusieurs idées en tête mais... j'hésite.

Toujours ce sourire en coin, lourd de sous-entendus.

Ils prirent le chemin du haut col, sentier en lacets qui montait par une succession de plateaux entrecoupés de pentes plus ou moins raides. Accablée, Nettie songeait à ses amis de Wooton, qui allaient rapidement se faire un sang d'encre. Elle songeait aussi à cet amour naissant, auquel elle avait à peine eu le temps de goûter. Dieu, si toutefois il existait, était bien cruel de lui avoir donné un aperçu du bonheur pour la frapper ensuite aussi durement. Encore une pensée pour Angus et Bluebelle. Encore des sanglots hachés, ponctués de hoquets. Nettie s'en voulait de se donner en spectacle de la sorte. Elle voyait bien que le dandy se délectait de sa détresse, et elle se détestait de lui offrir une telle satisfaction. Elle ne savait pas ce que cet homme malsain lui réservait mais les pires scénarios lui paraissaient envisageables.

Les heures passaient. Le chemin montait de plus en plus sec. Ils parvinrent à l'endroit où il fallait mettre pied à terre, tant le sentier devenait dangereux et étroit. Comme ses ravisseurs, Nettie remorquait son cheval en le tirant par la longe. Elle jeta un œil au dénivelé, sur sa gauche : un véritable à-pic. Dix mètres plus bas, à flanc de falaise, se trouvait la cime de nombreux conifères recouverts de neige, petite mer d'écume pétrifiée. Des touffes d'aiguilles piquetaient le moutonnement blanc, formant ainsi un singulier archipel d'îlots coniques. C'était haut mais, en cas de chute, peut-être que la neige et les branchages amortiraient le choc ? Un vertige interne, sensation de creux affolant, cueillit la prisonnière au niveau du plexus solaire. Quitte ou double. Son cœur se mit à pomper et expulser son sang plus vite que de raison. Elle imaginait le saut, l'air sifflant à ses oreilles, les sapins emplissant son champ de vision.

Elle avait toutes les chances de se rompre le cou mais ça valait la peine d'essayer.

Sueurs froides. Compte à rebours mental.

Elle pensa à ses amis pour se donner du courage. Elle pensa à Andrei.

Son sixième sens en alerte, Wentworth s'arrêta et se retourna. Il observait Nettie, sourcils froncés. Il la sondait et ses yeux disaient : « À quoi tu penses, ma jolie ? »

Ce fut ce regard scrutateur qui décida la jeune femme à passer à l'acte : ni une, ni deux, elle sauta dans le vide.

— Eh ! brailla le moustachu.

Nettie tomba comme une pierre, yeux fermés, l'estomac remontant dans la gorge, anticipant l'impact qui tardait, tardait...

Sans transition, elle encaissa un chaos de gifles, de craquements successifs, bascula sur le côté, puis cul par-dessus tête. Elle ouvrit les yeux et hurla. La neige giclait, l'aveuglant. Les rameaux se brisaient sous son poids, la violence de chaque choc augmentée par la vitesse de la chute. Une branche plus solide que les autres lui coupa le souffle, comme un direct à l'estomac. Elle fit une culbute, et atterrit enfin sur un tapis de mousse et de fougères.

Puis ce fut le néant.

— Elle... elle a osé...

Penché au bord du précipice (il ne pouvait s'en approcher davantage sans risquer d'y tomber à son tour), Wentworth regardait la trouée obscure creusée au milieu des frondaisons. Sa proie venait de disparaître dans cette poche d'opacité et il ne parvenait toujours pas à y croire.

— Elle a osé, répéta-t-il.

Difficile de savoir ce qui le sidérait le plus : que la jeune femme ait osé sauter ou bien qu'elle ait osé le défier ? Sans doute un peu des deux.

Il haletait. Son regard dardait des éclairs de folie. Il n'en revenait pas.

Rien ne bougeait en bas, sous le couvert des arbres.

Mais il devait en avoir le cœur net.

Tirant toujours son cheval par la bride, il était sur le point d'amorcer sa descente en reprenant le chemin en sens inverse quand il réalisa que le Cheyenne lui barrait le passage.

— Qu'est-ce que tu attends ? cracha-t-il. On doit aller vérifier.

Œil-de-Perdrix ne bougeait pas.

— Ça ne sert à rien, déclara enfin l'Indien.

— Pardon ?

— Fini. Elle est morte.

Le visage de Wentworth vira au rouge cramoisi, comme s'il était victime d'une congestion cérébrale.

— Ce sera fini quand MOI je le dirai, et pas avant ! postillonna-t-il.

Le colosse ne bougeait pas.

— Tu veux la prime ou tu préfères rentrer chez toi séance tenante et les poches vides ?

Œil-de-Perdrix soupira et fit demi-tour, résigné. Le dandy lui emboîta le pas.

- 9 -

Nettie s'était réveillée sur un sol plat et couvert de branches cassées, fruit de sa chute spectaculaire. Sa cage thoracique la brûlait et elle avait l'impression d'être passée entre les griffes d'une moissonneuse-batteuse mais, ces douleurs mises à part, elle s'estimait heureuse : elle n'avait rien de cassé, à première vue, ce qui tenait du miracle.

Courageusement elle s'était relevée et mise en mouvement, marchant au hasard, sonnée, titubante, poussée par la répétition mécanique de ses pas autant que la nécessité impérieuse de s'éloigner le plus vite possible. Elle était convaincue que le chasseur de primes ne lâcherait pas l'affaire ; il allait continuer à la traquer coûte que coûte.

Au bout d'une heure, elle marqua une pause, s'appuya contre un tronc rugueux, et leva les yeux vers les frondaisons. Difficile de se guider avec le soleil, car le soir tombait, et la forêt des premiers âges s'assombrissait.

Une funeste certitude se forma dans son esprit : elle aurait encore la force de continuer pendant quelque temps, mais elle finirait par s'écrouler, épuisée. Alors ses paupières s'alourdiraient, son cœur ralentirait, et le manteau hivernal se refermerait sur elle, tel un linceul.

Si seulement elle parvenait à s'orienter...

Bad Creek n'était pas si loin. Deux ou trois heures de marche... Mais de quel côté ? Tous les sapins se ressemblaient.

Aucun point de repère possible. La jeune femme frissonna puis repartit, brave petit soldat tenace.

Un pas après l'autre, voilà tout ce qui comptait !

Les efforts à fournir étaient malgré tout plus pénibles de minute en minute.

Dès qu'elle faisait un geste trop brusque, une onde brûlante incendiait son thorax. Elle respirait de manière hachée et sifflante. Sa vue se brouillait. Elle trébuchait, ses jambes la soutenant à peine.

« Demain matin, à l'aube, je ne serai plus qu'un tas de viande immobile : une aubaine pour les charognards... »

Elle secoua la tête. Il ne fallait pas penser à ça.

Il n'était pas dit que Nettie Jones abandonnerait la partie sans lutter.

Elle se força à imaginer quelque chose de chaud et d'agréable et, au bout d'un moment, la ruse mentale parut fonctionner. Elle se figura un feu de cheminée. Les flammes se tordaient, agitant leur chevelure aux mèches orangées, pendant qu'elle réchauffait ses mains, paumes en avant. Elle sourit. Toutes les sensations étaient au rendez-vous, plus vraies que nature. L'odeur de la résine. Les craquements et les sifflements du bois. Elle se trouvait dans un chalet rustique, en compagnie de tous ses amis, y compris Angus. Le vieil orpailleur riait et trinquait avec Rachel. Frances McAdams discutait en compagnie de Rose, son amoureuse. Elles se tenaient la main, heureuses d'être réunies. Pourtant Frances était morte, comme Angus... Cela n'avait aucun sens.

Nettie sentit de minuscules flocons s'écraser contre ses joues, son front, et elle ouvrit les yeux.

Elle s'était endormie en marchant.

Elle ralentit, vaincue par la fatigue. Son cœur cognait contre ses côtes douloureuses (peut-être fêlées ?).

Un regard vers le ciel, noir à présent.

Les étoiles paraissaient frissonner, solidaires de la fugitive perdue dans la nuit.

Elle repartit en dépit des souffrances, mais trébucha une fois de plus. Une fois de trop.

Le vent forcit. Indifférente au calvaire de la jeune femme, la neige s'intensifia.

Nettie sentait le froid l'envahir. Maintenant que les efforts de la marche avaient cessé de solliciter ses muscles, ces derniers s'engourdissaient. Une sorte d'anesthésie s'insinuait dans ses veines et son corps. Ce n'était pas si terrible, en définitive, de sombrer dans un sommeil sans doute éternel.

L'avantage de la mort, c'est que la douleur en est absente...

La neige tombait dru.

Debout sous le porche, une tasse de thé fumant entre les mains, le révérend Deaton fouillait la nuit du regard. Il priait le ciel pour voir apparaître Nettie. Malheureusement, il avait beau s'user les yeux sur les ténèbres parsemées de flocons, aucune silhouette ne se matérialisait.

Une porte s'ouvrit, laissant échapper une bouffée de chaleur en même temps que la rumeur diffuse des conversations. Minnie avait préparé des boissons chaudes pour toutes les messagères réunies en un véritable conseil de guerre. Les voix étaient remplies d'appréhension.

— Mon révérend ?

C'était Rosie. Elle rejoignit le pasteur en quelques pas.

— Vous devriez rentrer, dit-elle. Minnie râle. Elle n'arrête pas de répéter que vous allez prendre froid et qu'après, nous serons bien avancés !

Deaton accueillit la nouvelle avec un acquiescement distrait. Toute son attention était tournée vers les rideaux de neige qui balayaient la nuit à chaque bourrasque.

— J'attends encore un peu, lâcha-t-il après avoir porté le liquide brûlant à ses lèvres.

Rosie secoua la tête et soupira :

— Elle ne reviendra pas ce soir.

— Vous croyez qu'elle s'est perdue ?

— Je ne pense pas. Elle connaît les sentiers de montagne aussi bien que nous, à présent... Peut-être qu'elle a prolongé son séjour à Bad Creek ? Elle m'a parlé de ce mineur, Andrei, en des termes plus que chaleureux.

Deaton fit la moue.

— Cela ne lui ressemble guère... Je n'aime pas ça du tout.

— Nous ne pouvons pas partir, comme ça, en pleine nuit, mais je vous promets que demain matin, dès l'aube, nous lancerons les recherches.

Rosie posa la main sur l'épaule du pasteur.

— Nous la retrouverons, promit-elle, sincère, convaincue.

— Dieu vous entende, répondit son ami.

Sa voix tremblotait, tout comme ses lèvres et ses paupières.

Nettie crut d'abord à une hallucination, un nouveau rêve.

Elle avait senti un contact humide et tiède sur sa joue. Elle avait ouvert les yeux.

Le loup se tenait là, à deux centimètres d'elle. Le vieux gris ! Le vieux solitaire !

Elle tendit la main, toucha la truffe frémissante. Les narines du bel animal s'évasaient, exhalant de la buée. Ses petits yeux brillaient d'une lueur amicale.

Elle ne délirait pas. Elle ne rêvait pas.

Le loup mordit sa manche, mais sans forcer, et la tira. Le message était clair.

— Je ne peux pas, dit Nettie à voix haute. Je suis trop fatiguée.

Le loup insista. Comme elle ne bougeait pas, il lui aboya une bordée de reproches.

— C'est facile pour toi, avec ta fourrure qui te tient chaud.

Mais l'animal ne voulait rien entendre. Il tira de nouveau la deux-pattes par le bras.

— D'accord, d'accord, arrête ça...

Au prix d'un effort surhumain, Nettie brisa la croûte de neige qui avait commencé à la recouvrir et se remit en marche. Le loup trottinait devant elle, comme s'il savait exactement où aller. De temps en temps, il se retournait, vérifiant que sa protégée se trouvait derrière lui, puis repartait, rassuré, dans la nuit, le museau bas.

Quelle fut la durée de cette errance nocturne ? Nettie n'aurait su le dire. Elle avait perdu toute notion du temps. Elle se contentait de suivre son guide, puisant en elle-même un reliquat de force.

Ils parvinrent à une falaise se dressant devant eux tel un mur naturel.

— On ne peut pas aller plus loin, commenta Nettie, laconique.

Et puis, cette fois, elle était à bout.

Mais le loup ne voulait pas en démordre : d'un geste de la tête il lui indiqua le chemin à suivre, puis il se mit à longer la base de la falaise à petits pas pressés. Nettie grogna en prenant la même direction. Elle ne se donnait pas deux minutes avant de s'effondrer pour de bon.

« Au moins, j'aurai essayé... »

Il ne fallut qu'une minute avant qu'elle aperçoive la grotte ; enfin, le trou. Une espèce de terrier creusé à flanc de paroi. Le passage était large pour un loup, étroit pour un humain, mais Nettie se mit à quatre pattes et l'emprunta sans hésiter. Elle savait que sa seule chance de goûter à une aube nouvelle se trouvait là, au fond de cette anfractuosité rocheuse. Elle n'y voyait rien. Elle sentait un tapis d'aiguilles de pin sous ses mains et sa tête raclait durement contre les aspérités du plafond, ce qui réveillait la grosse bosse poussée au sommet de son crâne. Quelque chose s'émietta sous elle ; sans doute un squelette de petit gibier, lapin ou belette. Le vieux loup gris la rejoignit. Cette tanière n'était pas la seule à lui servir de refuge occasionnel, mais elle avait une valeur particulière à ses yeux. C'était là que, jadis, l'odeur familière et rassurante des siens imprégnait chaque paroi, là que sa femelle avait mis bas une portée de vigoureux louveteaux, en des temps lointains. Parfois, le vieux gris rêvait de sa compagne et de ses enfants, mais ces songes devenaient de plus en plus flous, difficiles à saisir. Il avait dans la tête des images de séances de toilettage, de jeux dans la forêt et de longues escapades au clair de lune. Les jeunes loups et leur mère étaient morts quelques années plus tôt, tués tous en même temps par des chasseurs armés de bâtons-tonnerre. Les langues de feu avaient craché leurs projectiles, perçant les chairs et fracassant les garrots. Seul le loup gris avait échappé au massacre. Il avait détalé, fou de détresse, dévalant ravins et caillasses, poussé par l'instinct de survie, courant dans les couloirs du vent, repoussé, traqué, mais vivant ! Il errait désormais dans la montagne, solitaire, sans famille ni amis... jusqu'à sa rencontre avec la deux-pattes à la peau sombre. Il se blottit contre elle, léchant son visage à coups répétés. Elle l'enserra. Elle pouvait sentir sa chaleur, cette force vitale palpitante qu'il essayait de lui transmettre comme on prodigue un soin. Le poitrail de la bête se soulevait et se rétractait, pareil à un soufflet de forge. C'était chaud et rassurant. Nettie s'endormit sans même s'en rendre compte.

- 10 -

— Allez, debout !

Nathaniel Wentworth donna un coup de pied dans la toile de tente. Son adjoint dormait encore sous le fragile abri.

— Debout ! répéta le dandy.

Il était d'une humeur de chien. Certes, ils avaient trouvé sans trop de mal le point de chute de Nettie, un tas de branches cassées au pied de l'à-pic, mais la neige qui tombait avait progressivement effacé ses traces. Que ce petit bout de femme ait trouvé la force de se relever pour fuir à nouveau paraissait tout bonnement inimaginable. Une telle volonté de survivre était sidérante. Avait-elle continué tout droit, comme le début de sa piste semblait l'indiquer ? Ou alors avait-elle bifurqué ? C'était tellement frustrant... Pour couronner le tout, Œil-de-Perdrix avait ronflé une bonne partie de la nuit.

— Lève-toi !

Le chasseur de primes avait allumé un feu et fait chauffer le café. Il était pressé de reprendre la traque. Hors de question de renoncer maintenant !

Le rabat en toile s'écarta et l'Indien sortit à l'air libre, le visage encore bouffi de sommeil.

— La tempête est passée, grand chef, annonça le dandy. On repart !

*

Benton Deaton n'était pas un très bon cavalier, mais il avait néanmoins tenu à accompagner ses messagères. L'expédition de sauvetage avait débuté dès l'aube, après un rapide petit-déjeuner. Chaque membre de l'équipe savait ce qu'il en coûtait de se frotter aux dangers de la montagne une fois de trop ; la mort de Frances était encore dans toutes les mémoires.

— Yah ! criait le révérend. Yah !

Le groupe chevauchait sur la piste à bride abattue. Parvenus à la croisée des chemins, les cinq cavaliers firent halte. Rosie, qui connaissait la région mieux que quiconque, distribua les ordres :

— Rachel et Hillary, vous allez au ranch Buchannan. Fiona et moi, on prend la direction de Bad Creek... Mon révérend, vous pouvez monter chez le vieux McQuarrel ? Nettie est très amie avec lui, je crois...

Deaton acquiesça et fouilla dans ses sacoches. Un instant plus tard, il remit une fusée de feu d'artifice aux deux binômes féminins.

— Je les gardais pour une occasion plus festive, mais ça fera parfaitement l'affaire : dès qu'on trouve quelque chose, on donne le signal.

Les autres approuvèrent. L'heure n'était pas aux palabres.

— Bonne chance à vous toutes, dit Deaton.

Et ils se séparèrent sans plus tarder.

Nettie ouvrit un premier œil, puis le second. Éclairée par la lumière du jour, l'entrée du terrier formait un rond éblouissant.

Le loup gris avait disparu. La jeune femme repensait à sa douce chaleur, à ses coups de langue affectueux...

« Il m'a sauvé la vie », songea-t-elle.

Mais pas seulement...

Elle regarda la corde mordillée qui gisait par terre.

« Il a défait mes liens ? »

Son cerveau fonctionnait au ralenti, encore englué dans la mélasse du sommeil. Serrant les dents un bon coup, elle essaya de bouger. Elle avait mal partout, comme si on l'avait rouée de coups avec une batte de base-ball. Elle avait faim aussi, terriblement faim. Et soif. Les battements de son cœur lui asséchaient la bouche et faisaient palpiter ses yeux dans leurs orbites.

Elle rampa hors de la grotte minuscule, appuyée sur les coudes.

Toute cette blancheur cotonneuse. Le sol, le ciel, la forêt, l'univers entier était blanc. Le vent ne soufflait plus. En tendant l'oreille, Nettie perçut le cri d'un geai. La nature reprenait vie tranquillement, à son rythme.

Elle ramassa de la neige et la porta à sa bouche. En fondant, les cristaux gelés apaisèrent sa soif. Les tiraillements de son estomac, en revanche, persistaient. Son ventre émettait des borborygmes, comme autant de rappels à l'ordre. La jeune femme prit appui sur la paroi de pierre et se leva avec des gestes très lents, car tout son corps protestait. Ses jambes surtout, qui lui semblaient avoir adopté la consistance d'un morceau de guimauve ramolli. Elle avait le tournis. Elle évitait de respirer à fond, consciente que la douleur tapie dans sa poitrine pouvait se réveiller d'un instant à l'autre. L'air sortait de ses poumons en produisant un chuintement. Elle sentit monter une quinte de toux qu'elle réprima.

Elle était trop faible pour continuer mais il le fallait. Et puis, il y avait le froid.

Elle se remit en marche. Au moins, ça la réchaufferait.

— Attends, ralentis, dit Rose.

Fiona obéit à son aînée. Elle avait une grande confiance dans le jugement de cette dernière.

— Quelqu'un vient à notre rencontre, précisa Rose, visiblement sur ses gardes.

En effet, une dizaine de secondes plus tard, arrivant en sens inverse, juste en face des messagères, deux cavaliers surgirent d'un hallier composé de jeunes arbres enchevêtrés : un Blanc, habillé chic, et un Indien taillé comme un Hercule de foire.

Peut-être avaient-ils vu ou croisé la bibliothécaire disparue ?

— Hello ! lança Rose.

— Hello, répondit le moustachu, cordial (plus cordial, en tout cas, que son taciturne compagnon).

— Nous recherchons une amie à nous. Une amie très chère. Elle s'appelle Nettie, c'est une femme de couleur et...

— Vraiment ?

Quelque chose de bizarre s'était allumé dans les yeux du dandy, mais ni Rose ni Fiona ne pouvaient soupçonner toutes les pensées qui mijotaient dans son cerveau malade.

*

— Dieu tout-puissant, murmura Deaton à mi-voix.

Il venait de découvrir les deux cadavres étendus dans la boue, au milieu du chemin. Deux hommes vêtus de fourrures. Le plus petit avait eu la moitié du crâne emportée par une balle de gros calibre.

Et cette pauvre bête, là, immobile dans une mare de sang, c'était...

— Bluebelle ? hoqueta le pasteur.

Sa propre voix lui parut lointaine, comme sortie d'un tunnel. Il descendit de cheval, s'approcha de l'animal achevé d'une balle dans la tête. C'était bien la jument de Nettie.

— Oh non...

La chair de poule lui hérissa la nuque. Il éprouvait dorénavant une horrible palpitation d'angoisse.

— Nettie ! cria-t-il, une main en porte-voix. Nettie !

Il tournait sur lui-même, lançant des appels dans toutes les directions.

Pas de réponse.

Il jeta un regard vers la cabane, au bout du chemin.

Peut-être son amie s'était-elle réfugiée chez le vieux chercheur d'or ?

— Eh ! glapit Rose. Qu'est-ce qui vous prend ?

Le moustachu avec le beau manteau à col fourré avait dégainé une carabine. Le costaud silencieux l'imita, sans enthousiasme, comme si chaque geste lui coûtait.

— Figurez-vous que nous recherchons la même personne, déclara le dandy. Quelle heureuse coïncidence, n'est-ce pas ?

— Vous cherchez Nettie ? Mais pourquoi ?

Fiona n'arrivait pas à y croire. Elle jetait des regards affolés à sa camarade.

L'Indien fit claquer la culasse de sa carabine. Le Blanc siffla, vipérin :

— Vous allez nous dire tout ce que vous savez sur cette diablesse.

Associé à la mort, le froid nocturne avait achevé de conférer au corps d'Angus sa rigidité cadavérique.

— Quelle horreur, s'étrangla à moitié Deaton.

Quand il découvrit, pire que tout, que le crâne du défunt avait été scalpé, le pasteur tomba à genoux et vomit.

La peur et l'impression de vivre un cauchemar obscurcissaient ses pensées mais il devait se ressaisir.

Faisant fi de toute prudence, il entra dans la cabane en trombe, continuant de crier et d'appeler Nettie avec des accents de frénésie et le fol espoir que sa protégée émergerait d'une cachette d'un moment à l'autre.

Mais, là encore, aucune trace de la jeune femme.

Il ressortit, courut jusqu'à son cheval et s'empara d'une fusée qu'il planta dans la neige, cône braqué vers les nuages.

La flamme du briquet jaillit, un crépitement d'étincelles indiqua que la mèche était allumée, et celle-ci diminua rapidement, jusqu'à ce qu'un sifflement strident se fasse entendre, accompagné d'un grand *woush* et d'un panache de fumée.

*

Les deux hommes et les deux femmes tournèrent la tête en même temps pour regarder la strie de feu qui montait dans le ciel, là-bas, au loin.

Rose était consciente qu'elle n'aurait sans doute pas une seconde chance.

« C'est le moment ou jamais », se dit-elle en sortant son colt de l'étui attaché à sa cuisse.

Elle était meilleure en visée posée qu'en tir réflexe mais elle n'avait pas le choix !

Le coup de feu éclata en même temps que l'explosion de la fusée tonitruante. Si les chevaux ne s'étaient pas cabrés, effrayés, Rose aurait sans doute mis dans le mille, au lieu de quoi elle ne remporta qu'une demi-victoire.

Elle avait visé en priorité l'homme qui lui paraissait le plus dangereux (le dandy), mais sa balle le toucha à l'épaule gauche au lieu de lui percer un trou en plein cœur. Percuté par ce coup de masse invisible, le cavalier blessé vida les étriers et tomba dans la neige.

L'Indien riposta avant que Rose n'ait pu s'occuper de lui. Elle cria quand son revolver vola en éclats, projetant alentour des morceaux de métal nickelé. Le sang gicla. La jeune femme avait perdu son index. La douleur lui remonta au cerveau pour exploser en brandons incandescents, comme la fusée de feu d'artifice cinq secondes plus tôt.

Une nouvelle détonation fit sursauter les chevaux. La monture du colosse bascula lourdement sur le côté, entraînant son cavalier dans sa chute. Fiona venait d'entrer en scène. Une fois de plus, il ne s'agissait que d'une moitié de victoire, car c'était l'Indien que la bibliothécaire avait mis en joue, et non son moyen de locomotion. Morte de peur, elle tenait encore son fusil, tremblant de tous ses membres. Dans ces conditions, c'était déjà un miracle qu'elle soit parvenue à toucher quoi que ce soit.

— Tue-les ! Tue ces salopes ! éructait le moustachu.

Mais, coincé sous son cheval et empêtré dans son harnachement, l'Indien avait toutes les peines du monde à se dégager. Le poids mort qui pesait sur sa cuisse le faisait grimacer.

— Plus... plus personne ne bouge, bredouilla Fiona sans aucune autorité ni conviction.

Elle continuait de trembler comme une feuille. Ses yeux exorbités lançaient des appels au secours à Rose, qui avait noué un mouchoir sur sa main mutilée pour tenter de stopper l'hémorragie.

— Vise le moustachu ! ordonna la blessée.

Elle l'avait vu se relever avec la tête de quelqu'un dont la raison a définitivement largué les amarres.

— Descends-le ! aboya Rose.

Ce nouveau cri fit sortir Fiona de son état de choc. Elle visa le dandy et tira une fois, deux fois, mais elle tremblait trop : aucun projectile n'atteignit sa cible. Les gerbes de neige se soulevaient à côté du chasseur de primes sans l'effrayer le moins du monde. Il ne déviait pas de sa trajectoire et marchait droit sur elle.

— Amatrice, cracha-t-il quand il arriva à bout portant.

Il attrapa l'arme par son canon brûlant et la tira vers lui d'un coup sec. La timide bibliothécaire n'avait pas lâché le fusil ; elle fit un vol plané et atterrit aux pieds de l'homme.

— Laissez-la ! cria Rose.

— Ferme ta grande gueule, toi ! répliqua le tueur.

Il épaula le fusil, pivota vers la femme blessée à la main.

— Non ! hurla Fiona.

Blam !

Rosie bascula en arrière sans un cri.

- 11 -

Nettie errait, pareille à ces enfants perdus dans une forêt de conte de fées.

Quand elle entendait quelque chose bouger dans les broussailles, les buissons, elle espérait voir apparaître le museau de son ami le loup, mais l'animal demeurait aussi sauvage qu'insaisissable. À un moment, un écureuil passa devant elle, fusée rousse sur le sol blanc, puis il escalada un tronc et, une fois perché sur le faîte de l'arbre, il se mit à pousser des piaulements aigus.

Nettie avançait à un rythme heurté, le souffle court, le pas mal assuré. Tout en marchant, elle distinguait des images qui se formaient à la surface de la neige, là où le vent soulevait des gerbes de paillettes. Images d'amis disparus : Angus, Bluebelle... Images de cet amour auquel elle avait encore du mal à croire : le sourire d'Andrei, ses yeux bleu clair... Tout se mélangeait dans ce film mental confus. Par moments, elle pensait même entendre des détonations déformées par l'écho de la montagne. Et puis, il y avait eu cette corolle de lumière dans le ciel, assortie d'un coup de tonnerre digne de la fin du monde. On aurait dit une fusée de feu d'artifice... Mais pourquoi aurait-on tiré une pareille fusée en plein jour ?

La réalité revenait entre deux fantasmagories (ces épicéas, par exemple, on aurait dit deux géants armés de gourdins) sous forme de sensations douloureuses : faim, soif, traits de feu quand, de temps en temps, des toussotements lui déchiraient la poitrine. Elle devait alors s'appuyer à un tronc pour ne pas défaillir. Heureusement, dans les bois, les arbres ne manquaient pas !

Elle était malade, à n'en point douter, mais, animé d'une volonté d'acier, son corps se défendait comme un beau diable.

L'esprit à la dérive, elle se mit à fredonner une chanson à mi-voix :

— *Show me the way to go home, I'm tired and I want to go to bed...*

Chanter lui donnait du courage, et la réchauffait. Elle tapa dans ses mains, frotta ses paumes l'une contre l'autre, comme si elle essayait d'allumer un feu avec une baguette, avant de reprendre de plus belle :

— *Cause I had a little drink one hour ago, and it's gone right to my head!*

Sa trajectoire erratique lui donnait de fait des allures d'ivrogne au sortir d'une taverne.

Cette évocation la fit sourire, puis franchement rire. La fatigue aidant, sa santé mentale donnait, comme tout le reste, des signes patents de défaillance.

Avec le rire vint la toux, une quinte terrible qui la plia en deux.

« Arrête, se morigéna-t-elle. Arrête ça ! »

Trop tard, le mal était fait. Elle riait, toussait et pleurait en même temps. De grosses larmes lui jaillissaient des yeux. Elle voyait double, son cœur tambourinait, et un grand crochet lui labourait le thorax de l'intérieur.

Quand elle se calma enfin, passé un dernier râle stertoreux, elle était épuisée, vidée, exsangue, et un goût de bile tapissait sa gorge.

Aux battements de son cœur se substitua un martèlement plus sourd, régulier. Pour tout dire, un martèlement... industriel.

Elle s'arrêta.

Un bourgeonnement de couleur gris sombre montait dans le ciel... Une fumée de cheminée d'usine ?

« La mine ! »

Cette pensée électrisa l'esprit de la jeune femme, mais elle n'accordait plus qu'une confiance relative à ses sens. Perfide, une petite voix lui susurra : « C'est un mirage. Une illusion d'optique. Les voyageurs égarés dans le désert se laissent facilement abuser par leurs sens, eux aussi. »

— Sauf que je ne suis PAS dans le désert ! cria Nettie.

Elle voulait clouer le bec à cette sale petite voix.

Elle voulait y croire.

Elle se releva et repartit, bien décidée à en avoir le cœur net.

Andrei poussait un wagonnet chargé à ras bord sans pour autant s'arrêter de sourire. Il avait l'œil rêveur de celui qui est là sans être là. Ses camarades se fichaient de lui gentiment. Il repensait aux moments fabuleux passés avec Nettie : la danse, dans la salle de bal, les promenades... et le reste ! Il n'avait jamais rencontré une femme pareille, quelqu'un d'aussi original, pour ne pas dire unique. Il savait que son histoire d'amour faisait jaser, notamment parmi les anciens de la communauté, mais de telles considérations pesaient bien peu dans la balance, en définitive.

Il était en train de sortir sa berline du tunnel quand le contremaître se porta à sa rencontre. Dimitri avait la barbe drue, poivre et sel, et le menton proéminent. Tout le monde l'appréciait, même s'il était un chef plutôt strict.

— Andrei, viens voir un peu ça ! dit-il.

— Voir quoi ?

— Là-bas, je crois que c'est Nettie !

Il montrait une silhouette qui, sortant du petit bois situé au-dessus de Bad Creek, descendait la pente rocailleuse d'un pas mal assuré.

Les yeux bleus du mineur s'écarquillèrent tandis que sa bouche s'entrouvrait. L'air lui manquait, tout à coup.

Il s'élança, abandonnant sur place le wagonnet et sa tonne de charbon.

De là où Nettie se trouvait, la mine ressemblait à un gros animal sombre, un dragon noir assoupi exhalant de la fumée par ses naseaux-cheminées et produisant une respiration mécanique. Quant aux gros tas de déblais, amoncellements de scories d'aspect rébarbatif, ils auraient très bien pu être les déjections du monstre.

La bibliothécaire avait l'impression d'évoluer dans un rêve comateux. Elle se retenait d'accélérer, avançant à petits pas, car elle sentait de fins chapelets gravillonneux dévaler la pente, juste sous ses pieds. Elle leva les bras pour maintenir son équilibre. Elle risquait de se tordre la cheville d'une seconde à l'autre, si elle n'y prenait garde.

Elle apercevait maintenant des hommes-fourmis qui accouraient, là, tout en bas. Et parmi eux...

— Andrei ?

Oui, c'était bien lui. Il l'appelait en agitant la main. Il criait son nom.

Elle voulut lui répondre mais le sol se déroba, et la suite fut très confuse : série de chocs, glissade cahoteuse, pour ne pas dire chaotique ! Un coup la tête en bas, un coup la tête en haut, elle tournait sur elle-même tout en se protégeant le visage du coude. Elle termina la descente en position fœtale, et gît ainsi quelques instants, avant de sentir des bras l'étreindre, la soulever.

— Nettie ! répétait son amoureux, paniqué. Qu'est-ce qui t'est arrivé ?

— Soif, articula la miraculée.

D'autres mineurs arrivaient en courant. Une gourde passa de main en main. Andrei dévissa le bouchon et fit boire la jeune femme.

— Doucement, doucement, tu vas t'étouffer.

Elle voyait bien ses lèvres remuer mais elle ne l'entendait pas. Les murmures autour d'elle lui faisaient l'effet d'un tumulte. Ses oreilles tintaient et les mots n'arrivaient pas jusqu'à son cerveau. Sa soif paraissait impossible à étancher.

Andrei lui épongea le visage avec un mouchoir imbibé d'eau. Elle avait des écorchures partout.

— On va te soigner, murmura le mineur. Ça va aller...

— Les hommes... articula péniblement Nettie.

— Quels hommes ?

— Chasseurs de prime... Ils sont à mes trousses...

— De quoi elle parle ? demanda Dimitri.

— De rien, rétorqua sèchement Andrei.

L'attroupement grossissait. Les visages étaient aussi soucieux qu'étonnés, et les murmures (plus distincts, cette fois) continuaient d'aller bon train.

— C'est qui ?

— C'est Nettie.

— Elle est blessée ?

— On dirait...

Les enfants se mêlèrent à la foule. Inquiets pour leur amie, ils s'agglutinaient, pareils à une nuée de moineaux autour de miettes de pain.

— Elle va guérir ? questionna Yaneck.

— Oui, on va s'occuper d'elle, ne t'en fais pas, le rassura Andrei.

Il avait soulevé sa compagne et la serrait maintenant contre lui. Tous s'écartèrent pour le laisser passer.

— Allons à l'infirmerie, dit le contremaître.

Andrei et Nettie venaient à peine de rejoindre la grand-rue, boueuse été comme hiver, quand trois silhouettes à cheval apparurent à l'entrée du village.

— Ce sont eux, annonça Nettie d'une voix blanche.

Andrei s'arrêta et, circonspect, plissa les yeux.

— Tu veux dire... les hommes qui te poursuivent ?

— Oui.

— Il y a une femme avec eux, nota le mineur, qui avait l'œil aiguisé.

Il disait vrai. Nathaniel Wentworth et Œil-de-Perdrix encadraient Fiona. La petite brune paraissait tassée sur elle-même, et son buste oscillait comme si, somnolente, elle avait du mal à garder les yeux ouverts. Le trio avançait au pas. Les deux hommes étaient armés de carabines ostensiblement exposées.

— Repose-moi, dit Nettie. Je veux les affronter debout.

Percevant une note inflexible dans la voix de sa bien-aimée, Andrei obéit. Nettie avait toujours mal partout, mais elle se contraignit à se maintenir droite puis, surmontant son effroi, elle s'avança à la rencontre de ses ennemis jurés. Andrei la suivait comme une ombre, prêt à tout... surtout au pire.

— Les salauds, lâcha-t-elle à mi-voix.

La colère gommait progressivement la peur qui l'habitait. Plus le trio se rapprochait, plus on distinguait les blessures sur le visage de Fiona : la lèvre inférieure fendue, l'œil au beurre noir, la pommette tuméfiée...

— Ils l'ont passée à tabac, commenta Nettie, une boule dans la gorge.

Elle serra les dents et un violent sentiment de culpabilité broya sa cage thoracique déjà douloureuse. Impossible de se voiler la face : elle avait attiré le malheur sur ses amis.

Les deux hommes et leur prisonnière s'immobilisèrent à dix mètres d'elle et d'Andrei, également arrêtés en plein milieu de la rue. L'un des chevaux broncha. L'autre racla la boue de son sabot. Peut-être le bruit persistant de l'usine, ce halètement de machine fatiguée, les mettait-il mal à l'aise ? Ou peut-être sentaient-ils qu'il y avait de l'électricité dans l'air ?

L'arrivée des nouveaux venus n'était pas passée inaperçue. En moins d'une minute, les habitants de Bad Creek se regroupèrent derrière le mineur et sa petite amie. Ils avaient beau tout ignorer de ces inconnus à l'allure douteuse, ils percevaient eux aussi une tension sourde. Et puis, des armes sorties de leur étui n'étaient jamais bon signe.

Un silence de plomb solidifiait l'air froid de cette fin de matinée. Ce fut Fiona qui le brisa :

— Désolée, lâcha-t-elle. Je leur ai dit tout ce qu'ils voulaient savoir... Je leur ai dit qu'ils avaient une chance de te trouver ici. Je... je n'avais pas le choix... Ils ont tué Rosie.

Elle baissa la tête, honteuse, les épaules secouées de sanglots.

Nettie se mordit l'intérieur de la joue.

« Non... pas Rosie... »

Après Angus, voilà qu'une autre personne chère à son cœur payait pour ses péchés. Le spectre du passé avait fini par la rattraper. L'addition était monstrueuse.

— Tu n'as pas à t'en vouloir, répondit-elle. Tout est de ma faute.

Elle le pensait sincèrement. Plus corrosive que jamais, la culpabilité rongeait son cœur comme de l'acide. La douleur physique était à présent reléguée à l'arrière-plan. Elle lui paraissait même dérisoire.

— Je suis désolée, répéta Fiona.

— Ne dis pas ça.

Deux larmes coulèrent sur les joues de Nettie. Elle les essuya. Elle devait se montrer forte.

— Très touchant, persifla Wentworth. Je précise que la jeune personne décédée avait ouvert les hostilités. (Il montra du doigt sa blessure à l'épaule.) Mon camarade et moi n'avons fait que riposter. On appelle ça de la légitime défense. N'est-ce pas, Œil-de-Perdrix ?

Bien que pris à témoin, l'immense Cheyenne resta de marbre. Ses petits yeux noirs scrutaient les mineurs. Dieu seul savait ce qu'il pensait.

— Il ment ! cracha Fiona en affrontant le dandy du regard. Rosie était désarmée et blessée à la main. Il l'a abattue de sang-froid !

Wentworth haussa les épaules et soupira :

— Question de point de vue.

— Venons-en au fait, intervint Andrei. Que voulez-vous ?

Le chasseur de primes désigna Nettie du canon de son arme.

— Je veux cette femme. C'est une criminelle recherchée pour meurtre.

— Vous êtes de la police ? Vous avez un mandat ?

Wentworth fit jouer la culasse de sa carabine : *clic-clac !*

— Mon mandat, le voilà. Nettie Jones, je vous demande de me suivre sur-le-champ, et sans opposer de résistance.

- 12 -

— Là, entre ces cavaliers, c'est Fiona, n'est-ce pas ? s'écria Rachel.

Accompagnée du révérend Deaton, elle s'était postée à l'abri d'un grand tronc renversé, à la lisière du bois surplombant le village et la mine.

— Ça m'en a tout l'air, marmonna le pasteur.

Il était blanc comme neige, mais un blanc sale, maladif.

Quand Rachel et Hillary l'avaient rejoint à la cabane de l'orpailleur, il gisait, prostré, abasourdi par ses récentes découvertes. Il avait fallu le secouer pour qu'il remonte en selle : la mort rôdait dans la région, et elle n'avait peut-être pas encore fini de frapper.

Cette sinistre pensée avait paru se confirmer lorsque, vingt minutes plus tard, le trio avait découvert le corps de Rose Dawson, sur le bas-côté de la route. Meilleure cavalière que le révérend et Hillary, Rachel avait sauté au sol la première, avant même que sa monture soit complètement à l'arrêt. Sans perdre un instant, elle avait pris le pouls de Rosie, collé son oreille contre la poitrine tachée de sang, et s'était écriée :

— Elle respire !

— Oh, merci, merci mon Dieu, avait laissé échapper l'homme d'Église au bord de la crise cardiaque.

Aussitôt les premiers soins prodigués (Deaton possédait une trousse avec des sulfamides), la jeune femme touchée à la clavicule avait repris connaissance.

— Deux types louches... avait-elle articulé à grand-peine. Ils en ont après... Nettie.

— Hein ? Mais pourquoi ? s'était exclamé Deaton.

— Sais pas... sont partis... à Bad Creek... Un Blanc et puis un... un Indien... L'Indien s'est penché sur moi et il a dit... « Elle a son compte »... Sais pas pourquoi... il a menti...

Avant de s'évanouir à nouveau, Rosie avait parlé de Fiona, emmenée par les deux hommes après avoir été battue comme plâtre (la blessée avait entendu les cris déchirants de son amie sans rien pouvoir faire).

Réfléchissant vite et bien, le pasteur avait tranché : Hillary resterait avec Rosie pendant que Rachel et lui fonceraient vers Bad Creek à bride abattue pour éclaircir cette ténébreuse affaire et porter secours à Fiona, si la chose était encore possible.

Maligne, Rachel avait suggéré d'arriver au village par les hauteurs. Le révérend et sa messagère ne pouvaient à présent que se féliciter d'un tel calcul. Leur position dominante leur offrait un poste d'observation imprenable sur l'entrée de la mine.

— Je sais ce qu'il me faut, chuchota Deaton, même si, à cette distance, les chances d'être entendu par quelqu'un d'autre que Rachel étaient nulles.

Il retourna à sa monture épuisée par le récent train d'enfer qu'il lui avait imposé, et récupéra une paire de jumelles qu'il colla devant ses yeux, une fois revenu en place, derrière l'arbre mort.

— Attendez...

Il jouait avec la mollette pour régler la netteté.

— Oui, c'est bien Fiona, confirma-t-il, une fois l'image fixée avec précision.

Rachel, très concentrée, était occupée à remplir le chargeur de sa carabine.

— Je vois Nettie ! s'exclama Deaton. On dirait qu'elle est à la tête de cet attroupement. Elle se détache du groupe pour parlementer avec les cavaliers.

Le pasteur poussa un gros soupir de soulagement intérieur. Sa protégée était vivante... mais ça ne résolvait pas tout. Qui étaient ces deux hommes armés qui escortaient Fiona ? Pourquoi avaient-ils tiré sur Rosie ? Et puis, surtout, que voulaient-ils à Nettie ?

Deaton rabaissa la paire de jumelles.

— On devrait peut-être aller chercher de l'aide, non ? risqua-t-il.

Rachel secoua la tête.

— Auprès de qui ? Le poste de police le plus proche doit être à cinq heures de cheval. On n'a pas le temps. C'est maintenant qu'il faut agir.

Carabine chargée, cran de sûreté relevé, elle cala son coude contre l'arbre au tronc renversé et attendit.

Andrei prit les devants. Il était hors de question qu'il laisse l'élue de son cœur partir avec les deux bandits. N'écoutant que son courage, il se posta devant Nettie, comme si la menace des carabines pointées sur eux n'existait pas. Un brouhaha composé de murmures réprobateurs émanait de la foule. Œil-de-Perdrix leva davantage son fusil, espérant calmer la grogne grâce à cet avertissement, mais la rumeur persistait. L'Indien n'alla cependant pas plus loin. Il avait conscience que les habitants de Bad Creek pouvaient basculer de l'hostilité sourde à l'agressivité active en une seconde.

— Nettie n'ira nulle part, lança Andrei.

— Alors je crains que, de courtoise, cette conversation ne devienne vite très désagréable... pour tout le monde, siffla Wentworth.

Le canon de son arme balaya les rangs des villageois, comme s'il était à la recherche d'une cible potentielle. Des visages blêmirent. Les femmes serraient instinctivement leur progéniture contre elles.

Tout à coup, une petite voix s'éleva :

— Laissez notre amie tranquille !

C'était le gamin au chien, celui qui avait bombardé Nettie le jour de son arrivée. Le cabot grognait, toujours en phase avec les sentiments de son jeune maître.

— Partez ! continua crânement l'enfant.

L'émotion fit de nouveau pleurer Nettie. Que de chemin parcouru depuis ce jour où elle avait été accueillie à coups de projectiles !

Une onde d'approbation se propagea dans la foule :

— Ouais, c'est ça, partez !

— Dégagez !

— Foutez le camp, vous êtes ici chez nous !

La colère enflait.

— Vous allez faire quoi ? jeta Andrei avec un petit rire sans joie. Nous tuer tous ?

L'expression de Wentworth se durcit. Un tic nerveux lui agitait la joue.

— Je me contenterai de la tuer, elle, si vous continuez sur cette voie.

Son arme avait pivoté vers Fiona. Son regard, en revanche, demeurait braqué sur l'hydre à cent têtes emplissant la grand-rue. Les murmures cessèrent.

— Je vais compter jusqu'à trois...

— Ce ne sera pas nécessaire, dit Nettie.

Elle poussa Andrei de côté pour s'avancer de deux pas. Elle avait cessé de pleurer.

— Je viens avec vous.

— Non ! protesta son amoureux.

Elle lui fit signe de se taire, lui jetant un regard d'une inhabituelle dureté, puis elle se retourna vers son ennemi juré :

— Je viens avec vous mais, en échange, vous laissez partir mon amie.

— Ça me va. Je n'ai que faire de votre... amie.

Wentworth avait prononcé ce dernier mot avec un mépris non dissimulé.

Ce fut au tour de Fiona de protester :

— Ne fais pas ça, dit-elle.

— C'est ma décision, répondit Nettie. Il y a eu assez de sang versé. Il faut que ça s'arrête.

— Enfin des paroles de sagesse, commenta le chasseur de primes, pince-sans-rire.

Il s'adressa à sa prisonnière d'un petit mouvement de tête.

— C'est bon, vous pouvez y aller, miss.

Fiona le regarda, hésita, regarda Nettie puis, après une longue expiration résignée, elle descendit de cheval.

Quand Nettie s'avança à la rencontre de la pauvre Fiona, Andrei essaya de la retenir mais elle le repoussa gentiment.

— C'est mieux ainsi, fit-elle. Je t'assure. Merci pour tous ces beaux moments...

Le mineur ne bougeait plus, cloué sur place par le désespoir.

— N'y va pas, répétait-il. N'y va pas, je t'en supplie.

— Il le faut. Je paie mes dettes.

— Assez de pleurnicheries, s'impatienta Wentworth. Nous avons de la route à faire.

— Ils sont loin, pesta Rachel. Ils sont trop loin... Mon arme n'est pas adaptée à de pareilles distances.

Malheureusement, elle n'avait pas le choix. Se rapprocher signifiait sortir du bois. Pas question de s'aventurer à découvert, surtout si elle désirait conserver l'effet de surprise.

Alors, sur qui tirer en premier ? Le grand costaud ou le plus mince ? Ce dernier paraissait le plus nerveux, le plus excité. Il bougeait beaucoup son fusil.

« Ce sera lui », décida Rachel.

À côté d'elle, le révérend priait en marmonnant.

— Arrêtez ça, le gronda Rachel. Ça me perturbe.

Le pasteur s'arrêta net.

Quand Nettie et Fiona se croisèrent, au milieu de la chaussée pleine de boue, elles échangèrent un regard empli de beaucoup de choses : tristesse, respect mutuel, sincère amitié...

Puis le premier coup de feu éclata.

— Merde, manqué ! pesta Rachel.

Elle avait touché le cheval du dandy. L'animal se cabra, ses sabots avant moulinant en l'air, et son propriétaire chuta dans la gadoue.

— L'Indien nous a vus ! hurla le pasteur.

Il disait vrai. Le colosse s'était tourné vers l'origine de la détonation, carabine épaulée.

Deaton et sa messagère se plaquèrent au sol juste au moment où le colosse ripostait. Les balles s'enfoncèrent avec un bruit mat dans l'arbre renversé qui leur servait de bouclier.

Furieux d'avoir vidé les étriers pour la deuxième fois de la journée, Wentworth jetait autour de lui des regards affolés. Son cheval, couché sur le dos, poussait des hennissements plaintifs. Œil-de-Perdrix tirait sans discontinuer en direction de la montagne. Les douilles s'éjectaient de son arme à la chaîne, décrivant une succession d'arabesques nickelées. Le dandy étouffa un juron : une fois encore, la situation lui échappait.

« Mon flingue ? Où est-il ? »

Il l'avait perdu en tombant.

Il était en train de fouiller la boue du regard quand il localisa, à moitié ensevelie, la crosse de sa carabine. Il se précipita à quatre pattes, ses membres s'agitant avec la vélocité de pistons ! Son poing se referma sur l'arme et...

— Aaaahhh !

Du talon, Nettie venait de lui écraser la main.

— Ça, c'est pour Angus, dit-elle.

Elle retira sa botte. À genoux, Wentworth ramena sa main blessée contre sa poitrine, gémissant. La douleur lui avait fait venir les larmes aux yeux.

— Et ça, c'est pour Rose !

Le coup de poing atteignit le chasseur de primes au menton. Sous le choc, il se mordit la langue et bascula en arrière en crachant du sang. Emportée par son élan, Nettie tomba sur le ventre, juste à côté de lui.

— Je... je vais t'écorcher ! éructa le dandy.

Un regard en direction de la foule l'avertit cependant de quelque chose d'autrement plus urgent : les habitants de Bad Creek brisaient les rangs pour venir vers lui en courant.

L'adrénaline lui fouetta le sang. D'un bond, il fut debout. Il sauta sur le cheval de Fiona. Andrei essaya de le retenir mais il repoussa le mineur d'un coup de pied. Plusieurs villageois s'approchaient d'Œil-de-Perdrix. Rictus de colère. Poings serrés. L'Indien tira une balle au-dessus des têtes qui, l'instant suivant, rentrèrent entre les épaules. La meute s'arrêta, coupée dans son élan.

— On dégage ! brailla Wentworth.

Il avait la rage au ventre. Bien qu'humiliante, la retraite était parfois la seule solution envisageable.

— Rattrapez-les ! hurla Andrei.

Les deux cavaliers s'arrachèrent à la foule pour sortir du village au triple galop. Des balles sifflaient à leurs oreilles mais aucune ne les toucha.

— Nom de... !

Rachel jeta un coup d'œil au pasteur. Elle s'était reprise de justesse.

— Quels tirs minables, siffla-t-elle, dépitée. Je suis en dessous de tout !

Elle s'en voulait terriblement.

— Ils sont partis, j'ai l'impression, c'est le principal, dit gentiment Deaton.

Il tremblait encore, incapable de se calmer, et ses mâchoires produisaient un *clac, clac, clac* ininterrompu.

Rachel posa une main sur son épaule.

— C'est fini, mon révérend, dit-elle.

— Vraiment fini ?

— Je crois, oui.

— Nettie et Fiona ?

— Elles sont encore debout. Bien vivantes.

— Alors allons les retrouver.

Ils se levèrent, se soutenant mutuellement, comme sonnés par la cacophonie et les images de cette dernière fusillade qu'ils revivaient en boucle, dans leur tête.

Nettie était toujours dans la boue, essoufflée, vidée de ses forces, quand Fiona et Andrei la rejoignirent.

— Tu vas bien ?

— Tu n'as rien ?

Elle secoua la tête et leur demanda :

— Personne n'est blessé ?

— Personne, répondit le mineur. À part ce gandin moustachu, là... Ma parole, qu'est-ce que tu lui as mis ! Rappelle-moi de ne jamais te fiche en rogne.

Nettie éclata de rire. Elle pleurait en même temps, de joie, de tristesse, de soulagement. Tout se mélangeait.

Son amoureux et son amie l'étreignirent. Ils étaient vivants. Voilà pour l'instant tout ce qui comptait.

Un bonheur n'arrivant jamais seul, quelqu'un s'écria :

— On a de la compagnie !

Ce n'était pas un cri d'alerte mais une joyeuse exclamation.

Rachel et le révérend se frayaient un passage parmi les villageois.

— C'est à vous qu'on doit la séance de tir aux pipes ? demanda Andrei.

— Surtout à elle, répondit Deaton en désignant la bibliothécaire armée d'un fusil.

— Bravo m'dame ! lança un gamin.

Nettie coupa court au concert de congratulations qui montait en puissance :

— Où est Hillary ? Il ne lui est rien arrivé au moins ?

— Elle est restée avec Rosie.

— Hein ?

— Quoi ?

Nettie et Fiona avaient ouvert la bouche en même temps, toutes deux stupéfaites.

— Rosie est vivante, révéla le révérend. Grièvement blessée mais vivante. On l'a trouvée sur le bord du chemin en venant ici.

Fiona défaillit ; c'était trop inattendu, trop d'émotions d'un seul coup. Heureusement, Dimitri, le contremaître, la rattrapa avec un empressement plein d'une touchante galanterie.

Nettie se jeta dans les bras du révérend et de Rachel.

- 13 -

S'en aller la queue basse... Voilà ce que ressentaient Wentworth et Œil-de-Perdrix. En quelques minutes, la vapeur s'était renversée, et les deux partenaires étaient passés du statut de chasseurs impitoyables à celui de piteux fugitifs.

Ils chevauchaient maintenant comme des fous, sans laisser à leurs montures le temps de se reposer. Peut-être que les mineurs possédaient des chevaux, eux aussi ? Auquel cas, une chasse à l'homme risquait d'être lancée dans les plus brefs délais...

Wentworth pensait à tout cela, et à bien d'autres choses encore, en abordant le passage délicat du bord de la falaise, cette longue corniche conduisant vers le haut col. Il pensait à Nettie, bien sûr, la maudite créature qui était la cause de tous ses déboires, mais pas seulement... Il revoyait cette foule d'horribles immigrés loqueteux prêts à le lyncher.

« Avec l'argent qu'il me reste, j'engagerai des mercenaires, des hommes prêts à tout, et je reviendrai dans votre trou à rats, messieurs dames ! Et là, rira bien qui rira le dernier ! »

Des flashs défilaient devant ses yeux : images de maisons en flammes, de poutres calcinées, de cadavres face contre terre ou se balançant au bout d'une corde. Personne, pas même les enfants, ne connaîtrait sa pitié. Il sourit. Son cerveau bourdonnait de fièvre destructrice. Les visions d'horreur lui faisaient temporairement oublier les différents foyers de douleur allumés dans son corps. Il avait une épaule perforée par une balle et une main cassée mais, étrangement, le pire, c'était peut-être sa langue, qu'il avait mordue à belles dents quand Nettie l'avait frappé.

« Toi, ma belle, je te garde pour la fin... Je vais t'éplucher vivante, avec un couteau de chasse, et tu me supplieras pour que je t'achève ! »

Il était tellement accaparé par son délire qu'il laissa son cheval s'approcher trop près du bord, là où le sol se lézardait dangereusement. Un morceau de corniche céda sous le poids conjugué de la monture et de son cavalier, des pierres dégringolèrent et...

— Aaaahh !

Wentworth sentit le vide le happer d'un coup. Il y eut ce moment surréaliste où il tournoya dans les airs, comme s'il dansait avec l'animal, une sorte de valse en apesanteur, puis tous les deux rebondirent sur la paroi et glissèrent, enchevêtrés, jusqu'au sol, une dizaine de mètres plus bas.

L'univers n'était plus qu'un chaos de rocs sens dessus dessous.

Fondu au noir.

Le film mental du psychopathe avait pris fin.

Provisoirement.

Il doit exister un Dieu pour les ordures car, passé un long cortège de minutes, Wentworth rouvrit les yeux.

Il voyait la corniche, très loin au-dessus de lui, en contre-plongée et... en double ! À cause de la sueur qui lui coulait dans les yeux ? Des larmes ? Il battit plusieurs fois des paupières et sa vision se précisa.

Tout là-haut, penché au bord du précipice, jambes pliées, ses grosses mains appuyées sur ses gros genoux, c'était...

— John !

Wentworth toussa du sang. Il était rare qu'il appelle son collègue autrement que par son surnom. Il toussa de nouveau. Il avait l'impression qu'on lui frottait la gorge avec du papier de verre et de fines gouttelettes rouges perlaient de son nez. Son corps lui faisait l'effet d'être la forge de Vulcain, un immense creuset de douleur incandescente. Le plus inquiétant dans tout ça, c'était qu'il ne pouvait plus bouger... Pas seulement parce qu'il avait encore une jambe coincée sous sa monture ; la pauvre bête était morte sur le coup, mais son cavalier ne valait guère mieux. Impossible ne serait-ce que de lever une main. Aucun de ses membres ne répondait à l'appel quand il les sollicitait.

« Moelle épinière ? Colonne vertébrale ? »

La rocaille avait râpé sa peau. Sa chair était à vif et il sentait quelque chose (un lambeau ?) pendouiller sur sa joue. Sa jambe libre avait pris un angle curieux.

Heureusement, il pouvait encore parler, et même crier.

— Prends la corde et viens me chercher ! lança-t-il à son associé.

Ce dernier ne sembla pas réagir.

— Qu'est-ce que tu attends, bon à rien ? cria-t-il avec le souffle qui lui restait.

Il vit alors le Cheyenne lui adresser un geste bizarre, avec deux doigts, comme s'il le saluait de manière ironique, avant de faire un demi-tour parfait, impeccable, un vrai demi-tour de militaire sorti de West Point.

La peur saisit Wentworth avec la violence d'un seau d'eau glacée jeté en pleine face.

— Eh, attends !

L'Indien remonta à cheval.

« Cet idiot est en train de signer mon arrêt de mort ! »

La peur se transforma en terreur primitive.

— Attends, John, reviens ! Je retire ce que j'ai dit ! Tu n'es pas un bon à rien !

Le cheval se mit à avancer, au pas, et commença à s'éloigner.

— Je t'en supplie, reviens ! Je te donnerai tout l'argent ! Je ferai de toi un homme riche... Reviens ! Pitiiiiéééé Johnny !!!

Mais rien n'y fit : John Partridge s'en alla sans se retourner.

La nuit tomba, inéluctable. Wentworth ressemblait à un gros insecte mal en point, scarabée retourné sur le dos, à demi écrasé, impuissant. Il savait que ses heures étaient comptées. Blessures multiples, déshydratation, froid... La mort n'avait qu'à se servir. Une seule chose était sûre : elle allait festoyer !

« Finir ici, au milieu de nulle part... »

Il cracha du sang et pria le ciel pour s'endormir en douceur, sans trop de souffrances...

Soudain, un bruit lui fit tourner la tête (c'était bien la seule chose qu'il pouvait encore bouger).

Une présence, là, tout près.

Des branches craquaient. Quelqu'un approchait.

Un chasseur ? Un trappeur ?

— Héééé ! cria-t-il. Je suis là ! Je suis blessé !

Un mineur ?

Cette hypothèse était la moins réjouissante du lot mais, tant pis, le moribond se sentait prêt à accueillir avec soulagement n'importe quelle présence humaine.

— Par ici ! Venez m'aider !

Une bulle de sang éclata à ses lèvres. Il n'avait plus qu'un filet de voix enrouée à offrir aux ténèbres, et son énergie s'amenuisait de seconde en seconde.

Deux yeux en amande émergèrent de la nuit. Ils étaient près du sol et brillaient d'une lueur d'ambre.

« Un loup ! » pensa Wentworth et, de peur, il se pissa dessus.

Un grognement sourd monta du poitrail du vieux gris.

— Gentil toutou, articula le dandy. Tu... tu ne vas pas me faire de mal, hein ?

L'animal montra les crocs, et s'approcha à pas feutrés. De la salive dégoulinait de ses babines retroussées. Il avait faim mais on pouvait distinguer autre chose derrière son regard doré. Une faim de vengeance, peut-être...

— Gentil chien, sanglota Nathaniel Wentworth sans vraiment espérer apitoyer le loup.

Il vit les mâchoires ouvertes foncer sur lui, pria à nouveau le ciel pour que la mort l'accueille rapidement mais, cette fois, aucun Dieu compatissant n'entendit son appel.

ÉPILOGUE

(Un mois plus tard)

Lorsque le coq chanta, Nettie se redressa sur sa couche et regarda avec tendresse l'homme endormi à côté d'elle.

Andrei...

Elle avait emménagé chez lui depuis deux semaines, au grand désarroi de Minnie Dandridge.

— Vous êtes sûre ? s'était écriée la gouvernante en apprenant sa décision. Vous le connaissez à peine. Vivre une amourette c'est une chose, mais vivre au jour le jour avec quelqu'un, je vous assure que c'est très différent. Vous pourriez le regretter. Et puis... Que vont dire les gens ?

En réalité, Minnie ne parvenait pas à se faire à l'idée que la protégée du pasteur n'habite plus avec eux. D'ailleurs, son ton courroucé masquait mal ses vraies émotions.

Deux semaines plus tard, Nettie ne regrettait absolument rien. Les habitants de Bad Creek semblaient l'avoir acceptée. Mieux, même : adoptée. Son couple faisait désormais « partie du décor » et personne n'aurait songé à lui nuire. Parfois, la jeune femme se demandait combien d'autres unions de ce type existaient à travers tout le pays. Andrei et elle n'étaient certainement pas les seuls à vivre leur amour dans la clandestinité. Le révérend Deaton assurait que les mentalités évolueraient dans le bon sens.

Nettie en était moins sûre. Elle avait du mal à partager l'optimisme invétéré de son mentor. Elle avait été déçue trop souvent, par trop de personnes... Mais pas par Andrei. Le mineur s'avérait au quotidien aussi doux, prévenant et gentil qu'aux premières heures de leur rencontre. La maison était toute petite (une pièce en tout et pour tout) et son confort pour le moins spartiate, mais cela n'entamait en rien le bonheur naissant du couple. Nettie menait l'existence dont elle avait toujours rêvé : une vie tranquille, avec un partenaire aimant, un métier qui l'intéressait (elle continuait ses tournées au service du révérend Deaton)... Que demander de plus ?

Il restait une ombre au tableau, et non des moindres : le spectre de son passé, qui pouvait ressurgir à tout instant. Elle ne savait rien de ce cinglé aux allures de dandy qui avait bien failli mettre la bourgade à feu et à sang, mais elle sentait bien qu'il n'était pas du genre à s'avouer vaincu. Il reviendrait un jour ou l'autre, à n'en point douter, et peut-être qu'il serait épaulé par des hommes de loi, cette fois ?

— Il n'a rien à voir avec la loi, protestait Andrei quand sa compagne émettait cette hypothèse. C'est un criminel. Il a menacé des civils innocents, tabassé une femme et torturé un vieil homme jusqu'à le tuer... Qu'il essaie donc de revenir à Bad Creek : je t'assure qu'il sera bien reçu !

Il n'empêche. Rester ici, c'était faire courir un danger à toute la communauté et ça, Nettie ne pouvait le supporter.

Elle caressa les cheveux de son amoureux. Elle avait mal à la poitrine, et pas seulement à cause de ses côtes fêlées, qui mettaient du temps à guérir (la douleur la réveillait encore parfois, la nuit, quand un cauchemar ne s'en chargeait pas)...

Le plus douloureux restait son cœur, lourd comme une enclume. Amis perdus. Choix difficiles.

C'était dur et elle avait longuement hésité mais, au fond d'elle-même, sa décision était prise.

Pas question de revivre une fois encore l'enfer !

Elle se leva tout doucement, regarda par la fenêtre. Dehors, l'aube diaphane colorait de rose les cimes enneigées.

« La montagne va me manquer », songea-t-elle, le ventre noué.

Elle ne savait pas exactement ce qu'elle allait faire : retourner à Savannah et se rendre à la police ? Continuer à fuir en remontant vers le nord ? La seule chose dont elle avait la certitude, c'était qu'elle devait bouger, une fois de plus.

Elle s'habilla sans bruit et sortit sur le perron de la petite maison. Son regard balaya la grand-rue encore déserte en cette heure matinale. Tassées les unes contre les autres, les habitations des mineurs ne lui semblaient plus aussi laides que le jour de son arrivée, quand elle avait rencontré ce drôle de gamin qui, à présent, ne jurait plus que par elle. Elle leur trouvait même un certain charme, à ces bicoques modestes. Après tout, cela avait été « chez elle », ici, pendant une période certes courte à l'échelle d'une vie, mais chère à son cœur.

Durant deux ou trois minutes, sa détermination flancha et elle resta là, immobile, ses pieds comme prisonniers du sol.

Quitter cette ville (et surtout cette vie !) était horriblement difficile.

Ses amis de Wooton allaient lui manquer : Benton Deaton, tout d'abord, la gentillesse incarnée, et son indispensable gouvernante au cœur d'or, sans oublier les fidèles messagères. Soignée par une Hillary dévouée, Rosie était encore convalescente. Elle récupérait vite et brûlait d'envie de remonter en selle, ce que le médecin lui avait bien sûr formellement interdit pour l'instant. Rachel filait le parfait amour avec le beau Jack. Ils avaient, entre autres choses, la passion des chevaux en commun. Quant à Fiona, elle s'était consolée avec Dimitri, le galant mineur qui l'avait retenue avant qu'elle ne s'évanouisse !

Mais, évidemment, le plus dur serait de s'éloigner d'Andrei, de vivre loin de ses bras, de sa chaleur...

Nettie allait de nouveau se mettre en marche quand elle remarqua le cavalier qui approchait tranquillement.

Un doute affreux lui étreignit la poitrine durant un court moment, mais... non, il ne s'agissait pas de l'homme au chapeau claque, ni de l'Indien. Cette carrure trapue et rondouillarde, elle la connaissait bien : elle appartenait à Benton Deaton, son ami et protecteur.

Nettie se dirigea vers le pasteur sans tarder, à la fois curieuse et agréablement surprise, car l'homme d'Église s'aventurait rarement dans le coin.

— Mon révérend, qu'est-ce que vous venez faire à Bad Creek ?

— Bonjour Nettie. J'ai reçu une lettre pour vous, hier. J'ai pensé que je devais vous l'apporter sans tarder.

— Une lettre pour moi ?

Le pasteur sortit une enveloppe fermée de la poche intérieure de son manteau.

— « Nettie Walker, à Wooton, Kentucky, bibliothécaire *abitant* chez le *révéran* », c'est bien vous, non ?

— En effet.

Deaton remit la lettre à son amie.

Les battements du cœur de Nettie s'étaient accélérés. Qui pouvait bien lui écrire ? Personne ne connaissait son adresse, en théorie ! Elle décacheta fébrilement le courrier.

Truffé de fautes d'orthographe, le texte était écrit d'une main malhabile et ponctué de nombreuses taches d'encre :

Miss Nettie,

Je suis la personne qui [tache d'encre] *acompagné Nathanal Wentworth, l'homme qui vous voulé du mal. Cet homme ne vous inquiétera plus car il a cessé de nuir.* [tache d'encre] *Il est mort et la personne qui l'avait engagé a abandoné les recherches contre vous. Je suis le seul à conètre votre identité et où vous vous caché* [tache d'encre] ; *je ne vous poursuivré pas, je vous le jure. Vivé en pai. J'espère que cette bonne action rachètera toutes les mauvèses que j'ai pu comètre.*

La jeune femme chancela, le souffle coupé. Elle fit quelques pas sans lâcher la missive et s'assit sur le rebord d'un abreuvoir. Son cœur battait plus fort que jamais. Elle pleurait. Benton Deaton mit pied à terre pour la rejoindre.

— Nettie, ça va ?

Elle hocha la tête, sourire aux lèvres.

— Oui, ça va très bien.

Sa poitrine s'était allégée d'un poids énorme. Son horizon se dégageait, à l'image de ce lever de soleil sans nuage, là-bas, vers l'est.

— Ça va même incroyablement bien, dit-elle en séchant ses larmes.

Un jour nouveau commençait. Une vie nouvelle s'annonçait pour de bon.

Nettie se blottit dans les bras du pasteur, qui la serra contre lui avec une affection toute paternelle.

Le coq chanta de nouveau et la rue se remplit petit à petit.

Quand les premiers enfants sortirent de leurs logis et aperçurent la bibliothécaire, ils vinrent vers elle tout naturellement, curieux et joyeux. Le gamin au chien se trouvait parmi eux.

— Eh, Nettie, tu nous lis une histoire ? lança-t-il.

— J'arrive, répondit la jeune femme en souriant. J'arrive.

NOTE DE L'AUTEUR

Le révérend Deaton mis à part, les principaux personnages de ce roman sont inventés, mais les bibliothécaires itinérantes du Kentucky ont réellement existé. Merci à Xavier Mauméjean d'avoir attiré mon attention sur l'existence de ces femmes extraordinaires le jour où il a relayé, sur un réseau social bien connu, un article les concernant.

Bibliothécaires à cheval
© WPA, Works Progress Administration

Une collégienne face à la grossophobie dans une ode à l'acceptation de soi touchante et drôle.

#Harcèlement
#AcceptationDeSoi
#Humour

Jemima a 13 ans, elle est brillante et pleine d'humour mais elle se sent insignifiante, sans cesse rabaissée par les remarques blessantes sur son poids. Comment s'accepter quand le regard des autres devient insupportable ? Comment s'intégrer quand on est forcé de participer au « Club des gros » à la pause déjeuner ? Alors qu'elle connaît la pire année de sa vie, Jemima va peu à peu se libérer du carcan dans lequel elle s'est enfermée pour enfin se révéler à elle-même... et aux autres.